花火
魅丽文化
花火工作室

U0931315

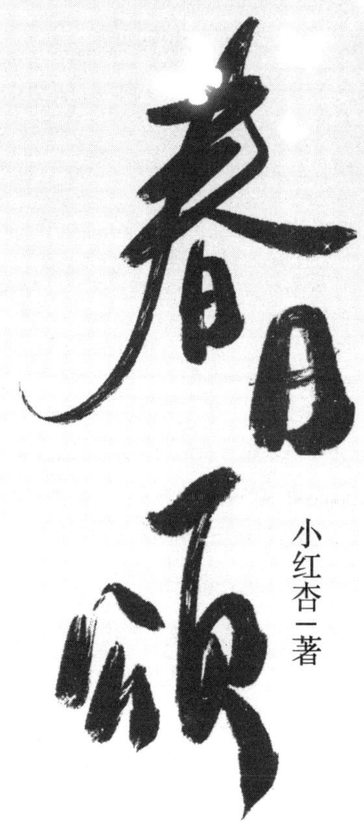

小红杏 著

江苏凤凰文艺出版社
JIANGSU PHOENIX LITERATURE AND ART PUBLISHING

图书在版编目（CIP）数据

春日颂 / 小红杏著 . -- 南京：江苏凤凰文艺出版社，2022.6

ISBN 978-7-5594-4789-0

Ⅰ . ①春… Ⅱ . ①小… Ⅲ . ①言情小说 - 中国 - 当代
Ⅳ . ① I247.5

中国版本图书馆 CIP 数据核字 (2021) 第 252251 号

春日颂

小红杏 著

责任编辑 张　倩
出版统筹 曾英姿
特约编辑 丏小亥 白　鱼
装帧设计 苏　荼
出版发行 江苏凤凰文艺出版社
南京市中央路 165 号，邮编：210009
网　　址 http://www.jswenyi.com
印　　刷 长沙金鹰印务有限公司
开　　本 880mm × 1230mm　1/32
印　　张 9
字　　数 287 千字
版　　次 2022 年 6 月第 1 版
印　　次 2022 年 6 月第 1 次印刷
书　　号 ISBN 978-7-5594-4789-0
定　　价 42.80 元

目录

CONTENTS

第一章
她可真是位单纯善良的小姐。 001

第二章
做个交易吧，令嘉。 020

第三章
她今年二十岁，负债两亿二千万人民币，卡上余额一百万。 039

第四章
我想再看见你，当麝香葡萄在青李子树旁沉睡的时候。 058

第五章
你要做艺人？ 079

第六章
她真可爱，不是吗？ 105

目录

CONTENTS

第七章
她不知道这份合同会将她的未来变成什么模样，但有一点很清楚，如果她没签字，日子连今天也过不去。 130

第八章
你知道，虽然我已经习惯了谎言，
人人都对我撒谎，但你不可以的，令嘉。 162

第九章
倘若我爱她，她不爱我，
这就已经足够具有攻击性。 190

第十章
你是在担心我吗，令嘉？ 211

第十一章
这就是嫉妒的味道啊。 246

独家番外
屠龙勇士 274

第一章

她可真是
位单纯善良的小姐。

01

“他是上帝吹来人间的一阵风，因为已经走完了世上所有的路程，所以才会在短暂的经历后与我们别离。如今，他的灵魂将再次回到天上与父相聚，愿灵安眠，阿门。”

乐团开始演奏，灵柩下葬，神父从纯白色的玫瑰花簇中往后退了一步，画十字停止祷告，结束最后一次弥撒。

沈之望的墓志铭很简单——Called back，受唤归去。

生卒年：1997—2020。

他父母早亡，鲜有亲友，短暂的人生像极了悼词里的那一句，他是上帝吹来人间的一阵风。

六月的伦敦有着一年中最好的天气，在这样灿烂的阳光底下，令嘉却需要朋友轻扶肩膀，才堪堪站稳。

这一周来，她瘦得实在厉害，黑色长风衣腰身扣到最里面那排扣子还是显得松垮，纤瘦的手腕和脚踝几乎让人生出一种一折就断的错觉。

墓园斑驳的光线在风声中摇落，透过檐帽的黑网纱格打在她的面颊与细颈上，纱网的阴影缝隙间呈现出一种冷色调的白，那是画家调色也很难调出的半透明质感。

参加葬礼的宾客上前献上鲜花，他们沉声安慰令嘉。

而她全然在状态之外，木然颔首，向前来参加葬礼的人们致谢，感谢他们令他最后一段旅程不至于显得寥落。

“令嘉，节哀。”这一句中文出现得有些突兀。

令嘉大脑迟钝，干涩的视网膜聚焦，认真分辨了几秒才记起，眼前说话的中年男人她见过。沈之望告诉过她，这人是他父亲替他雇用的律师，负责打理沈之望名下的财产、学业及其他一切事宜。

男人将白玫瑰放在墓前，说道：“令嘉，我想或许你应该知道，之望的——哥哥。”他努力半天才找到一个不那么恰当的措辞，“他今天被长辈派遣和我一道来了，之望的家族会负责他的墓地维护及丧葬后续所有费用。”

令嘉盯着他沉默半晌，问道：“他人在哪儿？”

她的视线顺着男人所指的方向，朝墓园下方的柏油路望去，那儿的橡树底下安静地停着一辆黑色迈巴赫齐柏林。

刺眼的光线自车窗漆黑的防窥膜表层折射回她眼睛里，令嘉什么也看不见。

令嘉看不见，车里的人却能把她瞧得清楚。

车厢内冷气充足，皮质沙发十分舒适，后座上的男人凝望远处，视线许久没有任何偏移。

或许是感受到自家老板朝那个方向投入了过多的注意力，霍普特别开口道："傅，那是沈之望去世前交往多年的女朋友，他们很早就在一起了，沈之望原本打算结束今年的欧洲巡演，就向她求婚。"

"那他可真是不够走运。"傅承致嗤笑一声，点评道。

自家老板对待这场葬礼的态度如此轻慢，并没有令霍普感到意外。

跟在傅承致身边的时间超过十年，他处理过很多老板的私事，也一直知道老板有位同父异母的私生子弟弟，叫沈之望。

尽管没见过几次面，但傅承致还是对这个弟弟深恶痛绝。

当然，沈之望本人从未做错什么，只是他的生母，那位落魄的全港选美小姐冠军，二十多年前险些使傅家破散。

如果不是那年亚洲金融危机之时，傅承致母家倾尽所有资金储备帮助合宜与华尔街金融大鳄抗衡，以老板父亲从前对那个女人的宠爱程度，傅承致今天能不能顺利成为继承人还未可知。

两兄弟的人生像是两条平行线，知晓彼此的存在，却从无交会点。

沈之望随母姓，这个孩子从来就没有被傅家承认过，一直读音乐学院苦练钢琴，二十岁出头，还没开始享受掌声和荣耀，就在上周欧洲巡演途中意外遭遇车祸身亡。

而作为第三代瑞士籍华裔、合宜银行继承人的傅承致，自出生起便在伦敦接受英式公学严苛的精英教育，年纪轻轻就得到一众长辈支持，成为合宜实至名归的掌权派。

在霍普看来，自己的老板除了恶劣的个性，以及稍稍缺乏同情心之外，无论学识礼仪还是眼界能力，全部无可挑剔。

相信如果今天不是傅家的长辈发话，傅承致绝不可能来墓园这种晦气的地方送他的异母兄弟最后一程。

另一边，白色的棺木马上就要完全被黄土掩埋，沈之望将永远在这里安眠。

令嘉终于再也无法冷静了，她试图离爱人的所在之处更近些，却马上被早有预料的朋友们隔开了。

“令，冷静一点儿。”

令嘉使劲摇头：“我不是要胡闹，只是想起来之望他的领结还没有系正，我最后帮他系一次。”

“听我说，令，你已经把所有事情都做得很好了，让他走得安心些，好吗？”

令嘉却如同魔怔了一般充耳不闻，纤弱的身板试图挤过朋友们肩膀夹缝的重围。她的眉眼饱含痛楚，小心哀求：“最后一次了，求你们，我就见他最后一面……”

朋友们面露不忍，但依然没让开。

努力到最后，令嘉近乎绝望地蹲下身，埋头无力地哽咽：“求你了。”

死亡是生命个体的基本事实之一，它早晚都会到来。

令嘉在剑桥念哲学系，她比任何人都更早地理解了这句哲言在书本中的含义，可当坟墓里真正躺着自己的爱人时，这世上又有几人能真正释怀？

令嘉同样不能。

参加葬礼之前，她已经在肯辛顿公寓暗无天日的衣帽间里，整整躲了一个星期。她曾经以为自己已经哭干了所有的眼泪，今天可以鼓起勇气面对一切，可事实上，时间没有带走她心中哪怕一丁点儿痛苦。

隔着车窗外橡树斑驳摇曳的树影子，女孩分明没有流泪，那沉郁哀婉的泣声却无时无刻不从她纤弱的灵魂中溢出，飘散在空气中，有着叫人无法忽视的存在感。

傅承致说不上来心尖哪里在被挠痒，如同黑沼泽上开了朵白花，有种隐忍而矛盾的快乐。

两者的反差恰好刺激了掠夺者的欲望，叫他忍不住开口喟叹：“Eyes are raining for her, heart is holding umbrella for her,this is love.”

眼睛为她下着雨，心却为她打着伞，这就是爱情。

助理反应了片刻，意识到这诗的出处。

但显然，这不是替墓碑底下那位兄弟念的，那是……老板自己的感慨？

助理的心忽地狂跳不止，他不着痕迹地朝后视镜投去视线。

老板的眼睛里倒没什么要流泪的迹象，可内容听上去确确实实是他发自内心的真情实感的咏叹。

而且，直到此刻，他的目光仍然近乎凝成实质地落在那位小姐身上。

霍普清楚，也许任何一位绅士看见这样美丽脆弱的异性心中都会充满怜惜和保护欲，可是他的老板绝不可能是那些绅士之一。

很反常的是，他对自己同父异母弟弟的女友，似乎有着过分的关注。

“今天是你们第一次见面。”助理摸着最后一点儿良心试图规劝，“令嘉确实很美，但您一定遇见过更美的女人。恕我直言，如果您是因为墓地这个特定的场景对一个可怜的女孩产生情感，这样的审美未免有点儿畸形。”

“你的判断有误。”傅承致目光未动，慢条斯理地纠正。

“首先，今天绝非我们第一次见面。其次，我对自己的情感拥有绝对控制权，不需要任何规则来判断它是否畸形，就算框架必须客观存在，那也一定由我来搭建。”

傅承致缓慢而矜持地扬起嘴角，他确实早就见过令嘉。

刚刚拿到硕士双学位那年，老头了病危，他甚至没来得及过多历练便匆匆进入合宜的权力核心。在一帮股东和元老的合力掣肘打压下，傅承致在北美的投资处女秀以失败告终。

这是他二十四年人生经历的最低谷，那天，他应付完董事会规矩条例烦琐的长老派的攻击之后，强忍怒气结束会议回家，恰巧碰见老头子将沈之望叫到病床前。

那是沈之望第一次跨进傅家门，不用猜傅承致也知道，老头子是想在临死前悄悄给私生子塞点儿东西。

傅承致并不在乎，因为那点儿零星的财产相对于他庞大的金融帝国来讲实在微不足道，只能算指头缝漏下来的几粒沙子。

巧的是，那天沈之望把令嘉也带回来了。

等待男友结束谈话的时间里，她站在玻璃花房檐下帮用人给花儿浇水，偶尔偏头与他们说笑。

十八岁的令嘉，像极了恒温花房里一年三百六十五天光照充足的保加利亚玫瑰，美丽珍稀，那确实是只有富足的真空环境才能培育出的不谙世事，无杂质的善良与烂漫。

起初，傅承致以为她是家里来的客人亲眷，管家告知他，令嘉是那个野种的女朋友。他顿时感觉像活吞了一只绿头苍蝇，兴致全无。

那时傅承致确实没料到，有一天再见令嘉的时候，他的弟弟已经英年早逝。

他更没想到，时隔多年，他原以为已经模糊的记忆，当令嘉再次出现时，那鲜活的侧脸和那股纯真竟仍然清晰可辨。

十八岁的令嘉与二十岁的她，是全然不一样的美，却都毫无偏倚地长在了傅承致审美矩阵的最大值上。

02

沈之望的葬礼一结束，令嘉当夜就生了场大病，体温升到四十摄氏度，居高不下。这场高烧早有端倪，只是强撑到现在才发作。

三十多个小时滴水未进，令嘉嘴唇干裂唇色苍白，连喂到嘴边的温水都吞咽困难。

黎明前，公寓那位护工出身的爱尔兰用人黛西又给她打了一支退烧针，奶妈连塞带灌地给她喂了些流质食物下去，用冰毛巾反复擦拭令嘉的皮肤，温度才缓慢往下降。

约莫是烧退了，奶妈絮絮叨叨的劝慰总算逐渐清晰起来，落了几句到令嘉耳朵里。

“……小八，好孩子，要打起精神来，你父亲最牵挂你，你得让他放心。”

令嘉闭着眼睛木然在奶妈怀里换下丧服，听见这句话，眼泪又悄无声息地从眼尾滑入鬓角。

令嘉上一次面临死别，还是刚出生那会儿，没睁眼，亲妈就因为羊水栓塞难产走了。

除了照片上定格的影像，她没见过自己的母亲，只知道在抢救室匆匆相处的几分钟里，她给自己取了个小名叫“小八”，因为那天是腊八。

没过多久，令炳文请了个新加坡籍女用人给女儿做奶妈，奶妈尽心尽责把令嘉带大。

众星捧月般的宝恒大小姐，无论是虚伪的恭维还是善意的疼爱，她拥有的实在太多太多，没什么机会因为生母的缺席而伤心。

这次却不同。

从十三岁来到伦敦起，令嘉认识沈之望七年了，几乎是她生命的三分之一。

中学时代，沈之望念的公学和令嘉所在的女子中学距离很近，每逢假期，他们就像两只欢快的鸟儿在泰晤士河边相聚。

她陪他练琴，而他在她咬破笔头想答案的时候，找借口将她从家庭教师那里“解救”出来。年轻的情侣手牵手漫步在伦敦塔桥，在千禧之轮划过天际那一刻拥吻。

那些记忆太美好也太深刻，失去的时候，才如抽除肋骨一般痛彻心扉。

令嘉不敢多想，只努力抓紧钻进耳朵里的那几个字：打起精神来……

她还有父亲要管。

她一遍遍地在心里默念，好像就真的有了力气一样。

整夜的高烧和脱水使令嘉虚弱乏力，胸闷气短，但此时的她终于不得不正视当下人生中的另一件大事。

就在昨天葬礼开始之前，父亲的特助陈东禾从国内打来了一通长达半小时的越洋电话，通知她家里的生意出了问题。她的父亲，宝恒董事长令炳文目前已经因中风入院，公司财务目前正被外部介入调查。

这家十年来几乎成了国内院线的龙头企业，即将进入破产重整程序。债权所有者即准新东家，是一家英资银行控股的绘真集团。

令父的意思是，伦敦肯辛顿的宅子，还有几处房产早年都已经记在令嘉名下。他还在合宜银行留了一笔不菲的信托资产，要女儿拿着这笔钱在剑桥把书念完，好好过自己的人生，不必回国蹚浑水，以免这笔额外的资产被清算掉。

令嘉含着金汤匙出生，是父亲年过四十才得的掌上明珠，又有年轻英俊的钢琴演奏家初恋，见过玩过很多寻常人终其一生都没有机会领略的东西……除了偶尔为名校的课业压力烦恼，她的人生一帆风顺到令人无比羡慕。

也许是连上天都妒忌这样的好运气，才会在一夕之间夺走她珍视的一切。

令嘉不清楚父亲在什么时候开始准备，如何把自己与公司的情况瞒得密不透风，以至于直到最后她才得知整件事情的经过。

她唯一清楚的是——她得回国去。

尽管这和令炳文的想法相悖，但为人子女，倘若令嘉拿着这笔钱独自在伦敦享乐，恐怕她余生的每一夜都将不得安眠。

天一亮，令嘉便挣扎着下了床。黛西准备早餐的时间，奶妈帮她梳理头发。

令嘉坐在梳妆台前，指尖轻抚昨夜换下来的丧服，黛西适才已经将它折叠整齐。

二十岁太过年轻鲜活，在令嘉的记忆中，她几乎没怎么买过纯黑的衣服，就连身侧敞开的衣帽间柜底，都还堆满她上周为了庆祝剑桥地狱考试周结束，从牛津街带回来的五颜六色的没来得及拆去吊牌的奢侈品牌当季套装。

只是在过去的一周时间里，它们被她躲在柜子里冷静时一股脑垫到柜壁上，压得发皱。

这件丧服，是沈之望之前定做欧洲巡演的礼服时替她一起做的，裁的就是同一块布。

西服面料挺括发沉，她一开始还不大满意，沈之望再三哄她，她才不情不愿地去量了尺码。做好后令嘉却很喜欢，那天在店里试穿，很像在穿情侣装，腰线尤其漂亮。

令嘉哪里料想得到，第二次穿它，竟然是在沈之望的葬礼上。

仅仅一周时间而已，他们的世界已经天翻地覆、生死两隔。

仿佛命运早已在冥冥之中将一切安排妥当。

“奶妈，收起来吧。”令嘉声音微哑，偏过头不再看。

人生突遭大变故，二十年来的虚幻繁华已成过眼云烟，而她也再没有资格做伤心时只知道躲进衣帽间，在黑暗中独自疗伤的小女孩。

结束早餐，令嘉向黛西讲了她目前的财务状况，以及未来不能继续雇用她的决定，但在因违反雇佣合同给付赔偿金的同时，她会额外付给她一千英镑，作为上半年的奖金。

之后，她又致电律师及房产中介，将名下的几套房子一齐挂了出去。

在未来的几天内，她将尽快清理不能带回国的行李。

令嘉待在伦敦七年，要整理的东西实在太多。

尤其是她的学业，剑桥哲学系本科学制三年，现在第二年刚结束。

按说征程已经走完三分之二，但事实上，她在剑桥和一群精英一起念书压力很大。在过去的两年中，令嘉的日均睡眠时间不足五个小时，她确信自己不可能在这样的变故发生后，在照顾父亲的同时仍然兼顾学业。

令嘉中学时代就读全英排名前五的女子中学，以八门全 A 的 GCse 成绩进入高中，在老师的推荐下又以四门全 A 申请来到剑桥哲学系。

可她很清楚自己并不是天赋异禀的学生，只不过是站在父辈的肩膀上，有着优于很多人的教育条件外加一些努力，抬手够到了名校的门槛。

休学是最无奈，但也是最明智的选择。

未承想办理休学的进度异常缓慢，申请邮件发出后的几天时间里，令嘉几次乘车往返学校，花了大量精力处理这件事。

好在有律师帮忙处理其他琐事，再加上伦敦作为世界金融中心，挂在伦敦市面上降价紧急出售的房子一贯非常抢手，一周后，令嘉名下的动产和不动产陆续变现，上千万英镑抵达她的户头，而休学手续也终于办理妥当。

只剩下最后一件事——回国前，她还得去一趟合宜银行，取出那笔从父亲的信托合同中紧急申请提取的资金。

03

夏日无疑是最令伦敦上流社会兴奋的社交季，它有着一年里最长的白昼、最灿烂的晴天，有一场接着一场的赛马会、野餐派对……不过这一切都与傅承致无缘，他这周工作繁忙，甚至达到了每天雷打不动的凌晨五点起床改到了四点也还不够用的程度。

一直忙碌到周一，傅承致晨起时看了眼天气预报，将议程推到中午，总算抽出时间驱车到北伦敦跑马。

夏日的阳光太充足，他兴致盎然，甚至难得地到马厩里亲自给爱马贝拉喂了草料，顺便听助理霍普在旁进行每天早晨的例行汇报。

“……预测美联储 8 月降息 25 个基点至 1.65 到 2 的概率为 90%，目前看来没有维持利率不变的可能。”

“美元指数现在是多少？”傅承致直接跳过冗长的预测。

“98.14。”

停顿两秒，认为老板并没有追问的意思，霍普进入下一项工作报告。

“财务部沃克利阁下发来邮件，让我转告您草拟的修正法案会在接下来的一个月内发布，他建议我们尽快在过渡期内做好适应调整，缓解新法案带来的冲击。”

“下午四点前给他回复，发布时间务必再延迟至少一个星期，邮件写得情真意切些。”

助理神情为难：“傅，恕我直言，您提出的要求就算是沃克利的亲儿子来写陈情书，他应该也很难体谅。”

“那就加上这句，倘若法案提前生效，我将停止扩大财政部在合宜的透支账户规模。”傅承致说着斜他一眼，“亲儿子不敢这样威胁吧？”

霍普：“呃……”

“好的，下一项，您是否要停止对保守派民主基金会的拨款，他们资助的金融杂志在上个月用了不止一个篇幅对您的行为与主张进行抨击。”

“为什么要停？”傅承致反问，“不遭嫉妒是庸才，他们骂了些什么？”

他甚至饶有兴致。

霍普收回视线，不愿再看这个丧心病狂的男人。

“需要的话，我可以在下午前把那些内容收集成剪报，供您仔细阅读……还有，我们和瑞士跨境支付公司的谈判已经到了尾声，在刚刚结束的晨会上，埃斯特林认为收购也许可以在八月底完成。”

“他在开玩笑吗？”傅承致偏头，仿佛是真的疑惑，“烦请替我转告埃斯特林，收购如果真的拖到八月底，他会直接收到解雇函。”

“好的，先生。”

霍普呼出一口充满马厩味的二氧化碳，记录完关键信息，关掉平板文件的最后一页，结束时长十五分钟的早报。

老板今天的好心情显然影响了他，霍普也较平时轻松许多。

待傅承致换好骑装，在他牵着那匹血统高贵的纯种马贝拉进入跑道前，霍普忽地想起还有一桩小事，随口向老板征询意见：“傅，国内宝恒的股价持续走低，到达预期值了，绘真认为现在正是进入清算程序阻碍最小的时机，我们不如——”

傅承致翻身上马，居高临下地打断他：“等跌停了再说。”

资本家的情感果然只服从于资本增值的规则，他们并不吝惜榨干最后一分利润的精力。

霍普心领神会，微笑着发问：“傅，即使刚刚发现令嘉恰巧是绘真集团正在并购的宝恒集团的董事长的千金，你也不打算下手轻些吗？”

贝拉本来已经开始在场内跑动，闻言，傅承致将重心后移两三厘米，马蹄便停住了。

霍普只见他回头，嘴角愉快而邪恶地扬起来，牙齿白得近乎刺眼："为什么要？"

一石二鸟。

意思是即便自己感兴趣的女孩儿的父亲即将破产，他也不会多花两秒钟考虑要不要怜香惜玉，抓住机会在她最落魄的时候乘虚而入、攻其不备才是明智的做法。

这真是一份刺激的职业，做傅承致秘书理解他的语言艺术，退休后简直能胜任社会语言学翻译大师。

霍普在场外欣赏着老板控马疾驰和优雅跨栏的英姿，内心悄悄为那可怜的小公主祈祷了半秒钟。

合宜银行总部大楼就坐落在伦敦市中心，圣保罗大教堂东侧的金融城。

令嘉下午出发，抵达合宜银行所在的街区时，正赶上游行队伍在大楼外喊口号。

尽管伦敦骑警在维持秩序，但道路交通还是堵塞了，车流一动不动。

前排爱尔兰司机松了松衬衫领结，开玩笑似的抱怨："伦敦这周的交通真是比任何时候都坏透了，从特拉法加广场到金融城，这些示威者都不知道暂时忘记距离规则，挤挤让条道，给我们这样需要养家的人通行吗？"

令嘉因他的幽默稍稍动了动嘴角。

帕克心满意足。

工作七年，这是他为令嘉开车的最后一天。

今天以后，令嘉会为他写好推荐信，他将去为新的雇主服务。

无论如何，帕克都不想让今天这个日子在记忆中变得糟糕，因为令嘉实在是个很棒的老板。

她慷慨大方、温柔善良，遭逢大难却仍不忘为他们每个人安排去处。

思及此，他抬头又往后视镜瞥了一眼。

女孩的素色风衣领子抵到下巴，苍白的面颊上仍然见不到多少血色。也许因为有太多事等着她去做，黯淡的眼眸稍微有了点儿光泽，气质整体虽然还是低落颓丧的，但精神好歹不再像上周那样糟。

她注视了一会儿窗外的游行队伍，突然开口：“帕克，距离不远了，我就在这儿下，你停好车后再过来找我。”

“噢，小姐，外面都是示威者——”您这样纤瘦的淑女要是不小心挤入人流，会被碾得渣都不剩的。

他话音没落，回头一看，令嘉已经拎包打开车门下去了，显然什么也没听见。

永不眠息的金融城高楼密集耸立，是伦敦最华丽的天际线，不知见证了多少风起云涌。

合宜总部大楼就矗立在金丝雀码头附近，整座建筑是新古典主义与科幻的结合体，古朴而充满现代气息，完美融入中世纪的街道。

律师已经提前办理好了所有手续，今天只需要令嘉本人到柜台确认取出资金，跨境汇入她国内的户头就可以了。

合宜的业务办理向来以高效出名，整个过程只用了三十五分钟。

办理结束后，令嘉收起所有的材料，向柜员致谢道别。

此时外头的示威声已经愈演愈烈，骑警的鸣笛响彻街道上空，还没出大堂就能听见烟花燃放声。隔着落地玻璃窗，可以看到成百上千的抗议者戴着V字仇杀队面具从跟前经过。

手机进了新的消息，令嘉看完，将手机熄屏，眉头微微皱了起来。

事情有点儿难办了。

帕克将车停在街道尾端一家大厦的地下停车场，他被困在那边完全没办法过来。

确实，在这样的人流中逆行非常可怕，现在只能靠她自己走过去。

伦敦的反资本主义游行基本上一年一度，这段时间格外激烈的原因在于——财政部上个月将去年出台的经济法案纳入法律。该法案部分规定给了投资银行更大的自由，资本家们无须投入多少资本就能实实在在让市场膨胀，加之这几个月伦敦物价上涨，示威者们将之归结为法案引发的连锁反应。

无法流动的阶级，比工资上涨速度更快的物价……陷入无尽债务危机的底层民众总要为自己的愤怒找到出口。

盎格鲁人是喝奶吃肉长大的，体格实在强壮，令嘉闷头在人流中挤得异常艰难，满头大汗还要护住包。

五分钟后，她从合宜大楼的东侧移到西侧，终于拼命挤出来脱离了人群，躲在银行花坛后头喘息。

她四肢冰凉，又冷又麻。

刚才不知是被挤到了，还是嗅到谁身上混杂的香水与燃烧瓶味，令嘉此刻鼻子发痒，喘不过气，颤抖着手摸遍全身口袋找药，终于摸到喷雾。她抑制住咳嗽的冲动，把药喷进呼吸道。

哮喘是她打娘胎里带出来的毛病，据说是因为出生的时候呛了羊水。

因为调养得精心，随着年纪增长，这两年发病的次数其实已经越来越少，只是最近烦心事太多，她没顾得上自己身体，这才又发作了。

靠着花坛平复了好一会儿，令嘉感觉手脚终于有了力气。

但她现在怎么也不敢往人群里冲了，打开手机浏览了附近的地图，给自己重新规划了一条迂回的小路。

她撑着墙壁起身，刚迈开步又急急忙忙缩回来，礼让游行队伍边缘一群扛着长枪短炮的记者从跟前飞快跑过。

听他们交流，大概是逮到一个什么值得采访的大人物。

这群记者速度快得像卷起一阵风，风过后一幅被踩满脚印的标语飘落在她脚边。

上面印的是："资本谋害了经济，却得以脱身。"

04

傅承致皱眉用帕子捂着鼻子，躲在一群开路的保镖身后，有点儿后悔刚才下车横穿游行队伍回总部的决定了。

早知如此，就算线上举行会议，或者直接取消，也不应该下来冒险，要是有人认出他……他的生命太珍贵，实在不应该暴露在这群毫无理智可言的愚蠢的示威者面前。

霍普就在这时附耳过来说道："傅，快看，那些记者似乎是冲你来的。"

傅承致抬头就想骂一句"见鬼"。

这群人见到他就像蚂蟥见了血，似乎不问出点儿什么绝不会善罢甘休。

他还来不及掉转方向，已经有身手敏捷的记者隔着保镖伸长手，话筒递到他跟前，点出他的大名。

“傅！您是否赞同经济评论家戴维德的观点，资本应该为上半年上涨的物价和骤增的失业率负责？”

“您认为银行和金融公司是否要为自己的贪婪和不公付出代价？”

“请问您的市场行为是否与道德毫无关联？”

……

五六个保镖使出吃奶的劲儿阻拦记者，拼死保护他。

霍普再次提醒：“傅，这几家媒体都致力于消费者金融保护工作，我认为您无须回答他们的任何提问。”

傅承致本来也没打算说话。

好在他们的位置非常接近合宜大楼，已经有警卫上前接应，为傅承致开辟出一条安全通道。

傅承致接过助理手中的墨镜戴上，面无表情地疾步朝前走。

一个话筒不知什么时候钻了空子，就这样斜插到他嘴边：“您知道《纽约金融》在今早发行的报纸标题中，指责您为恶龙吗？”

不知是哪一个单词触动了他，又或许是累积的提问已经令他感到不快，傅承致突然站定。

他冲提问者的方向偏了偏头，瞧清他的名牌，抿成一条线的嘴角微微翘了翘：“里奥，我更愿意称自己是开拓者、梦想家，这种指责在我看来异常愚蠢幼稚。”

霍普：……哦！

完了，他就知道。

傅承致并没有就此停下来，他好似要一次性替他们答疑。

“戴维德的观点大错特错，部分宣传家总喜欢以扭曲的方式将市场的一切负面影响归咎于资本。事实上，投资者才是绵羊，错的恰恰是监管者，问题是真正犯错的人永远不愿承认。”

里奥兴奋地将傅承致的每一句回答都录入话筒。

霍普却不动声色地记下里奥所在的报社，在看向他的目光中带入了同情。

从傅承致叫出他的名字起，霍普就清楚，里奥自以为的独家报道不仅发不了，还很有可能再也领不到下周的薪水。

因为钱和权真的能搞定一切，让老板免受任何麻烦，包括舆论。

傅承致继续侃侃而谈。

“民众常常会忘记经济没有永远的繁荣可言，这不过是正常的经济规律，砸破几个银行家的脑袋解决不了深层问题。”

“我的道德无可指摘，合宜永远是消费者忠实的伙伴。”

这番逻辑自洽的辞令听起来冠冕堂皇，然而对普通人来说，实在是欠扁，墨镜都挡不住他那伪善的嘴脸。别管这位瑞士籍华裔相貌生得多英俊，这副活脱脱心肠冷酷的丑恶资本家嘴脸，让里奥现在就想给他来一拳，边上围观的示威者听见这话当然更是忍不了。

尽管伦敦骑警已经在努力靠近，维持秩序，还是没能压制住民众的群情激愤，就连傅承致也高估了二十几个保镖与警卫的战斗力。

人群里不知是谁冲他扔了个烟幕弹，傅承致被保镖一把推开，在混乱中随着闪避的人群跑出十几米远。

傅承致还没来得及站稳，就有个单薄的身影朝他扑来。

他第一反应是躲开，只是在千钧一发之际，他紧急改变了自己的动作，改为展开臂膀将人兜住，直接用中文问候：“嗨，您还好吗？”

“您也是中国人？”听到熟悉的母语，令嘉抹了把额头的冷汗，说道，“我还好，谢谢。”

刚刚拥堵在核心位置的人群被炸开的烟幕弹吓得四处逃散，她还没来得及跟着人群一块儿跑，就被人推搡了一把，如果不是眼前的男人，她现在就会躺在地砖上被人踩踏了。

令嘉抱紧包再三致谢，在傅承致眼里，她惶惶不安得像只小兔子。

他笑了笑，抬起胳膊挡在她背后，隔开四面八方挤来的人流，提议道：“不如我们一起逃出去。”

这人穿着衬衫和西裤，皮鞋鞋面光洁干净，看上去像是金融城的上班族而非示威者。

形势越来越混乱，想到要靠自己的力量上车，大概得留半条命在这儿，令嘉当即点头：“当然，太感谢您了！”

男人身形颀长，并不畏惧四下游行者的擦碰。

和他结伴而行后，移动速度明明变快了，但不知为什么，她却感觉背后的氛围越来越可怕。

喊声渐大，她甚至听见了有人在骂“中国佬，滚回亚洲！”之类的歧视性口号，以及更多过分的脏话。

令嘉忍不住回头瞧了一眼。果然，不是错觉，那群跟他们俩一样迅速在队伍中移动的示威者激进派就是来追他们的！

“不是反资本游行吗？主题怎么变了？”令嘉气喘吁吁，加快脚步。

“不奇怪，他们责怪移民夺走了他们的生活，抢占他们的福利、房产、职位……蠢货一旦被愤怒裹挟，总喜欢把错误推给除自己之外的任何人。抱歉，是我连累您了。”傅承致冷静地回答，只字不提自己的身份。

令嘉立刻理解了，原来他就是刚刚引发骚乱的核心人物。

大概是由于他是亚洲血统，又在金融城从事高薪职业，因此才被人盯上了。

“您不必道歉，应该被谴责的是他们。”

他们已经接近队伍的最前端，人们越走越稀散，再没有人流遮挡了，令嘉稍一回头就能看到那群逼近的激进派。

她快喘不过气了，只能用尽全力加快脚步，扣住傅承致的手将他带往另一个方向。

“……跟我来，我的车就在下面的停车场。”

谢天谢地，帕克就在地下停车场焦急地等待她。

令嘉带着人跑到车前，连句解释也来不及说就上了后排，吩咐帕克快走。

车才从车位拐弯出库，果然就和那群示威者撞上了。

尽管清楚车窗是能隔绝一切视线的防窥玻璃，但她还是压低了身子。心跳如擂鼓，她不自觉地抓紧手边一切能抓的东西。直到那群人的视线越过车身往后，车子加速将所有人甩远，令嘉才直起身子，深深地呼出一口气。

她后知后觉地将男人的手腕松开，说道：“对不起，我太紧张了。”

傅承致绅士地说没关系，又表达了感谢。

华裔与留学生的气质非常容易区分，刚刚逃亡时短暂的接触，已经足够让嘉辨认出这人是个华裔而非国内来的留学生。

男人生着一张骨相出众的亚洲面孔，精雕般的眉目含霜，下颌冷硬，脊背笔直。

也许天底下生得英俊的人都有共通之处，这张脸好看得让人生出几分熟悉感。

但现在的令嘉对任何人都难以生出好奇心，她没有交换姓名的意思。车子开出几条街区，抵达安全地带后，她开口询问："您准备去哪儿？"

"我就在前面的地铁站下。"

傅承致似是才想起什么，摸了摸西裤的口袋。

令嘉问："是什么东西丢了吗？"

傅承致答："手机可能跑掉了。"

令嘉提议："如果您有需要联系的人，我或许可以把手机借给您。"

傅承致矜持地拒绝了她的好意："不麻烦了，谢谢。"

英国人重视社交距离，他们彼此都没有交浅言深的意思，令嘉不再多问，依言让帕克在路口暂停，放男人下车。

车子启动前，男人隔着车窗最后冲她笑了笑，微微颔首致意并道别。

就是这一瞬间，令嘉的心尖突然抽搐了一下，她抬手捂上胸口，唇色泛白。

她终于意识到男人莫名其妙的熟悉感来自哪儿了。

他的轮廓跟沈之望很像，笑起来就更像。

令嘉随父亲见过很多人。

二十岁的沈之望眉目清俊，仍然充满少年气，眼前的男人却已经十分睿智冷静，让人看第一眼就会忽略他的年龄，这样的气场离不开经历的锤炼。他彬彬有礼的斯文气质、温和的眼神、礼貌的笑容正如风平浪静的海面，将一切危险遮掩在水下。

这也是令嘉第一眼见他时没有将两张面孔联系在一起的原因，因为气质实在是迥异。

车子驶出一两百米，令嘉吩咐帕克停车，转身从后座玻璃向外看。

男人仍旧立在原地，她见他在地铁站外翻遍所有的口袋，似乎既没找到现金，也没找到交通卡，最后干脆自暴自弃地往路边的长椅上一坐。

尽管他跑得浑身脏乱，还狼狈地坐在路边的长椅上，却透着一股泰然自若的随意感，姿态坦然得像坐在自家后花园等待下午茶。

令嘉想了几秒，最后还是选择开门下车，步行回到他跟前问道："先生，您打算去哪儿？我或许可以替你您买张地铁票。"

她补充道："以表达我的感谢。"

微风拂过，摇落两片法桐树叶，掉在她脚边。

傅承致的视线终于从地面移到令嘉的脸庞上。

时隔一个星期，她大约仍然未从伤心的阴影中走出，手腕和细颈更显得她伶仃单薄，素色风衣衬得她未施脂粉的肌肤发白透明，秋波眉气质温婉，眸光浸透不自知的哀愁，像被凄风苦雨摧残过的玫瑰。

“我暂时并不想去哪儿。”傅承致仰头回答，“但小姐，您是否知道自己多余的善意很容易被坏人加以利用？”

令嘉一愣，顿了两秒回道：“但您并不是坏人，不是吗？”

傅承致开怀一笑：“当然。”

他身子向后仰靠在椅背上，视线从令嘉脸上移开，注视远方：“我只是想在这儿坐一会儿，看看这些行色匆匆的人，思考我的人生是否有足够的意义，是不是应该放缓脚步，暂停用全部的精力去赚钱，为自己添置一两样能够收获快乐的东西。”

“您现在不快乐？”令嘉问。她原以为男人的回答也许与那些投行精英们的说辞一致，比如压力大，睡眠少，精神紧绷，谁料男人并未这样答。

“是的，我的弟弟刚刚去世。”他说话的神情异常悲伤和沉静。

一种同病相怜的痛楚迅速涌上心头，令嘉欲言又止，语无伦次道：“对不起，我不该问您这个。”

她顿了两秒，绷紧发涩的喉咙，强忍哽咽告诉他：“事实上，我的男朋友也在两周前离开了我。”

令嘉仰头将泪逼回去，不愿再多言，抽出一张卡递到他手中。

伦敦的一卡通能坐巴士、地铁、火车，剑桥往返伦敦坐火车非常方便，她去年买卡时往里头充了两百英镑，但几乎没怎么派上用场。

“这个送给你，你想回去的时候再用。”

傅承致翻看了正反面，弄清楚卡的用途才道：“我该怎么还给你？”

令嘉摇头：“我明天就得离开伦敦，以后也用不上了，这张卡送给你了。”

“Good luck.”她最后送上一句祝福，然后头也不回地拢紧风衣上车远去。

霍普就在令嘉离开后的几分钟里匆匆赶到。

他下车一路小跑，向老板致歉后才递上手机：“您刚刚有两通私人来电，我告诉他们您会在稍后回电。另外，我已通知将会议顺延，二十分钟后再正式开始。”

傅承致接过手机，将一卡通塞进霍普西服胸前的领袋口袋，重新戴上墨镜。

“替我收好。”

霍普抽出来看了一眼，没搞懂老板才离开自己的视线不到半个小时，手里怎么就多了张这玩意儿。他问道：“傅，您这是想坐坐伦敦的地铁，沉浸式体验一下平民生活吗？”

“不，那是令嘉送给一个身无分文，连手机也丢了的倒霉蛋的礼物。”

霍普的脑子转了好几转，才算弄清了他缺席不在的这半个小时里发生了什么巧合事件，感慨道：“她可真是位单纯善良的小姐。”

傅承致深深地笑了起来。

第二章

做个交易吧，令嘉。

01

回国的机票订的是周三下午的，令嘉需要在中午十二点前抵达希思罗机场值机。

黛西此前已经将大部分东西提前打包寄回国内，需要携带去到机场的只有令嘉日常换洗的一些衣物和洗漱用品，一只行李箱足够装完。

记忆中，这似乎是令嘉往返国内和伦敦，行李最轻便的一次。

令嘉拿着箱子怕滑倒，干脆赤脚踩地毯，拎着高跟鞋从二楼下来。

奶妈正在厨房忙碌着准备午饭，黛西见她下楼，忙上前接过箱子。

一楼客厅大部分地方已经被盖上白色防尘布。

“已经打扫完了吗？”

“是的，小姐。”黛西回答。

令嘉茫然四顾。

当公寓里柔软复古的沙发、精致的摆件、壁画等都被遮上之后，住了七年的地方就恍然变得陌生起来。

这间公寓是她在伦敦唯一还没有出售的房产。

主要原因是肯辛顿这样寸土寸金的地段，确实很难在短时间内找到合适的大手笔买家。再者，令嘉自己内心其实也不大舍得，这里是她爸爸当年结婚时在伦敦置办的第一份不动产，算是父母的婚房，有特别的纪念价值。

她到现在还不知道国内是什么情况，只能回去之后走一步看一步了。

没等令嘉从情绪中抽回神，客厅的座机响铃打破了宁静。

奶妈在厨房，黛西在摆餐具，令嘉离得近，便顺手将电话接了起来。

一楼的座机平日用得不多，令嘉接起电话时没有想过这是远在新加坡的奶妈的儿子的来电，直到挂了电话还久久不能回神。

“小八，用餐了。”奶妈抬手指着她面前的餐碟，又一次提醒。

令嘉迟迟没有拿起餐具，她盯着桌面，小声问：“玛拉，你为什么没告诉我，你的孙女出生了呢？你半年前答应了要回去照顾小孩儿，现在出了这些事，不忍心跟我开口吗？”

奶妈连忙解释：“不，小八，是我想再陪你一段时间。”

令嘉从未想过奶妈会离开自己，连回国机票都毫不犹豫地买了两张。

她打生下来时就是玛拉在照顾，迄今二十年，续了三次长约，久到她都快要忘记玛拉也有自己的家庭，背井离乡仅仅是为了赚钱让自己的孩子接受更好的教育。

这个月刚好是第四次五年约到期的时间，玛拉原本计划停下工作，回到自己的祖国和家人团聚。

因为噩耗接踵而至，她直到今天也只字未提离职的事。

令嘉执拗地垂眸，不肯抬头，强忍着不让挂在眼角的泪珠滚落下来。

“你回家吧，玛拉。我已经成年了，早晚要一个人面对所有的事情。”她拿起叉子戳中面包一口塞进嘴巴。

这是她在刚刚沉默的十五分钟里想明白的道理。

毕竟是自己一手带大的孩子，玛拉哪里会看不出令嘉真正的情绪？她心如刀绞，却毫无办法。二十年来，她跟令嘉相处的时间多过同自己的孩子的百倍、千倍，亏欠家人的实在太多太多，她无法一再拒绝儿子催促她回国的请求。

令嘉睁着眼睛度过了从伦敦到 S 市的十二个小时，落地时是陈东禾来接的机。

作为令父的左膀右臂，陈东禾已经在宝恒工作了十几年，对令炳文忠心耿耿。他是极其不赞成令嘉回国的，但大小姐先斩后奏，把房子都卖了跑回来，这下也没办法再把人赶回去了。

他接过令嘉手中的行李箱，没有在令嘉身后看到熟悉的人影，疑惑地问道：“大小姐，玛拉没跟你一起回国吗？”

“我已经成年了，不需要奶妈了。”在陈东禾持续的注视下，她才既生气又委屈地开口解释，“合约到期，她的儿媳生产，回去照顾孙女了。”

到底还是熟悉的大小姐啊。

令嘉只对亲近的人生气，能把这份委屈憋到下飞机才吐出来，已经是长足的进步。

接机之前陈东禾还挺害怕，害怕看到一个消沉颓丧、悲观崩溃的孩子。幸好，过去二十年良好的成长氛围让她拥有了健康的心态和良好的抗压能力，起码没有被挫折击垮，还能迅速做出退学回国的决定，这已经远远超出了他的预期。

小公主前二十年的生活无忧无虑，连指尖划道口子都足以使令家上上下下惊慌失措，如今遭逢大难，却是要用她稚嫩的肩膀扛起所有的事情了。

车子上了返城高速，直接前往医院。

四十分钟的行程里，陈东禾跟令嘉讲了许多一开始没打算细说的事。

宝恒的情况比令嘉想象中的还糟糕，绘真集团方面来者不善，谈判进行得异常艰难。

正常企业进入破产程序后通常有三种走向——清算、重整或者和解。

绘真想要清算，简单来说就是联合其他股东和小债权人，拆解公司卖东西，最大限度收回债务。而以令父为首的一群人想要保住公司，通过重整起死回生。

如果说他们的诉求原本还有一丁点儿余地，那么，随着令父这个宝恒的灵魂人物中风入院，最后一丝希望也破灭了。目前，只剩下公司几位元老苦苦支撑，谈判陷入僵局。

令嘉料到回国后会有很多需要钱的地方，却万万没想到，竟然需要那么大一笔！

她从英国带回来的上千万英镑，对于宝恒这座即将坍塌的大厦而言，只是杯水车薪，宝恒已然无力回天。

退一万步讲，就算绘真方面肯在并购合同上签字，宝恒进入破产重整，公司起死回生，她父亲个人名下的三亿多债务也并不会就此蒸发，她带回来的这笔钱只能还上三分之一。

“把我爸国内名下所有的财产估值加上，够还吗？”令嘉问得小心翼翼。

“大小姐，”陈东禾面露不忍，说道，“除去给你的那部分，董事长名下的所有财产已经抵押给银行了。”

现在都是银行的东西。

她听了，像是被兜头泼了盆凉水。

令嘉这个从生下来就没为钱发过愁，十指不沾阳春水的大小姐，从没想到自己有一天会为两亿多人民币的债务发愁。

她来不及想更多，因为医院已经到了。

隔着病房的玻璃窗往里望的时候，令嘉觉得自己宁愿背上十亿、一百亿的债务，也不愿看见父亲躺在这儿动弹不得。

她不敢再看，迅速背过身，低下头。

从陈东禾的角度，只能见她的眼泪落在脚面上，像极了小时候她不愿写作业，被令父在庭院里罚站的样子。

“董事长是在那天跟绘真方的会议结束后倒下的，入院意识还清醒的时候他给自己签了手术同意书，手术还算成功，命是保住了。目前就是不能出声，动弹不得，医生说好好治疗复健，以后也许能慢慢恢复。”

陈东禾说完叹气：“大小姐，虽然董事长并不希望你回来，但是，你能回来真好。”

令嘉擦干眼泪平复呼吸，推门进了病房。

短短几周内，令父的发根尽是新长出的没被染黑的白色，从意气风发的中年男人变得脆弱懵懂，他沉浸在自己的世界里，看到令嘉也并没有特别的情绪起伏，只是咿咿呀呀叫几声，发出了几个无意义的音节。

令嘉猛地回头，问道：“我爸不认识我了？”

“医生说这是由于大脑受损，以后瘀血散干净，记忆可能会清晰起来。”

令嘉想过任何一种情况，想过父亲可能瘫痪、失语，唯独没想过他会连认都不认得自己。

她嘴唇微动又想哭，好在陈东禾及时提醒她：“大小姐，以董事长现在的身体情况，这样也许反而是件好事。”

总比脑子清醒却又不能动弹好得多。

令嘉在病房待了一个星期，绘真集团跟宝恒的谈判终于拖到了不能再拖的地步。

她必须代表她的父亲，作为宝恒最大的股东出席周一最后的谈判会议。

“陈助，我学的专业是哲学，你让我说尼采，说康德，我还有点儿心得，让我参加商业谈判去说服别人，我完全一窍不通啊！”

令嘉头都大了，抓紧病床扶手不愿出门。

这一个星期里，她跟着陈特助早出晚归去争取大大小小的股东，劝服他们统一阵线，坚持资产重组。

可惜树倒猢狲散，父亲这棵大树倒下后，令嘉才真正明白什么是人间真实。从前恨不得认她做亲闺女的叔叔伯伯们现如今一个个变了脸，不是云里雾里绕晕她，就是模棱两可，不给实话。

她不仅没把任何人劝服，反倒差点儿被人劝服，短短的几天就被这群社会人整出心理阴影来了。

“大小姐，秘书室给你写好‘台本’了，你就背下来，到时候问到哪句，只要按着本子上的话回答就行，其他人会辅助你的。”

“可他们要不按‘台本’来呢？”

这确实是个大问题，谈判场如战场，形势瞬息万变。

陈东禾端详了令嘉半晌，提议道：“这样……你到时候披着头发，戴上耳机，‘台本’上没有的词儿，我在耳机里告诉你，你就负责转达。无论如何，得让绘真看到宝恒的主心骨，不管是对方还是我们自己，只有瞧见希望，大家才会有信心。”

可见事情确实已经到了最后一步，连陈特助这个一向沉稳的人都只能使用这样的下下策。

令嘉想，就算是只鸭子，也只能硬着头皮爬上架了。

寄回国的行李还没拆，令嘉不通庶务，是个生活白痴，没了用人帮忙便完全不知道自己需要的东西在哪只箱子里，翻来翻去弄得一团乱，最后只能临时从父亲的衣柜里拿了件男版西服外套应急。

好在令父身材并不算高大，西服剪裁挺括，肩线流畅，令嘉在里面配上泛光的黑色绒面及膝裙，系紧皮带收腰，再搭一双一字带恨天高，左右耳朵一边一个闪亮的银质耳链，时装周大小姐的范儿好歹是出来了。

“怎么样，陈助，这么穿能镇得住场子吗？”

令嘉整理着大波浪长发，从卧室走到客厅还是不怎么自信。

令嘉的外貌随便伪装一下，就比想象中能唬人。

陈东禾点头：“非常好，只要你说话不露怯，就完全是王者归来的气场。”

从家里到公司，令嘉一路上都在紧张地温习“台词”。

生意上的东西她不懂，只点亮了背书的技能，背台词儿是她唯一能努力的部分。

会议室的大门近在眼前。

左右的秘书将门推开前，陈助压低声最后一次郑重叮嘱她：“大小姐，你一定得演好这一场。宝恒未来的兴衰成败，全看今天了。”

02

令嘉深吸一口气，稳步朝里走。

高跟鞋踩在地上的敲击声被厚重的灰色地毯悄无声息地吸收了。

这是宝恒集团顶楼最大的会议室，照明系统的灯光偏冷，气氛异常森严沉冷。

椭圆长桌两边，谈判双方已经坐满，看上去黑压压的，全是脑袋，只空下宝恒这边最中间的一把椅子——这是令嘉的位子。

初次对上绘真的谈判组，直面一群西装革履，冷漠挑剔的谈判精英，令嘉站定后的第一反应就是压迫感太强，小腿发软。

她都怀疑自己现在坐下去是否还有余力站起来。

双方团队起身握手。

就在这时，令嘉正对面那一把面对落地玻璃的椅子转了回来。就着投影仪的光影，她见到一张轮廓分明，英俊而熟悉的面孔。

令嘉瞳孔一震，有那么一瞬间，她产生了不知身处何处的错位感。

这人正是她上周在伦敦金融城见过的那个华裔投行精英！

陈助准备的资料囊括了对方谈判团队所有成员的履历、背景和行事风格，但令嘉确定自己没见到过有关这个人的任何信息。她的目光朝旁边扫了扫，很显然，秘书也没料到对方的谈判团队里会突然出现这个空降兵。

对方已经起身，客套的微笑如同用标尺量过，他居高临下递手过来："你好，傅承致。"

"你好，我是令嘉。"令嘉痛恨自己的鞋没有选得再高些。

两人指尖短暂接触后迅速分开，各自落座。

是了，她瞬间又想通了，绘真集团毕竟是英资银行控股，伦敦总部派个谈判精英来也是有可能的。

在场所有人都着正装，唯独傅承致穿了一件半旧的灰色羊绒毛衣，里头是一件连领扣都没扣上的淡蓝衬衫，虽然很有大佬范儿，但还是随便得过了头。

她明白，穿衣自由建立在拥有足够的权力和地位的基础之上。这证明对方在自己的团队里拥有举足轻重的地位，还表明，他并不把宝恒，包括这场谈判放在眼中。

她上周还送了他一张地铁卡，两人也不算全然不认识吧？但这人并没有叙旧的意思，看起来是完全没打算手下留情。

令嘉这么一分析，更紧张了。在这种大型商业谈判现场，身处旋涡正中的感觉，简直比当年她参加剑桥的面试还恐怖一百倍。

区别是，她上次面试失败还有其他G5高校作为退路，今天失败，她爸经营几十年的集团就要被拆解、拍卖了。

令嘉心里打鼓，只想哭，还要告诉自己“我不怕我不怕”，伪装成全场最自信无畏、最大方坦然的样子。

起完简单的商业礼仪程序后，会议迅速切入正题。

在一场正式的谈判中，每一方的谈判者背后都有着团队密切紧凑的分工，如陈助所言，令嘉确实只是一个被推到台前负责伪装领导者的吉祥物。

令她感到欣慰的是，对面的傅承致比她看起来还像吉祥物。

他懒散地仰靠着在椅背上，并不主宰谈判。不，应该说他压根就没发声，从头到尾只把左手放在会议桌上把玩钢笔。

在这你来我往、剑拔弩张、一触即发的对峙中，他倒像是来度假的，喝口咖啡还不忘转头小声跟对旁边的人吩咐：“酸了，拿去加冰块。”

待秘书将咖啡加了冰块加拿来，他浅抿一口耸耸肩，又继续挑剔：“糟糕的味道，还是重泡吧。”

短短半个小时里他折腾了四次随行人员，这种镇定自若地把开小差合理化的行为，严重感染了令嘉，她忽然感觉自己如临大敌的心态有些可笑。

心里紧绷的弦稍微松弛，她试图像跟导师谈论哲学一样与对方的发言人交流，用从容镇定、有条不紊、略带感染力的语言说着那些拆开她都认识，组合起来一句也不懂的话。

现场连线另一端的秘书室边听谈判直播边想词儿，生怕听漏对方一个字，陈东禾捏着耳麦一把一把擦冷汗，而处身旋涡正中的令大小姐渐渐变得无畏起来，反正她也不懂。

令嘉在剑桥的时候，每周都需要和导师一对一交流至少五个小时以上。

为了这五个小时的交流，她需要花八个小时以上的时间来做准备，当真是被虐多就习惯了。

进入状态之后，她隐约摸到节奏，甚至一度习惯性地跷起了二郎腿。直到对方抛出了一个更难的问题过来，她才又悄悄放下腿端坐好。

一个半小时后，宝恒这边坐在角落里的某个小董事凑到旁边人耳边轻声问："不是说董事长女儿是搞哲学的吗？怎么还挺懂商业的？"

"可能人家修的双学位吧。真是虎父无犬女，老令后继有人，就算家业散了，以后也还有东山再起的机会。"

如果令嘉能听见，一定会在心里驳斥这位天真的伯伯，她爸东山再起的机会渺茫了，毕竟现在人在床上动弹不得。

想当个好演员，内心必须有强大的自我暗示做支撑。

令嘉进门前想得很明白了，宝恒就是谈判桌上的羔羊，被屠宰的一方，他们现在唯一能做的挣扎，就是向对方表明自己的肉有多肥多美，再养养还有剩余价值，能走可持续发展道路。

过去的一个星期，她每天都在后悔自己当初为什么选了哲学这样不实用的人文学科，以至于如今面对巨额债务只能束手无策。

但现在，令嘉突然不后悔了。

她确实没什么商业天赋，在不可抵挡的大势之下，就算有满肚子的理论也回天乏术。

但学哲学至少让她拥有了强大的思想体系，变得透彻、谦逊。如此浩瀚的宇宙中，每个人都是微小的尘埃，为存活努力挣扎，直到用尽最后一分力气。

议程进行到三分之二，时间已经过去三个小时。

绘真方面太强势，他们在对方的绞杀中勉力支撑，一遍遍重述自己的理念，坚持争取自己的利益，令嘉晕头转向，心力交瘁，仍不愿放弃最后的阵地。

她突然明白爸爸为什么会在会议结束后倒下了，他能坚持到会议结束都是个奇迹，因为令嘉现在就想当场中风。

又一轮拉锯战过后，秘书上前分发刚刚打印出来，还热乎的文件。

这是一张生面孔，抱着厚重的文件才上前就一个踉跄，差点儿扑倒在令嘉身上。

令嘉吓得够呛，连人带椅子退了一步，回过神来才意识到自己耳边的世界安静了。

这次令嘉是真的被吓得魂飞魄散——耳边空荡荡的，她的耳机掉了！简直是毁灭性事故！

令嘉顾不得听秘书道歉，抬手打断，眼睛状似不经意地迅速在地毯上四下搜寻耳机的踪迹。

耳机也许在刚刚的混乱中被踢到了哪个角落。

令嘉心里发凉，好在她迅速想起陈东禾之前强调过，如果现场出现突发事故，她有权暂停会议，等商量好了对策再回到谈判桌上。

现在只能这样做了。

在密闭的空间内坐了几个小时，会议暂停后，人们三三两两地起身出去，到茶水间、洗手间、露台放松一下。

令嘉装模作样地整理了一下刚发的资料，手肘假装不经意地将笔推到地上，终于能顺理成章地蹲下身找耳机。

自己椅子下没有，旁边椅子下也没有……

在哪儿呢？哪儿呢？

令嘉的心都快跳到嗓子眼了，她也顾不得那么多，弯腰低头朝会议桌底下看，可是那里只有黑漆漆一片。

她干脆伸手去摸——

“大小姐！”

“啊？”

身后的秘书小声提醒她，令嘉匆匆忙忙收回手，将脑袋转正，视线中已经多了双一尘不染、精致光洁到发亮的男士皮鞋。

“令嘉。”那人用陌生而奇怪的发音方式喊出她的名字，低沉明朗，有种带着笑意般的揶揄，“你是在找这个？”

令嘉定在原地不敢动了，一方面她本能地想迅速从这个令人尴尬的姿势中解脱，另一方面她又害怕抬头直面现实。

有谁能告诉她，那个笨手笨脚的笨蛋秘书，到底哪儿来的天赋，怎么能踢得这么远这么准，直接把耳机踢到了谈判对手的椅子底下去？

令嘉一辈子都没有面对过这样窘迫的局面。

两秒钟后，她硬着头皮站起来，带着仿佛一切都没发生过的镇定，取回男人掌心的东西。

“感谢您物归原主。”

傅承致重新把手插回裤兜里，风度翩翩地微笑：“举手之劳。”

不知道为什么，令嘉觉得他露出的白牙像是深海中寻找食物的鲨鱼的牙齿。她的直觉没有出错，因为下一秒，傅承致便话锋一转道：“但宝恒，这算是……在众目睽睽之下，光明正大地弄虚作假吗？”他像是猫鼠游戏中胜券在握的捕食者，在享用美食前进行最后的肆意而恶劣的玩弄。

果然，傅承致还是听到了耳机里的内容。

令嘉头脑中空白一片，她心中最后的侥幸坍塌，心沉入湖底，水压袭来，让每个毛孔都在战栗。

“商业合作是建立在彼此履行诚信义务的基础上，同理，不管是考试还是游戏，作弊的一方都将直接失去竞争资格。这样简单的契约规则，我想宝恒不会不懂，是什么让贵公司坚持做出如此愚蠢的决定？”他压低的声音只有彼此能听清，每一句都像砸在令嘉的脑仁上。

那一瞬，令嘉的视线短暂模糊又聚焦，落在那些绝望又疲惫地靠着椅背休息的宝恒员工身上，手僵得快要发颤。

不可以，不可以让事情停在这无可挽回的一步，她必须得做点儿什么。

令嘉的嘴唇动了动，在傅承致转身离去前，本能已经代替大脑做出抉择。

她颤抖着的指尖迅速抓紧了他的手腕。

“为什么？您为什么要把耳机还给我？”她固执地想要得到答案，“如果绘真希望宝恒在清算协议上签字，您大可以把耳机留下来，我将哑口无言地在您对面坐到会议结束。”

她的手凉得像冰块。

傅承致的脑子停转了 0.001 秒，反思他刚刚怎么会想喝冰咖啡呢。

僵持的沉默让人心跳如擂鼓。

令嘉明明心虚得都要钻到地里去了，却还要鼓起勇气虚张声势。

她可以放弃，可以为了保住她高高在上的大小姐的自尊心而不管不顾，可这既不是考试也不是游戏，她身后的这座大厦在她放手之后会真的塌掉。

最后试一次，哪怕失败了，转头出了会议室她就忘记这一切，直面现实的痛苦，假装一切都没发生过。

“您的想法可以左右绘真的决策吧？”她指甲掐进掌心，大着胆子往下问。

这一次，傅承致终于动了，他偏头好奇地问道：“你凭什么这么肯定？”

“主导谈判的首席执行官，每次做决定之前都会先看你的表情。”

与前两次不同，今天令嘉化了妆，也许是为了配搭西装，唇色是干枯玫瑰的深红色。她方才慌忙起身时，头发落了一丝搭在鼻尖，挺翘的弧度像极了一种可爱的小动物。

她澄澈漂亮的大眼睛里弥漫着她自己都未曾察觉的雾气，带着慌张和恐惧，还写满了“求你”二字。

这一次，傅承致终于真切地笑起来，连眼角都带入了上翘的弧度。谈话主导权重新回到他手中，他说道：“做个交易吧，令嘉。”他从旁拉了张椅子坐下来，摊开腿松弛而随意地靠着椅背，“倘使我令你如愿，你能回报我什么？”

03

能回报他什么？令嘉的脑袋像熬干的糨糊，艰难地搅动了两下。她半生没干过这种事，喉咙发涩，四下环视后才开口：“您需要什么？股份……不，宝恒的股份现在不值钱，钱，我变卖了不动产从英国带回来一些，原本打算用于清偿债务的……”

“你打算让我犯罪？”傅承致摇头打断她，强调道，“令嘉，我不缺那些，也不是你想象中利欲熏心的小人。”

不要股份，也不要钱，那她身上还有什么可图的？图她身上三亿人民币的债务吗？令嘉的心一寸一寸往下沉。她用意志控制住袖子底下因恐惧和怒意而发颤的手，放低音量请他明示：“傅总，我只是个还没从学校毕业的学生，能回报您什么呢？”

傅承致像是全然察觉不到她拙劣的克制下尖锐的敌意。他坐在椅子上，高度明明矮了令嘉一大截，却从容自在得像在面试下属，说道：“你会什么，先说来听听。”

令嘉原本如临大敌把他当成见色起意的王八蛋，心里沙包大的拳头都举了起来，没想到他会问这个。

“您是指我学的专业吗？”不明白傅承致的目的，她有些许无措，“我在英国念的是哲学，主修形而上学、伦理学、政治哲学、哲学逻辑……选修希腊语和拉丁文，另外，我数学学得不错，但商科只停留在高中第一年的水平。”

专业是哲学，数学基础牢固是必然的。

傅承致耐着性子听完，说道：“除了学业，其他还会什么，说详细点儿。”

“我……音乐和艺术鉴赏能力还行，其他……”令嘉搜肠刮肚，脸都要烧起来了，声音渐低，“还擅长购物。”

明明她在圈子里还算个勤奋上进的二代，但令嘉从没有一刻像现在这般为自己的涉猎狭窄、擅长享乐感到羞耻。

她学的乐器不少，但都算不上精通，所以不值一提。说自己擅长购物是因为除去那些给她带来快乐的消耗性奢侈品，她成年后购买的藏品两年内增值了两至三倍，这在某种程度上确实证明了她的眼光和品位。

好在傅承致及时给她提供了另一能力范围：“运动呢？”

“我网球打得还行，中学时期参加过击剑社，大学之后就放弃了，专心练习马术。”

“那就这个吧。”傅承致抬手打了个响指，像是终于从她乏善可陈的回答里找到感兴趣的一项，“我正好缺个国内的马术陪练。”

“能随叫随到吗？”他继续征询。

令嘉快要被这突如其来的馅饼砸晕了，她几乎不敢相信自己的耳朵。反应了好几秒钟，她才使劲点头答应：“当然！”

谈判下半场重新开始，傅承致不再坐在中间旁听玩笔，而是直接接过了谈判主导权。

绘真放弃了前三个小时坚持的主张，同意宝恒的重整计划，但要他们在最快的时间内通过法院裁定，开始执行重整计划。

傅承致的谈判风格非常果决，他并不在琐碎的细则里耽误时间，而是挑出了重点，重新订立了几项在未来能让绘真利益最大化的合同条款。

会议比原计划提前了四十分钟结束。

直到双方在厚重的合同末页签字，两边起身握手，事情尘埃落定，宝恒众人这才算从晕头晕脑中清醒过来，都忍不住喜形于色。

他们都没想通，僵持了一个月、一个小时前还陷入绝境的谈判是怎么突然峰回路转、柳暗花明的，这甚至不能用神灵庇佑来解释，令大小姐简直是无人能匹敌的气运。

绘真的团队收拾了会议室的电脑和资料，离开前，令嘉在众人的祝贺声中，找准机会抽身追上提前离场的傅承致，远远唤他："傅先生！"

傅承致站定回身，手插在西裤兜里看过来："怎么，我的秘书还没给你联系方式？"

"给了的，号码我已经存好了。"令嘉答完，内心忐忑地顿了两秒才又开口，"我能问您一个问题吗？"

咬唇是令嘉紧张时下意识的小动作，嫣红的颜色在走廊灯光的映照下鲜活饱满到仿佛下一秒就要溢出来。

顶楼电梯已经到了，秘书侧身挡住，安静地等候他进入轿厢，却另有电梯系统的嘀声在催促。傅承致漫不经心地收回视线，转身进了电梯，和令嘉面对面地站定后才开口："如果你想问我为什么要帮你，那我可以回答。"

"令嘉，你送我的交通卡里有一百九十六镑，这一百九十六镑就是我今天愿意改变主意帮助你的原因。"

令嘉没来得及说话，愣在原地看着电梯门在自己眼前合上，有点儿想哭。

傅总真是个大好人。

她从未像此刻这样感谢自己助人为乐的好品质，早知道送一张交通卡就能逆转宝恒面临清算的绝境，她当时愿意花十张，不，一百张交通卡让宝恒免于债务危机！

霍普已经在停车场等待老板，他刚从其他地方结束工作赶来，原本那才是傅承致的既定行程。

车子缓慢启动，霍普将这一天的进展和资料递到他手上，例行汇报："先生，事情都已经按照您的安排办妥了，附件部分我和其他法务人员都审核过，确定没有纰漏。"

"另外，绘真现任执行总裁听说您参加了和宝恒的谈判，非要邀请您共进午餐，我已经替您拒绝了。"

"做得不错。"

傅承致靠在椅子上，指尖轻快而悠闲地滑过平板电脑。

霍普没有错过傅承致的好心情，他预报老板情绪永远像气象台预报天气一样准确。

他微笑着道："今天见到令嘉小姐，看来您心情很好。"

傅承致仿佛回忆起了什么，嘴角翘起来，收回逐行查看文件的目光，像是终于找到人分享。

"确实是个愉快的下午，你没有看到，令嘉挣扎着想要保住她父亲的公司，努力'演出'的样子真的很可爱。我把她吓得快哭了，她还大着胆子来抓我的手，实在令我感动。"

"所以您才同意了宝恒的请求吗？"

"不完全是。我看了宝恒的评估，重整清偿率更高。"

就这一点点的比例也足够让霍普感到吃惊了，他都不相信这是自己老板能讲出口的话。他觉得傅承致现在有点儿像往暗恋的女同学抽屉里放毛毛虫，揪人家辫子的男生，说不定他是嘴上说不完全讨厌，心里早就喜欢极了。

于是他试探着问道："所以您爱上她了吗？"

爱？

傅承致皱了皱眉，似乎因为这个字眼的出现而感到不悦。

好吧，这才是真正的傅承致。

霍普迅速纠正自己的错误，说道："抱歉，是我说错话了。"

傅承致这才肯回答他："爱是人生乏味、追求虚幻的可怜虫才会渴望拥有的东西，我已经足够富有，不需要这种多余的烦扰。"

"对了。"傅承致说完没两分钟又想起来一件事，"这周内安排时间把贝拉从伦敦运过来，我给小公主换个新马厩。"

04

另一边，令嘉在赶往医院的途中。

她上车后被冷气一吹才察觉到冷，紧绷的神经放松后，她才发现自己背脊上都是发潮的冷汗。

甩开高跟鞋，令嘉脱力地陷入沙发椅里，听陈助夸她厉害。

耳机从傅承致手上拿回来时就已经关了，陈东禾并不知晓令嘉跟傅承致私下达成的协议。

而令嘉一时也不知道该怎么跟陈东禾解释。

自己戏剧般稀里糊涂的好运，任谁听了也很难相信。

她忽地想起什么来，身子前倾抓住副驾驶座位问道：“陈助，傅承致是什么人？宝恒以前和他打过交道吗？”

“没有打过交道，这是第一次。”陈东禾疑惑，“全名是傅承致吗？我只听别人管他叫傅总。秘书室打听到他是伦敦来的大人物，十年前绘真还是初创团队的时候，他给了他们第一轮、第二轮融资，他不怎么在国内露面，但估计到今天还拥有绝对控股权。”

“怎么看出来的？”令嘉不懂。

“你瞧他插手绘真内部的决策显然非常随意。”男人分析完又苦笑道，“但我们今天还真得感谢他心血来潮般的随意插手。”

黄昏已至，在夕阳的余晖里，陈东禾看向窗外的侧脸露出从未有过的疲惫。

时代发展得太快，一切都瞬息万变，宝恒十年前统治市场的时候，绘真还只是一家名不见经传的小工作室，现在却已经成为能撼动市场的庞然大物、资本本身，宝恒倾尽全力也只能保证不在它朝前滚动的车轮下沦为历史烟尘。

“原来是个金融家。”令嘉的感慨和陈助完全不同。

她想了想，拿起手机，打开浏览器。

傅承致肯定不是个无名之辈，那天金融街游行别人都追着他打，估计就是被认出来了。令嘉输入关键字搜索那天伦敦金融街的新闻，从头到尾翻了一圈，可惜并没有找到与那场骚乱有关的报道。

她干脆返回主页重新输入他的名字，前两个字才拼完，维基百科的完整词条已经弹了出来。

令嘉倒吸一口凉气，被那一连串金光闪闪的头衔吓到了。

合宜银行董事长、合宜银行集团总裁兼首席执行官，还有一堆让人眼花缭乱的公司董事、基金会主席、贸易委员会与慈善委员会头衔，占了手机满满三屏篇幅。

牛津大学商学和法学硕士双学位，三年前接任合宜董事长，到今天金光闪闪的履历已经写了五页。

要不是上面配了照片，她险些要怀疑只是重名。

最近的动态是他刚刚收到《世界银行家》杂志授予的“卓越银行家”荣誉称号。

他的曾祖父是民国第一代银行家傅维新，早年留学欧洲，1920 年出任 S 市储蓄商业银行总经理，后来由于战乱，在 20 世纪 50 年代移民瑞士，然后创办了合宜银行。

他还是名门之后呢。

令嘉突然开始犯愁。她承诺给傅承致当陪练，可马呢？

坐骑的速度也看天赋和血统，要是买匹便宜的马，别说陪练了，估计连傅承致马蹄扬起的尾尘都吃不上。

可要买名门之后，又实在太贵了，她舍不得。

令嘉思来想去，最后厚着脸皮点开一位剑桥师兄的对话框给他发消息。

师兄是剑桥马球俱乐部现任主席，一位人脉宽广的华裔三代，令嘉刚进学校时给俱乐部捐了匹阿哈尔捷小白马，她想问问能不能要回来，哪怕把奶思这两年在俱乐部的伙食、住宿管理费全部返还都行。

令嘉从来没干过这种出尔反尔的事，在对话框里打字时耳朵都红了。

她只能一面组织措辞，一面告诉自己，买奶思的时候花了十万英镑，换成人民币就是八十来万，她又省下八十万。

好在等她回到医院病房时，师兄的回复已经过来了。

他都没问令嘉家里发生了什么事，便答应了她的请求，只是空运费用得由令嘉自己出。

对此，令嘉已经感激不尽。

她一连发了好几句谢谢，和师兄沟通完后续运送事宜，这才退出对话框，正准备关掉 APP 页面时，拇指不小心碰触到了下方有新消息的群聊——

“国内这几天的新闻大家看了没？说是宝恒快破产了，宝恒老总好像就是令嘉她爸。”

“上周六，我和剑桥的朋友去参加令嘉他们学院的五月舞会，没见到她的人影，我还纳闷，往年大小姐是不可能缺席期末舞会的，原来是家里出事了？”

“果然人有旦夕祸福，我的天哪，令嘉这下身上得背多少债！”

……

可见她在留学生圈子里确实算个风云人物，消息像枚威力惊人的深水鱼雷，炸出一堆潜水党，连刷两页屏。

这个账号是令嘉去年实习期间申请的小号，群聊是朋友拉她加入的伦敦留学生群组。

群组人太多，加之令嘉从未有过发言记录，朋友大概也忘了她的存在，所以群里好几次有人闲聊时光明正大地讲她的八卦。

令嘉以前窥屏只当好玩，别人说什么都一笑置之，这次却笑不出来了。

她扳着指头又数了两遍，还是数不清这钱会还到哪一年。

接下来的几天，陈东禾叫人搬来了小山一般的档案文件，堆在病房套间的会客厅里，需要令嘉亲自过目。

为了厘清爸爸欠下的债务和债权资产，把每一分钱还在刀刃上，令嘉简直是拿出了在剑桥准备期末考试的架势，不，就算是期末考试，也未必需要查找那么多资料。

大床海绵垫变狭窄的沙发，搬来的丝绸精棉被一觉醒来总是有三分之二掉在地上。

大小姐脖颈落枕，腰酸背疼，手上腿上还被蚊子咬了一堆包。

她每天胡乱绾起头发，埋头努力翻阅那些她从来没有经手过的东西，腰酸了就躺着或趴下看。

即便令嘉这样努力，该发生的事情也不可能消失。

随着宝恒开始执行重整计划，管理层大换血，公司迎来了翻天覆地的变化。

按照令炳文清醒时提交的重整计划草案，令嘉代替他签署了各式文件，包括股权让渡协议，原本百分之五十一的股权仅剩百分之三，只保留令父的荣誉董事席位。

绘真的债权转股权，成为宝恒的实际控制者。

他们新投入的资金，将直接用于弥补宝恒过去三年来的亏损与日常经营花费。

宝恒活下来了，尽管换了主人。

令嘉抱着文件走出宝恒的大楼时，像是呕心沥血终于做完了一件大事。

翻飞的衣袂被夏日燥热的风吹得作响，她自始至终没敢回头看，疾步上车，一口气跑回令父的病房。

病房里，令父仍然双眼紧闭，戴着呼吸机，安详地躺在床上休息。

令嘉胸口翻涌，说不上来是委屈还是难受，饱胀得快要溢出来了。

她扔下文件，踩着地毯一步步走近，轻轻挨着床边蹲下来，把头贴在父亲胸口，感受着满头大汗同眼泪以及她如同擂鼓的心跳融在一起。

“爸爸，公司的事我都替你做完了。”

你快清醒过来吧。

过去二十年，父亲替她撑了把大伞。

令嘉从未思考过在她完美的人生中那些瞧不见的角落，究竟有多少被挡在外面的风雨。

第三章

她今年二十岁，负债两亿二千万人民币，卡上余额一百万。

01

清算完的债务和资产资料文件都被重新搬了回去，只给她留下一组冷冰冰的数字。

她今年二十岁，负债两亿二千万人民币，卡上余额一百万。

如果伦敦肯辛顿的公寓能卖个好价钱，那就还剩两亿。

放在过去只够令嘉买两条裙子的一百万，现在却是她所有的积蓄，她还要负担父亲的住院费、医疗护工费等其他所有费用。

一个星期内，银行会来查封她家位于S市静安区的大别墅，在那之前，她得把东西搬出来，找个能放的地方。

……

令嘉思绪恍惚，越搅越稠，越搅越愁。

那些摆件，普通公寓根本放不下，是不是得租个仓库？

她以后住哪儿呢？

钱该怎么赚？

就拿剑桥最会赚钱的商学院学生毕业五年后平均年薪六万一千英镑作为参考，她毕业后不吃不喝每年能挣五十三万人民币。

十年五百三十万，算点增幅，二十年两千万。

哦，还完债也就两百年的事。

两百年！！

令嘉大汗淋漓地从噩梦中惊醒，才发现自己趴在病床边睡着了。

她昨天熬了夜，这个午觉睡得浑身冷汗、头皮发麻，背上都是黏腻的触感。

抄了把凉水洗脸，令嘉清醒过来时的第一反应是：天哪，她竟然在梦里都把这道题算对了，就是得还两百年！

敞开的病房门就在这时被敲响了。

“您稍等！”令嘉在洗手间里喊了一声，随即匆匆拧开门出去。

“令嘉？”女人立在门口试探着唤了一声，她瞧起来四十来岁，保养得宜，套裙整齐优雅，颈上还系了条丝巾。

令嘉用干毛巾把眼睛擦干净，顿了两秒才认出来：“静和阿姨，您来了。”

院线和影视公司不分家，来人正是和令炳文相识快二十年的老朋友、国内知名制片人孔静和。她记得小时候静和阿姨常到家里玩，每次都给她带个小礼物。自令嘉十三岁去了伦敦，两人就没见过面了。

孔静和其实和令父一般大，早十年一度差点儿成为令嘉后妈，可后来令父不知考虑到什么，最终也没跟她结婚。令嘉知道这事之前，两人就已经分手了。

令父入院一个星期后，瞧着醒来的概率不大，来探病的人就少了。

孔静和能在这时候出现，令嘉还有点儿感动。

“你爸怎么样了？”

“比前段时间好一些了，上身能动弹，就是还认不出人。”

陈助在家里督促搬家公司打包东西，护工也不在。出于礼貌，令嘉笨手笨脚地给女人烧了热茶，电热水壶还把手背烫出个燎泡，疼得眼泪汪在眼眶里，转身前使劲眨了眨眼才把杯子端到茶几上。

孔静和已经看完令父，从病房里出来了。

“静和阿姨您喝茶。”

令嘉规矩地在孔静和对面的椅子上坐下，双手摆在膝盖上，有几分窘迫，因为孔静和直勾勾地盯着她的脸。

套房里太多东西没收拾，乱成一片，沙发上还有她早上才歪歪扭扭折起来的丝绵被，她几天没洗头洗澡，衣服也一夜没换了。

是刚刚没擦干净脸上的脏东西吗？

她故作镇定，无比自然地假装抬手掠了下鬓角，顺便摸了一把脸，说道：“谢谢您今天来看我爸爸……”

咦，怎么没摸到脏东西？

令嘉心里正纳闷，就听孔静和直接打断她：“令嘉，你想当艺人吗？”

啥？令嘉的脑袋一下子没跟上她的话题。

“你的脸非常漂亮，很适合大荧幕。”孔静和没有移开视线，仍旧盯着她打量。

上一次见面是七年前，令嘉的五官还没长开，能瞧出是个美人坯子，像她妈。

美丽有很多类别，令嘉是尤其珍贵的一种。

这张脸可塑性很强，三庭五眼生得太好，骨相轮廓完美而流畅。她才二十岁，满满的胶原蛋白，青春稚嫩，既有能激起人保护欲的楚楚可怜，也有出淤泥而不染的清纯坚毅，既能是玻璃罩里珍稀娇贵的玫瑰，换个妆也能是风情万种的十月芙蓉。

明明是张漂亮极了的脸，家庭的滋养却赋予了她另一种不急不缓、不招摇也不张扬的从容感。

这种矛盾叫她有了极鲜明的记忆点。

如果不是老天爷赏饭吃，是造不出这样一张脸的。

令嘉有点儿紧张，咽了口唾沫，说道："静和阿姨，我没有学过表演。"

她怀疑老天爷是不是偷看她做的梦了，才开始打瞌睡就送枕头来。

当演员确实是个能迅速赚钱的职业，只是宝恒的业务虽然跟影视行业息息相关，令嘉从小到大却是连学校里的话剧也没演过。

要是她完全没有表演天赋，这份工作做不好该怎么办？

"没学过可以学。看在你爸爸的面子上，我会替你争取康纳影业A级约，和你签一样合同的是祝梦之、应楠。你就说愿不愿意。"

这些年令嘉虽然不在国内，但也知道祝、应两人都是当红一线演员，是大多数人能叫得出名字的青衣小生。

从导演到制片人，孔静和制作过许多部国人记忆中脍炙人口的经典作品，康纳影业靠股份留住她，孔静和自己也跟康纳影业高层往来密切。她既然开了口，就代表她有把握替令嘉争取到这样的待遇。

一时间令嘉脑子里闪过千头万绪，她嘴唇动了动，小声问了一句："阿姨，合约期限是几年？"

"十年。"孔静和补充道，"康纳只签艺人经纪约，合同期间你所有的商业活动和宣传策划都得服从公司安排。"

这远远超过了剑桥规定的休学年限。

令嘉还没从学生心态中彻底扭转过来，但转念一想，十年后她还完债，也才三十岁，还能去自己想上的学校。

这是一条完全陌生的路，她心乱如麻地思考自己做演员的可行性，鞋尖快要把地毯蹭出洞来。

令嘉从小到大的梦想从宇航员变成科学家，从科学家变成学者，最后变成一个渴望智慧的普通人。她深知哲学的奥妙宏大，追求真理的道路没有尽头，她曾经打定了主意要在这条路上走下去，开拓自己思维的疆域。

关于没来，她想过无数种可能，唯独没想过做个演员。

“你爸欠了多少钱？”孔静和问她。

令嘉垂头抿着唇没有回答。

“你不说我心里也大概有数。祝梦之去年整年收入一亿九千万，幸运的话，你红了，用不了几年就能把你父亲的债务还清。”

令嘉猛地抬头。

她现在明白了，孔静和是想帮她，或者说帮她父亲，看在过去那一点儿情分的面子上，给她一条出路。

孔静和继续道：“在此之前，康纳会为你提供住所，全权负责你的行程和饮食起居……”

“我愿意！”令嘉喊完才发现自己答得太生硬，她攥紧衣摆，重新回答了一遍，“我考虑好了，静和阿姨，我愿意。”

没办法，这份合同能提供的全是她目前需要的。

令嘉可以对债务不管不顾，只要回到英国就行，但她不想回去，她不愿意为自己付出了一切的父亲躺在病床上还要被人戳着脊梁骨随意辱骂。

失去宝恒不可怕，她真正害怕的，是爸爸清醒那天，他们家一切美好的东西已经烟消云散。

自回国后，令嘉为了该怎么还债这件事想得脑子都快爆开了。

直到这一刻，她原本以为不可能完成的任务，终于有了一丝希望的曙光，现在无论别人递来的是梯子、浮木还是稻草，她都只有一个选择，那就是抓紧它。

令嘉把康纳的合同给陈东禾这个律师出身的特助看了一遍，添加了一些细小的要求。

周一，令嘉便正式握笔，在乙方那栏签下了自己的名字。

很奇怪，这一刻令嘉的心情十分平静。

她不再瞻前顾后地思考那些乱七八糟的事情，这份合同能让她摆脱深陷的困境，这就够了。

康纳的艺人事业部效率很高，周三就给她分配了经纪人和助理，连同艺人公寓的钥匙一起送来。

于是，她刚刚从被查封的静安大别墅里搬出来的行李，除开那些用不上的大件，又悉数塞进了这间不到一百平方米的小公寓。

02

保洁阿姨在打扫卫生，令嘉小心翼翼地抬脚踏进尘灰里，环视了一圈公司安排的这个公寓。

这是个地段治安都不错的小区，但只有两室一厅，主卧还没有她在静安区那边的衣帽间大。

虽然也有衣帽间，不过只能挂五分之一，空间不够，令嘉装衣服的箱子要是齐齐码进去，就再没有地方落脚了。

“怎么样，环境不错吧？”带她过来的经纪人周伍晃了晃钥匙，得意地炫耀，“这也是我伍哥面子大，给你抢了间大的，不然像咱们公司刚进来的新人，要不跟同期的人合住宿舍，要不分个五六十平方米的一室一厅就顶天了。”

大小姐从天花板的蛛网上收回视线，放缓呼吸，看着他的眼睛真诚地违心道：“真不错，谢谢您！”

“别老您您的，显得多生疏，以后相处的日子长着呢，我比你大七岁，你就跟着别人叫伍哥吧。”

周伍是东北人，个子很高，快一米九了，又高又壮，脖子上戴了条金链子，常在机场被当成安保组的人。今天回公司开会，他换了套正经西服就更像保镖了。

虽然他模样生成壮汉，声音洪亮中气十足，但性格八面玲珑挺好相处，还卷袖子帮保洁阿姨擦了两下窗户，扔了抹布才想起来什么，说道：“连妙这会儿在来的路上，吃饭了没？想吃什么让她给你带。”

连妙就是分给令嘉的助理，从前是跟其他组的。

令嘉总觉得这个名字听上去有点儿耳熟。她大清早到公司签约，已经饿得前胸贴后背，没多想就对着伍哥手机话筒点了两道菜，话音未落，瞧着周伍眉头一挑讪讪地住了口，低头道：“太麻烦了吗？那我就要个奶油蘑菇意面好了。”

孔总说令嘉非科班出身，也没接触过这个行业，没想到竟然是真的，她真的一点儿也不懂！

周伍望着她懵懂的眼神，叹了口气，挂了电话，在沙发对面坐下来。

“妹妹呀，这就不是麻烦不麻烦的事儿。你现在是个艺人了，公司会给你制订全面的发展计划。当艺人最重要的一项，就是保持形体，你这个体重不行，得减。以后奶油、面条……这些高热量的东西，能少碰还是尽量少碰。”

啊？

令嘉没想到，自己身高一米七，五十公斤的体重，有一天还会被人委婉地说胖。

她从前赶论文或到考试周，压力骤增时全靠高热量的食物解压，她都不敢想象不能吃那些东西的人生还有什么乐趣。

“那我得减到多少？”令嘉小心地问了一句。

“先减到四十五公斤试试看，以上镜后的形象为标准，怎么好看怎么来。”

这道晴天霹雳一直盘旋在令嘉头顶，直到连妙带着午餐赶来才消散。

连妙生得细眉细眼，腼腆清秀，体形是单薄到近乎没有曲线的瘦。她一进门，先冲令嘉笑了一下，又把她点的东西在餐桌上挨次排开，甚至有杯不放糖的鲜榨橙汁。

令嘉喜欢喝橙汁，她原本没点这个的，看到后眼睛都亮了，掰开一次性筷子摩拳擦掌地坐下来，等着连妙把饭盒全部掀开。

“信号不好吗？我不是说换成蔬菜沙拉？”周伍目瞪口呆，“连妙，妹妹她得减重啊。”

“最后一顿了，吃点儿好的，吃完再减。”连妙轻声细语的，主意倒是很正。

令嘉这才听清连妙的声音，她手上的筷子顿住，回忆了几秒，试探着问道：“妙妙姐，你小学是在外国语附小上的吗？”

连妙掀饭盒的手顿住了，惊喜地抬头：“令嘉，你还记得我！”

“咋的，你俩还认识？”周伍蒙了。

“我们是小学同班同学，以前还是同桌。”令嘉笑起来。

外国语附小是S市排名前列的私立学校，学费惊人，连妙却是大山里出来的孩子，当年能上外国语附小，完全是因为康纳娱乐运营部的一档叫《互换人生》的综艺节目。

节目每季将两位不同出身的孩子互换一学期，本是走关爱和反思青少年成长环境的路线，谁知自播出后便争议不断，尤其到了连妙这儿，节目录制期间，抚养她长大的爷爷突然去世，连妙没有见到她爷爷最后一面，节目组为平息网络舆论，便承诺会负责抚养连妙到成年。

山里孩子上学晚，连妙比令嘉大三岁，高中毕业后没有选择继续上大学，而是进了康纳娱乐工作，直到现在。

令嘉不知道，到她身边做助理，其实是连妙自己申请的。她们只做过一学期同桌，节目结束后连妙就转到了普通公立小学，而令嘉则在初一下学期结束后直接去了英国。

至此，两人所有的交集都中断了。

童年快乐的记忆却不会作假。

令嘉还记得小时候她把自己的连环画藏在课桌底下，分享给连妙这个老实的好学生一起看。这么多天来总算遇到一件稍微值得高兴的事情，大小姐的快乐很简单，令嘉把多余的筷子递给两人，说道："我一个人也吃不完，大家一起吃吧。"

令嘉完全没想到，伍哥这么不客气，说一起吃就真一起吃了。

她丰盛的最后一餐，还没夹两块肉，几只饭盒就空得见底了，其他全进了全场最胖的男人肚子里。

令嘉怀疑伍哥是故意加快进食速度，迂回地帮助她减肥。

他吃饭的同时，并不耽误挥斥方遒、指点江山。

"妹妹啊，讲句掏心窝子的话，你伍哥我不是一个混日子的人，孔总既然把你交给我，不管多难，我都要把你带出来。将来你做一线大明星，我做金牌经纪人，咱们一块儿吃香的喝辣的，给那些瞧不起咱们的人好好看看……"

令嘉："……"

她目前还没见过几个康纳的人，暂时没遇到瞧不起她的。

康纳的艺人事业部共分八个组。

除了前三组的模式是小经纪人和新艺人，后五组就直接用金牌经纪人的姓名命名。这些厉害的大经纪在圈子里不愁资源，手底下带的也都是有知名度的角色，祝梦之和应楠就是典型。

像周伍这样入行三四年还没混出名堂的，只能待在前三组。

以自己的姓名单独辟组，是要捧出一线明星以后才有的待遇。

周伍带了三四年不知名艺人，终于来了个脸很棒的令嘉，偏偏毫无表演基础，一切都得从头学。

好在令嘉似乎跟孔总有几分沾亲带故，在这个圈子里，资源就是一切，像孔静和这样的大制片人，随意分给两个小角色，刷刷脸也够令嘉闯出点儿知名度了。

当然，周伍费力把令嘉从其他几个经纪人那儿抢来，不只是那么一点儿野心。他是指望靠令嘉当上大经纪人的，因此不留余力地给令嘉灌鸡汤、打鸡血。

“这公寓就是祝梦之大火前住的地方，风水好得很。伍哥跟你说，现在你住在这儿了，以后不见得比她差。”

令嘉没想那么远，她就想挣点儿钱还债。

周伍用饭盒底的油拌着饭，风卷残云般扒拉完，吐出一个花椒粒，终于开始干正事，从包里翻出调查表给令嘉，让她填。

现在的粉丝对艺人的道德品格要求很高，令嘉没有表演基础，就算以演员的身份出道，以后多半还是靠脸吃饭。圈子里有不少前车之鉴，走偶像路线的人演艺事业容易被黑料击垮。

作为经纪人，他必须是整个公司最了解令嘉的人，上到家庭背景、文化程度，下到读书时谈过几个男朋友，有过什么黑历史，都必须调查清楚，以防以后出现意外来不及反应。

周伍逐字盯着看，瞧着令嘉填到学校那栏，问道：“妹妹你大学念的专业是哲学呀，写详细点儿嘛，哪个学校的？”

令嘉没写，停下笔，说道：“剑桥。”

“剑桥啊……剑桥，剑桥？”周伍差点儿跳起来，“是我知道的那个英国剑桥，不是国内的什么剑桥学院的剑桥？”

虽然不知道国内有几个剑桥学院……

令嘉点头：“是伦敦的剑桥没错，但我已经在上个月休学了。”

令嘉不懂经纪人的反应怎么那么大，她不知道周伍爹靠开煤矿起家，正儿八经的东北煤二代，家里往上数三代没一个读书人，周伍自己念书时也是个学渣，一见学霸就肃然起敬。

令嘉进公寓后，周伍其实没有错过她从头到脚的毛孔里散发出来的排斥与挑剔。

人的肢体细节往往很难撒谎，所以他才故意问了那话，就想治治她的小姐毛病。他先前还觉得令嘉这姑娘瞧着就是娇生惯养，没吃过苦，不接地气，以后动辄喊累，估计很难管，没料到她还是个名校生，这至少说明她有着不错的领悟力、自制力和忍耐力。

他感觉自己抱上了块金砖，喜滋滋地道：“没事，就算休学了，挂着学霸的名头进娱乐圈，你的路也能走得比别人顺许多。”

令嘉不忍打击他，说道：“伍哥，总监可能忘了告诉你，他们答应了我不营销学校的。”

令嘉不想宣扬这个。

正常人都会想，既然上了剑桥，为什么要休学？一来二去很容易挖出她的身世，家族破产，进娱乐圈是为了还债……她不想让自己显得那么惨。

好在有孔静和的调和，加之艺人事业部的总监在思考后，大约觉得卖惨和公司为令嘉制定的路线不符，便答应了在合同里添上这项细则，所以公司对外公布的令嘉的最高学历是圣保罗女子学校。

令嘉才二十岁，圣保罗作为英国九大公学里唯一的女子贵族公学，写在资料上也挺有排面的。

大局已定，周伍皱着眉愣了半晌，终于艰难地把这条捷径从脑海里排除。

“算了算了，往下填，男朋友呢，男朋友交过吧？”

令嘉闻言，脸色顷刻间惨白一片，唇瓣血色全无。

03

没有最好，有也最好尽快分手。

伍哥原本打算说这个的，瞧着令嘉的脸，他喉咙好像被卡住了，半个字也吐不出来。过了会儿，他问道：“你怎么了，哪儿不舒服？”

从希斯罗机场起飞回国那刻起，令嘉便强制自己将关于沈之望的一切打包封存留在伦敦。她刻意让自己忙得像陀螺一样，生存和还债的压力将生活中边边角角的时间填满，这种努力让人生出一种盲目的充实。直到此刻，她才意识到自己的快乐像一触即破的肥皂泡，能轻而易举消散。

连妙瞧着情形不对，赶紧探过身将表格翻页：“填下一项吧。”

令嘉握笔的手又僵又木，她垂下眼睑，麻木地望向地面，睫毛颤了颤，像只振翅起飞又失败的蝴蝶。

“我谈过恋爱。初恋，他在上个月去世了。”

连妙和周伍对视一眼，都在对方眼中瞧见了惊愕。

令嘉的回答平静中透着一股叫人喘不过气的难受。

周伍很快反应过来，忙打哈哈："对不起啊妹妹，我不知道这事，算哥问错话了，这茬以后不提了啊，我们填下一个。"

连妙探过来的身子无措地顿在原地，她嘴笨，不知道该怎么安慰令嘉。

好在令嘉自己很快整理好情绪，一口气填完表格上所有的空格，周伍有什么不清楚的提出来，她也尽可能配合地详细回答。

家里很有钱，可惜破产了。

上的是剑桥，但是休学了。

有个青梅竹马的男朋友，很惨，上个月刚去世。

爸爸还躺在医院，需要高昂的复健治疗费用。

饶是周伍这种在圈子里见过大风大浪的小油条，也忍不住在心里感慨，这真是过山车般的人生！

但只用了两周，周伍的情绪便从惋惜变成了庆幸。

他发现，就算放弃学历加持，令嘉也是个实打实的宝贝。要是没有那些挫折，令嘉怎么可能进娱乐圈，怎么可能到他手底下做艺人？

前二十年养尊处优的生活给了令嘉美好的皮囊，还有一身不知得花多少钞票才能培养出的技能。

从钢琴、弦乐、舞蹈、绘画到游泳、击剑，甚至网球、马术等，这世上好像就没有令嘉没点亮的技能，尽管她一再强调自己并不精通，但在周伍看来，令嘉自称一般的水平也比圈子里许多用来营销特长的明星的水准高得多。

"你说咱俩都是富二代，我咋只学会了跟人喝酒划拳、勾肩搭背呢？"周伍来给她送饭的时候，越想越感慨，"妹妹，就你这一身本事，要是有个什么明星技能比拼大赛，你保准拿冠军，知名度噌噌噌就上去了，哪还用跟着容嬷嬷在这儿学什么表演。"

短暂相处熟一点儿以后，令嘉也瞧出来了，周伍就是模样看着唬人，其实人很逗，也偶尔犯傻，一开口就一股东北大碴子味，还老觉得自己讲的是标准普通话。

比如现在，都不知道表演老师有没有走远，他就给人新取个外号"容嬷嬷"。

令嘉这两天作为刚入门的表演新人，上课确实被训得很惨，但剑桥的教授比表演老师可怕多了，比起那时面临的恐惧和压力，她觉得现在这些都不算什么……虽然这外号挺形象的。

尽管练习室里有空调，但动了一上午，令嘉还是浑身汗。

在剧烈的悲喜和感情起伏过后，那种情绪被排泄一空的萎靡远比肢体的倦怠更让人觉得累。

令嘉把擦脸的毛巾搭在椅子上，打开餐盒，里面是几粒虾仁玉米加凉拌生菜、紫甘蓝。

她饿得前胸贴后背了，没想到周伍拿来的午餐还是沙拉。

“伍哥。”令嘉伤心地抬头凝视他，“沙拉酱都不放的吗？”

周伍赶紧抬手挡住眼睛，说道：“妹妹，你可别这么看我，硬汉心软。沙拉酱热量多高啊，早点儿减下来，你也能早点儿拍几组好看的照片给那些导演看看不是？”

见令嘉还盯着他，周伍干脆爽快地把自己的餐盒掀开，笑道：“哈哈，没想到吧，这盒也是沙拉，哥陪你一块吃。”

瞧着她惊讶的眼神，周伍心满意足，不枉他回来的路上囫囵吞了两个夹肉汉堡，为了和艺人一条心，一切都是值得的。

周伍举着叉子边咀嚼菜叶子，边开始例行唠嗑。

“我问了你的几个表演老师，妹妹，他们都夸你情绪感染力很强，很有表演天赋。”

令嘉怀疑他又给自己灌鸡汤。

周伍瞧见她质疑的眼神，将叉子拍在桌上，说道：“哥还能骗你不成，连‘容嬷嬷’都夸你的学习能力很强，喜怒哀乐很容易把周边的人拽进你的磁场。要放在荧幕上，这个能力可就太有用了。”

令嘉这下才勉强信了，这措辞确实不是伍哥能想出来的。

“可是科班演员和非科班演员之间差别很大。”她有些沮丧。

令嘉如今既然靠吃这碗饭还债，也本着干一行爱一行的态度，好好搞了一下学术研究，她说道：“我把你给我的片子看完了，想要达到他们的水平很难。”

周伍吓了一跳，问道：“妹妹，昨晚你几点睡的？那个点才从公司回家，现在就看完了？”

“就看了一遍。”令嘉说道，“我上学的时候每天也只睡五到六个小时。”

每天累得像条狗，回去还接着学，这惊人的自制力，难道就是学霸和凡人的区别吗？

不管怎么样，自己带的艺人肯努力是件好事，周伍抛开这些乱七八糟的念头，帮助她重拾信心：“妹妹呀，那些都是拿奖拿到手软的经典电影，不仅需要好的演员，也得有好的导演、班组……总之，天时地利人和缺一不可，不能比的。你目前只要学到前辈们一点点，就足够受用了。”

科班演员和非科班演员之间隔了一条东非大裂谷，后者想要跨越这道天堑需要付出太多努力。周伍早就做好令嘉靠脸吃饭的准备，谁知令嘉有天赋，能得到那些老师的赞赏，已经是意外之喜了。

前些年网上流行一句话：“以大多数人的努力程度之低，根本轮不到比拼天赋。”这话唯独在文艺行业不成立，因为无论表演、舞蹈还是写作、绘画，大多数普通人终其一生努力的结果有时甚至无法到达天赋者的起点。

令嘉大概懂得公司给自己制定的路线，是康纳捧小花的既定路线。

例如祝梦之，借着某个地位稳固的前辈的名号，用“小×××”的热度出道，先拍些偶像剧打响名气，基础稳固后，撕掉标签，再贴上新的标签。祝梦之算是转型成功的，目前不再接偶像剧了，也偶尔能扛一些小成本电影的票房。另外一些转型失败的，到了三十来岁，还是只能硬着头皮继续在打光磨皮滤镜里演十六七岁的少女，无奈地接受人气流失、风光不再的命运。

令嘉本来没想这么多，她进娱乐圈就是为了挣钱还债，当然要听从公司的安排。然而，当她把周伍给她的那些教学片看完之后，感觉说不上来哪里不对了，她胸口好像燃着一团火，蠢蠢欲动，好像总有点儿不甘在翻腾。

“伍哥，我也得取个‘小祝梦之’的名号吗？”

“咋的，祝梦之挺火的啊，你不愿意啊？”

令嘉把吃完的沙拉盒子装起来，在镜子边上坐了半晌，没说话，但脸上明显写着“我可以嘴上答应，但我的心有自己的主意”。

以她的骄傲确实很难接受这样的做法，但康纳成熟的艺人事业运营证实这是捧人最高效的办法之一。

“唉。”伍哥突然叹口气，“别说，这菜叶子还真不是人吃的东西。”

他连盒带叉子扔进垃圾桶，说道：“既然你不愿意，那就给哥争点儿气，让那些老师都对你刮目相看。”

令嘉还没反应过来，周伍就把她的脸扳正对着镜子。

“好好看看，记住这种感觉。演委屈就像委屈，演难受就像难受，等哪天你在镜头前也这样，用眼神把导演、观众像我一样拖进你的情绪里，那就成了。我尽我最大的努力给你找试镜机会，但最终还得看你自己。”

练习室四周摆的都是镜子，就是为了让练习者看清自己的肢体动作和表情，进而精准控制。

令嘉以为自己刚刚什么也没做，就发呆来着，但她此刻看着镜子里的自己，确实从那双眼睛里瞧见了难以言喻的丧气和失落。

她仰起脸回望他：“这是不会给我挂别人名了的意思吗？”

“妹妹你不愿意，我也不能强按牛头喝水吧。但说真的，你还真别小瞧流量演员，他们挣的钱可多了。”他说到这儿，话锋一转，“不过你要是能靠演技拿个奖啥的，让一千万人每人为你花一块钱，比起让一千粉丝每人花一万的明星，更加是本事。”

令嘉转回脸，笑起来，凝视着镜子里他的眼睛道谢：“谢谢伍哥。”

“我会努力的，”她认真地补充道，“努力让一千万人每人为我花一块钱。”

她眼睛里的玻璃在嘴角扬起来的一瞬间化成了糖块，像冰雪消融。

这可真叫人招架不住。

周伍原本忐忑的心突然安定了，他莫名觉得，真让令嘉走实力派路线，倒也不是完全没谱的决定。

04

周伍虽然不是资源最厉害的经纪人，但比起那些金牌经纪人，他有更多的时间倾注在令嘉身上，也给了她更多的关注和耐性。连妙是令嘉小学同学，比起别人有种天然亲近，每天早上她还没睡醒，对方已经把洗澡的热水放好，将早餐摆在她床头。

每当这时候，令嘉都会觉得老天爷到底没有对自己坏到家。

至少她现在有了一份赖以为生的工作，有很好的搭档和工作伙伴，在学习新的东西，每天结束公司的包装培训，还能抽出时间到医院去探望爸爸。

这份幸运一直持续到了她开始试镜。

周伍费心拿到了一个好本子，是国内新生代喜剧片导演韩也的作品——《旧金山大逃亡 3》。

顾名思义，这是一部系列电影，因着成绩不错，一路从第一部拍到第三部，票房节节攀升。

令嘉试镜的角色是女四号，系列电影的新增角色，一个因到旧金山旅行而意外被卷入男女主角逃亡旅程的富家千金，表面温柔内心叛逆，在逃亡过程中解放天性，找到真正的自我。

整部电影里她的台词不到十页纸，就算一刀不剪放到大荧幕上，加起来估计也就五分钟镜头，但对新人来说已经弥足珍贵。

一直到试镜结束时，制片人和导演们都满面笑容，他们觉得令嘉的气质和角色非常贴近，试镜表现也很棒，当场敲定了由她出演。

谁知就隔了一夜，片方突然打电话过来，通知周伍这角色给别人了。

“哥们，香槟我都开了，其他本子也推了，就晚了几个小时签合同，溜我玩呢？”

“不好意思了周伍，毕竟现在什么都得给流量让道，我听说你的艺人刚签康纳，别那么着急接戏呀，新人多沉淀沉淀也是好事……”

沉淀？收老子几条烟的时候怎么不说要沉淀。有种让那个小明星出来比画比画，看看到底是谁需要沉淀！

周伍怒气冲冲地结束通话，在办公室里暴走几十圈才平静下来，拨通了令嘉的号码。

“角色被一唱跳选秀综艺节目出来的明星拿走了，片方想靠噱头多圈点儿票房，所以妹妹你也别多想，不是你演得不行，纯粹是那帮孙子没有契约精神，出尔反尔，好处他们想占全了，我……”

令嘉自动静音屏蔽掉脏话，放下手机后发了一会儿呆。

她试镜的上一个角色被副导演的女朋友截和，再上一次的角色是给了赞助商还在上高中的小女儿。

令嘉有点儿怀疑周伍是不是在骗她，事实是因为她演得不够好，所以被淘汰了。

毕竟屡战屡败后的自我怀疑，是大多数人的本能。

老话都说旁观者清，当局者迷。人总是很难理性地认识自己，她还不明白旁人口中自己飘忽不定、看不见、摸不着的天赋究竟在哪儿，只能一遍遍地复盘自己仅有的几次试镜经历，回想她的表演到底出了哪些问题。

令嘉打小有个毛病，喜欢往衣帽间躲，不管是作业没写完被爸爸找麻烦，还是过生日了想妈妈，躲进去睡一觉就好了。

毕竟离家出走太危险她不敢，待在客厅等训好像又挺傻的，还有就是缺乏安全感的时候，人都喜欢找个四面黑漆漆的地方把自己藏起来。久而久之，令炳文也知道了女儿的习惯，不会擅闯她的小天地，只是第二天早上会来敲柜门叫她起床。

可惜公寓的空间没有从前的房间宽敞，令嘉上个月睡病房沙发的落枕毛病刚好，这晚在柜子里反省一夜，又复发了。

但她不觉得这和自己睡衣柜有什么关系，要怪就怪有人凌晨给她发短信。

令嘉是看完一部一九九七年的老片子后抱着手机入睡的，消息进来时感觉刚睡着，她被接连两声急促的短信铃音吓得一哆嗦，从柜子里滚出来，这就又落枕了。

她半梦半醒间捂着脖子点开手机，瞧清发件人的瞬间，顿时睡意全无。

是傅承致发来的。

告诉她："令嘉，来马场。"

接着进来的第二条短信就是S市西郊马场的地址。

时间一晃过去了这么久，令嘉都快以为傅承致把当时随口交易的内容忘了，毕竟她很清楚这些金融界的大人物的时间有多珍贵，时间按分秒计算是常事，不知道多少人想倒付钱给他当陪练，听他讲个一言半语的。

傅承致几乎是用了一个最简单的条件同她交易。

这么一点微末小事，令嘉万分想做好让他满意，可说一千道一万，她的马还没到啊！

奶思运回国很麻烦，只能走货运，师兄在那边帮忙办理了一堆健康证明疫苗证件，落地后还得在机场检疫隔离三十天。

令嘉往后撩了一把头发，撸起睡衣袖子，盘腿坐下开始打字："傅总您好，我的马还没到。"

没打完又迅速删除，她总觉得这样回复似乎很没诚意。

"傅总对不起，我的马正在机场隔离……"

怎么越读越感觉像假期结束时小学生作业没写完找的借口？

她思索再三，终于编辑好一条态度端正的，眼睛一闭发了出去。

“实在抱歉傅总，我的马入境检疫还需要一周才能结束隔离。您看这次有什么其他我能为您做的，非常乐意效劳。”

过去一个月，傅承致往返纽约和伦敦数趟，又在瑞士待了一个星期，一半以上时间在飞机上度过，这会儿刚落地就给令嘉发信息，可惜没收到他想要的答案，他遗憾地叹了口气，解开安全带起身。

傅承致伸手穿上身后霍普拎来的外套，低头系扣子。

“告诉我考珀昨晚的收盘底价。”

霍普迅速从脑海中调取答案为雇主答疑，打起十二分精神严阵应对，以为老板又要来点儿惊天动地的大操作，没想到话音才落，傅承致的话题已经完成了跳跃。

“上个月让你买的房子有室内网球场吗？”

“室内没有，但有露天网球场，对了，还有泳池。”霍普小步跟上，补充道。

天平在打网球和游泳之间徘徊了一秒，大抵觉得初次约会就让女孩子穿泳装目的性太强，傅承致很快做出选择：“那叫人把网球场打扫干净吧，我要接待令嘉。”

傅承致没有在国内长住过，直到上个月才授意霍普在S市购入一处房产。

和他所有的居住地一样，首先要舒适、宽敞，有足够的活动范围、运动场地，毕竟想要保持充沛的精力赚钱，首先要养成强健的体魄。

比房主更早入住这栋别墅的是几条小布拉班特猎犬。

猎犬是三年前他的朋友也是合宜的首席法律顾问乔治送的，苏黎世的夏天冷清安静，对几条伴侣犬来说实在憋闷，傅承致干脆叫人将它们都运过来，过个热闹暖和的夏天。

傅承致下了车，脚踩上地面的一瞬间，闻见熟悉的味道，院子里的猎犬飞快地围上来，争先恐后亲热地拱主人的脚。

“Down（坐下）！”

傅承致皱眉，指令发出的瞬间，五六条猎犬乖乖地伏在地面上。

他嫌弃地从自己西裤上摘下来几根毛发，向一侧的管家发问：“换毛期还没结束吗？”

“本来在春天就结束了，我想是因为苏黎世和S市有些温差，所以才会又开始掉。”

傅承致接过毛巾擦干净手，叮嘱管家：“把项圈拴好，不要吓到了我今天的客人。”

瞧着它们趴在地上也止不住摇晃的尾巴和兴奋的眼神，傅承致施恩般依次给它们挠了挠下巴。

“拉比，好孩子。霍克……”

自己取的名字，第三条就想不起来了。

“格林，先生。”管家提醒他，“还有波比和瑞恩。”

另一边，自签约便没有休息过的好孩子令嘉，清早起来给周伍打电话请假。

事情有点儿复杂，为了尽可能得到经纪人的理解，她还是把事情的经过用三言两语简述了一遍。

“你是说，他帮忙把你父亲的公司从清算边缘拉回来，但只要求你偶尔陪他练习马术，强健身体？”

“是这样的没错。”她认真地强调，“傅先生真的是个好人。”

令嘉没有解释伦敦那一段前情，所以她理解任何人对这件事的质疑。他们大抵以为傅承致对自己有所企图，事实上根本不是这样，从宝恒和绘真的谈判结束到现在，傅承致没有以任何借口打扰过她。

周伍则认为：大小姐被父亲保护得太好，不知道人心险恶，又只谈过一次恋爱，还不明白有的男人倘若对女人动了心思，耐性毅力、花言巧语能厉害到把天上的月亮哄骗到手里。

电话两端，他们彼此都善良地原谅了对方的无知。

“这样吧，妹妹你晚点儿出门，我还能顺路送送你。”周伍建议，“毕竟是到异性家里，你现在怎么说也是个艺人了，叫连妙陪你一块去，晚上回来安全，还多一个人陪你们打网球，咋样？”

他安排得非常周到。

令嘉点头：“谢谢伍哥，就是麻烦妙妙姐了。”

“不麻烦。”

令嘉听见话筒那边连妙的回答，这才笑起来，随后挂了电话。

卧室窗边有一枝插在花瓶里的小雏菊，朝阳爬进来，在写字桌上划出一道斜影。

令嘉左右转了转脖颈，爬起来洗澡。她推开衣帽间的门，翻找连妙帮她收好的运动套装，最后挑出一件打网球穿的收腰白色短袖，还有运动百褶裙。

换完了她又在床边趴下，吃力地拖出一只箱子来，里头装着她从中学时期到现在买的所有网球拍。

过去，所有的事情都由奶妈和用人代劳，搬到这间公寓后，令嘉在很短的时间内完成了从连自己的校服都不知道放在哪儿，到能精准寻到自己哪粒扣子摆在哪个格子里的转变。

可见人的潜力都是被逼出来的，不是令嘉不能做好，而是过去她压根没机会学着做。

她挑了只顺手的，试着挥动两下，刚放下球拍，门铃就响了起来。

第四章

我想再看见你，
当麝香葡萄在青李子树旁沉睡的时候。

01

来之前，周伍和连妙已经就这件事达成共识。

周伍：“陪打网球？这种套路老子在圈子里见多了，有些有钱人看上去衣冠楚楚，其实人面兽心，龌龊又下流！”

连妙也很生气：“这么单纯的孩子，他竟然也忍心套路！”

不过，在令嘉打开门的瞬间，两人不约而同地完成了从义愤填膺到笑容满面的切换。

周伍亲切问候：“早上好啊妹妹，这一身很有活力嘛，运动也要注意防晒呀。”

令嘉很好说话，当即便答应了，又往脸上涂了一层防晒霜。

她头发刚吹干披散着，连妙便从洗手间找来梳子：“来，令嘉，我帮你扎个高马尾，方便戴帽子。”

帮她梳头时，连妙颇有些怀念上学的日子：“六年级时的体育课上，你的辫子散了，你不会扎，还是我给你扎的。”

令嘉羞涩地低着头：“我到了大学才学会绑低马尾，胡乱绑一绑的那种。”

她的头发太茂盛厚重，自然风干还带点儿洋娃娃的波浪卷，背过手去操作有点儿困难，从小都是奶奶帮忙。

想到奶奶已经回国，令嘉又有些沮丧。

连妙扎好又帮她编了条轻便的辫子，拿头绳收发尾时，切换了话题。

“转学之前你送了我一对黄色蝴蝶结发绳，跟这个挺像的，现在还放在我床头的抽屉里。”

她是在工作以后才知道，那对蝴蝶结发绳是一个法国轻奢品牌的，是连妙人生中收到的第一件也是最贵重的礼物。

可惜令嘉一脸茫然，这样的小事显然已经无法从记忆中翻找出来了。

不过回想起自己小时候数不清、换不完的五颜六色的发绳，她便把刚才突如其来的沮丧抛到脑后，毕竟幸运的人能够用童年治愈一生。

两人一直从出门聊到商务车停在傅承致家大门外。

熄了火，驾驶座上的周伍从挡风玻璃望出去，放眼环视了一圈连他这煤二代都想骂一声“该死的有钱人”的大别墅，回过头时虎目含泪。

“连妙，全靠你了！”

令嘉还没反应过来两人在打什么哑谜，又听周伍再次叮嘱她：“哥不陪你们进去了，妹妹，有事记得给哥打电话。”

“哦。”令嘉稀里糊涂地点头。

连妙身负重任、枕戈待旦，未承想见到的“傅先生”竟不是想象中上了年纪衣冠楚楚的成功人士，而是身材颀长、脸蛋俊朗的年轻人。

他就站在院子里的玫瑰花架底下，身后跟着管家和助理，远远地礼貌地朝令嘉挥了挥手打招呼。

盛夏的日光很晒，男人只随意穿了身瞧不出牌子的白 T 恤和运动短裤，没戴帽子，额头戴了避免运动时头发散下来挡到眼睛的黑色发带。他四肢修长，身材挺拔，肌肉均匀，年轻得像个运动明星。

连妙心里稍微松了口气，好嘛，俊男美女谈个恋爱倒也没什么不可以的。

不过一走近，连妙对他的印象瞬间被颠覆了。她眼瞧着男人把网球拍递给一旁的管家，用毛巾擦了汗，风度翩翩地朝令嘉伸出手：“欢迎你，令嘉。”

简单交谈后，年轻的男女并肩朝网球场走去。

连妙和霍普跟在后头。

她英文听力一般，没能听懂两人谈话中的大部分内容，只隐约知道他们在谈自己的中学生活。

两所公学都在伦敦，一所女校，一所男校，估计两人能聊挺多有意思的话题。

很奇怪，这么优雅英俊的男人没能让连妙放下戒备，回想起见面时傅承致的笑容，连妙后颈的寒毛反而都竖了起来。

明明傅承致绅士地对她颔首了，但那深不可测的距离感让她觉得自己和他身边的管家一样，都是蝼蚁般的工具人。

在康纳混了两年，连妙也见过不少大人物，有一套自己的识人方式，她能瞧出傅承致对人居高临下的冷漠。

令嘉的感受却和连妙完全不一样。

自从傅承致帮助宝恒摆脱了被破产清算的局面，他整个人在令嘉这儿都蒙上了一层好人滤镜，一举一动都充满风度与善意。

这种好感在令嘉发现傅承致出身伊顿时，更上了一层楼。

伊顿公学的毕业生通常被统称为伊顿人，伊顿人的口音则被叫作Upper class accent，直白地说就是高富帅口音。比如同样的单词“slough”，伊顿人和普通伦敦人的发音就有区别。

从伊顿到牛津，傅承致的教育背景和令嘉的高度相似。毕竟圣保罗的别名就是女子伊顿，剑桥和牛津几个世纪以来更是明争暗斗、渊源深厚，两人聊起天来自然非常有亲切感。

院子里，傅家的网球场地维护良好，蓝绿色的塑胶场地在太阳底下一尘不染，光洁可鉴。

在她们来之前，傅承致已经和助理霍普打了几个来回，此刻场外的庭院撑了把大遮阳伞，伞下的茶几上摆了几瓶水。

用人们在场内捡球。

令嘉走到场边刚开始活动热身，便见连妙径直过来，小声与她分享自己刚才打听到的“情报”。

“令嘉，我听说这个傅先生的助理霍普是斯坦福毕业的，中学时拿过美网青少年锦标赛U16冠军，他俩刚才热身打的几盘是平局。”

“啊！”令嘉小声惊呼，“傅先生这么厉害？”

“你也不必太害怕，”连妙忙安慰，“两人打平说不定只是因为他是老板。”

“说得对！”令嘉点头，像阿Q一般安慰自己。

她又打量了一下霍普，回头小声嘀咕：“瞧起来三十多岁，应该工作很多年了，他的工作忙，没时间训练，估计技术和体力下降了很多，但就算这样，毕竟是男子单打U16冠军啊。”

大小姐想哭！

想来想去只能另辟蹊径，令嘉偏头问：“妙妙姐，你的技术怎么样？”

“去年学了两个月，每周三堂课。”

语言精练，言简意赅，令嘉立刻明白了。

说实话，她当初放弃学网球去练习击剑、马术，不是因为不喜欢，而是耐力怎么练也跟不上，尤其是这种男女混打，天生体力差距非常明显。令嘉想得很清楚，要是连妙水平不错，她俩就车轮战，一人撑一会儿，务必让傅承致玩得尽兴。要是妙妙姐技术一般，就双打，只能牺牲她到对面去拉低对手的实力了。

回身时，她远远地朝傅承致挥手比画了一下，配上口型，意思是问大佬要不要玩双打。

傅承致放下水杯，不置可否地冲她偏了偏头。

一见有戏，令嘉立马站直了身子，兴冲冲地一路小跑到傅承致身边，压低声音和他商量："傅先生，我们玩双打吗？"

傅承致看她小心翼翼的，也学着她降低音量，问道："怎么分组？"

"不然就……就我俩一组吧？"令嘉小心翼翼地与他密谋，并举起两根指头保证，"我肯定好好表现。"

这正中傅承致下怀。

但他还是装模作样地思索片刻后，才矜持地颔首："可以。"

清空场内的网球后，比赛便正式开始了。

为了让大佬赢得漂亮、打得开心，不后悔跟她做交易，令嘉不仅在分组时煞费苦心，上场后更是努力，完全不吝惜体能，把她十八般武艺和吃奶的劲儿都使上了。

各种正手、反手，削球截击，水平完全不像她当初跟傅承致说的"打得还行"的程度，往往是令嘉在前头就已经拦网截杀。

傅承致在后头补漏，远拉、回球，顺便划水和欣赏。

平心而论，令嘉击球的姿势很漂亮，肩背舒展，赏心悦目，胳膊发力的瞬间，牵动腰肢，网球短裙凌空划过性感的弧度。

她后脑勺的马尾辫随着奔跑动作摆来摆去，白袜子包裹着纤细修长的小腿。

脚踝才堪堪有他手腕粗，好像能一折就断，然而纤细的身体里蕴含着意想不到的爆发力。

人们称呼网球为"绿色鸦片"，原因大抵就是如此。

观众永远为选手挥拍的优雅动作、高速旋转的绿球划过蓝天的角度着迷。

接连的击球声中，傅承致能感觉到自己因跑动而飙升的肾上腺素，大脑持续分泌的多巴胺。

明明还没怎么流汗，但挥拍的手指都开始麻痹，血液加速涌动。

令嘉不停地奔跑、击球，流汗。

傅承致不能克制自己欣赏的视线。

汗珠顺着她的喉咙往下滑，乳白的肌肤表面细小的绒毛被浸湿，沾上了细碎的头发，清晰而又有美感的动态远比任何视频图片都更能刺激感官。

在等待对面捡球发球的间隙，令嘉扶着膝盖大口喘息，余光瞥向傅承致所站的位置。

只见大佬游刃有余地活动了下手腕脚腕，在场边走动重新选位，身上干净清爽，连一点儿汗都没出。

巧的是，他的视线也正落在她身上。

视线交错的一瞬间，令嘉的脑子猛然清醒了！

她突然意识到——完蛋，是不是她发挥太卖力，用力过猛，没给大佬留击球机会？

大小姐生平从没刻意讨好过人，万事开头难，第一回当然生疏。

她还在反思自己，只一刹那的分神，对面霍普直接来了一记上旋发球。

U16 冠军的速度不是盖的，令嘉甚至没来得及离位，才偏头，就已经眼睁睁看着高反弹到左侧的球从眼前擦过。

啪！

听见身后一记扎实有力的击球声传来，令嘉便明白傅承致把球打回去了。

没来得及放松，因为脑袋跟随小绿球转动的速度实在太快，马尾辫带着惯性啪的一下打在了她眼睛上。

令嘉的头发本来就多，这一下重得直接把她眼泪都打了出来！

右眼的视线完全模糊了，令嘉赶紧抬手示意暂停，用手背的运动护腕擦起眼泪。

“怎么了？”傅承致离她最近，当即便过来问道。

“眼睛被头发打了一下，不碍事儿。”

令嘉特别不好意思，怕扫了大佬的兴致，努力想睁开眼睛，可惜她越努力，越被生理性涌出来的眼泪蜇得什么也看不清。

“别动。”傅承致抓住了她的手腕，“我看看。”

02

令嘉眼睛疼得睁不开，只隐约感觉有风，或许是对面的呼吸拍打在她脸上。

傅承致的皮肤温度比她低，触感是微凉的。

他拨开她的细腕后便松手了，用旁边用人递过来的一条沾水的冰凉帕子给她微红发肿的眼睛降温。

“皮肉很嫩，渗出红血丝了。”

傅承致的喉咙咽了咽，轻轻地将女孩眼睫残留的水汽擦拭干净，压低的嗓音像磁块，快要把听的人拉进黑洞里沉溺，亲切教导她：“只是娱乐消遣而已，令嘉，你大可不必那么努力。”

但很显然，令嘉并没有感受到这磁力的引力，她总觉得是自己用力过头了，生怕他不高兴，非常认真地解释：“实在对不起，傅先生，我做事情就是经常控制不了自己全力以赴。”

因为太紧张，她甚至没意识到傅承致在抚摸自己，睫毛一颤一颤的，仍然乖巧地仰着头止泪。

眼睛的痛感被低温带走了，木木的，就是眼皮上像多了几只小蚂蚁在爬一样，痒得很。

没等她的反射弧察觉出什么，很快，傅承致已经绅士地主动避嫌，把面前的位置让给从对面翻网过来的连妙。

“还疼不疼呀？要不要再滴点儿眼药水？”连妙自责极了，“都怪我，早知道我给你扎什么辫子！”

“我没事儿，妙妙姐！已经好了。”

令嘉睁眼眨了两下给她看，羞愧于天底下竟然有人能笨到被自己的辫子打肿眼睛。

怕令嘉打球时再被头发击中眼睛，连妙替她拆了辫子。辫子散开变成长而卷的马尾，发丝落下来就搭在脖颈处和肩侧，热得令嘉还有点儿不习惯。

不过没等比赛重新开始，在伞下喝水的时候，另外一位白人女助理便从屋内拿了电话过来，说有急事要老板回电。

傅承致示意管家将刚冲好的咖啡放下，接过手机，径自走到庭院另一端。

女助理替他撑着伞，傅承致在台阶尽头的木地板边缘坐下，摊开长腿，安静地听对方说话，偶尔回两句。

这通电话持续的时间很长，长到令嘉的眼睛完全不疼了，身上的汗也干得差不多了，体力恢复了大半，吃了桌上半碟小饼干，被连妙发现后，才在她的注视下讪讪地住手。这时，傅承致终于打完电话回来了。

他的面色比之前稍沉一些，令嘉猜测，也许是电话那端给他带来了不太好解决的棘手难题。

“傅先生，您有事儿的话我们就先回去吧？”令嘉试探着道，“下次再来陪您玩儿。”

男人抬手示意她稍等，然后就把霍普叫过去，低声吩咐了他几句。

这次距离近了，令嘉隐约能听见几个譬如“内阁、英镑、外汇”之类的单词，估计是在给他安排工作。

果然，霍普听完安排后，便拿起搭在椅子上的外套，匆匆向几人道别。

傅承致再回头，接电话时的肃穆已经没有了，不过比起一开始的和悦，现在看上去还是有些面无表情。

他开口的第一句话是：“我们比一场吧，令嘉，拿出你刚才双倍的努力。”

场内清空，傅承致再次拿起球拍，站到了令嘉对面。

他重新调整了腕带的位置，活动了一下腕关节，看上去是要动真格的样子。

令嘉刚才已经打得比较顺手了，还挺兴奋，压低身形，全神贯注地等待对面的发球。也是直到视线对上这一刻，令嘉才发现做傅承致的对手究竟有多可怕。

男人英俊的脸上没有多余的表情，眼神中唯有一种平静到极致的肃杀，令人恐惧。

绿球抛起来的一瞬间，她只感觉自己四周的空气顷刻间被抽离、五感封闭。

这是一个时速绝对上了一百英里的优秀发球，她肢体明明已经在第一时间做出反应，可还是没来得及够到边缘。

这才是真正能和U16冠军打成平手的实力！

之前的双打对他来讲甚至算不上热身，无论霍普或者傅承致，都只是让着她而已，像在逗弄一个小孩子取乐。

傅承致似是才意识到她的无措，球拍在掌心转了两圈，询问她：“还是太快了吗？”

“不！”令嘉受不了被轻视的感觉，她咬唇，双手用力握紧球拍，说道，“我可以的。”

不服输的念头在胸口翻涌，她死死地盯住对面的身形，判断下一个球回来的落点和路径。

接下来的一个小时，傅承致一言不发。

令嘉感觉自己好像变成了一堵没有存在感的墙，机械地奔跑、回球、捡球、发球，彻头彻尾沦为了陪练。

网球是一项与心理状态密切相关的运动，令嘉全神贯注，无论精力还是体力都濒临极限，喘得像条狗，可她总觉得傅承致仍然没有把全部精神放在眼前的对抗中。

他预判精准，每次都轻松站对合适的位置稳定回球，匀出来的注意力，仿佛已经通过网球在场上的起落，部署着另外的战局。

在令嘉再次丢掉一球后，傅承致终于放下球拍，宣布了自己的胜利："我赢了。"

令嘉的双手已经被震得发麻，才听到这一声便累得差点儿瘫坐在地。

好在她理智尚存，偶像包袱不能扔，勉强用球拍作支点撑起身体，汗水沿着鬓角掉下来的发丝一滴一滴往下落，在绿色塑胶地面溅开，视线都有些模糊了。

喘息间，一只指节修长漂亮的手递到了她面前。

"谢、谢谢你，傅先生。"令嘉没有把手给他，强迫自己缓缓站直身子，极力调匀呼吸，说道，"我、我很久没像今天这样打网球了，打完球还挺舒服的。"

人流汗的同时会把所有的杂念和烦恼排空，就像此刻，她满脑子只剩下一个念头——她终于知道傅承致为什么花那么大代价找陪玩了！

这活儿真不是大多数人能干的，她现在累得要断气了！

"是我该感谢你。"傅承致收回手，并不因她拒绝自己的好意而恼怒。

他嘴角微笑着，俨然已经变得和颜悦色："就在刚刚的网球比赛里，我为南美一个陷入绝境的项目想好了解决方案。现在，是宣布决定的时候了。"

他从用人手里接过毛巾和手机，擦了擦周身的汗，刚刚运动后的胸膛已经只剩下轻微的起伏。

他低头拨号的同时告诉令嘉："你可以在这儿休息会儿，冲个澡或者吃个午饭，然后管家会安排司机送你们回去。"

之后，他便径直往室内走，快到门口时，他似是又想起什么，视线离开手机屏幕，落在令嘉身上，冲她笑了笑：“忘了告诉你，令嘉，你的全力以赴让我非常满意。”

当他的背影彻底消失在眼前时，令嘉终于一个腿软坐在发烫的地板上，捂着胸大口大口地喘着粗气：“累、累死我了，妙妙姐，我差点儿觉得我要死了！我怎么感觉脑袋嗡嗡嗡的，嗓、嗓子也好疼……”

连妙赶紧把葡萄糖水递到她嘴边，说道：“还有哪里不舒服？我帮你捏捏。”

“手臂疼，脚也疼，很软，抬不起来，到处都不舒服。”令嘉想哭。

连妙到这时才终于相信了，傅承致可能真的对令嘉没想法。如果真的有想法，他就不可能干出初次登门就把对方打趴下，让她横着出门的事情来。

好在傅家的用人做事非常热情周到，在令嘉终于把气喘匀之后，给她一连上了许多道补充体力的精美甜点和水果，据说都是后厨法国西点师精心制作的，味道好得出人意料。

连妙心疼令嘉太辛苦了，便默许她一块接一块用小叉子叉了往嘴巴里塞。

令嘉克制地都试吃了一下，眼看妙妙姐快坐不住的时候，她终于自觉地停下来，意犹未尽地擦擦嘴巴，小声跟连妙商量：“我们这就回去吧？”

傅家本来还给她们准备了换洗的衣物和客卧洗澡间，但谨慎起见，连妙拒绝了对方的好意。

瞧了瞧时间，分针距离傅承致上楼刚好过去半个小时，对方估计在开会，仍然没有结束的迹象，令嘉决定为自己免除跟主人道别这项社交礼仪。

走之前，用人们将她的球拍装好，准备和其他包一起装入车后备厢。

令嘉原本打算随手帮忙递一下，刚动身，忽然感觉一阵微风拂过，鼻子上落了什么东西，痒痒的：“阿嚏！”

打完这个喷嚏以后，令嘉突然喘不过气了。

她忍不住挠了两下，手臂上立刻浮起了恐怖的红痕，惊得连妙这样惯常轻声细语的人都失态地喊了一句：“令嘉！你怎么了？”

令嘉后知后觉地低头看了一眼自己的小臂。

不过一两分钟，她的呼吸便越来越急促，好像又回到了刚刚运动才结束的时候，每一口呼吸都使尽了全身的力气，四肢冰凉发麻。

这种窒息感她十分熟悉，令嘉捂着胸口大喘气，艰难开口：“妙、妙姐，你、你问问他们家是不是养了宠物来、来着，我有哮喘、过敏。”

令嘉一直是随身带药的，但她之前忘了检查药瓶，好不容易从包里翻出来，喷两下就没了，剂量不够。

咳嗽是稍微好转，可她仍然脸色惨白，嘴角泛紫。

边上的用人也急得团团转，最后还是管家拨电话叫了家庭医生，又上楼去通知傅承致。

人群中间，令嘉好想伸手拽住他的衣角，让他别去。

这点儿小事她自己回去治治就好，不必惊扰大佬！

可惜因为脱力，令嘉的掌心抓了个空，管家也没能听到她微弱的心声。

好在家庭医生来的速度快得像闪电，各种抗敏药物准备齐全，治疗令嘉这种程度的症状就是小菜一碟。

在傅承致居高临下的目光注视中，静脉注射的药水往她手腕血管里推送。

大小姐别开眼睛不敢看，心里羞愧又无助地叹气：唉，她可能跟这个地方有点儿八字不合。

“……哮喘不能根治的，如果频繁发作的话，恐怕就得长期用药了。”医生拔出针头，在边上跟雇主解释她的病情。

令嘉按着出血点试图从沙发上起身，又被傅承致扫过来的眼神定住了。

她非常不好意思地跟他道歉：“真对不起，傅先生，耽误了您工作，我本来都已经打算走了的。”

都怪那些该死的小点心。

“倒也没什么要紧事，差不多处理完了。”

傅承致显然刚冲过澡，换了衣服，头发还没干便被管家匆匆叫下楼，黑发松散地垂在额前两侧，黑沉的眼睛注视着她的病容：“令嘉，你要是早些提醒我，我会手下留情的。”

令嘉赶紧摇头：“不用这样，今天是个意外，只是恰巧碰到药用完了，我的哮喘本来也已经很久没发作过了。”说到这儿，她又有些庆幸，“下次我可以陪您骑马，就不用打网球了。您可能不知道，我放弃网球就是因为体能，如果当时能有您一半的耐力，说不定练到今天还能参加女单 U20 呢。”

令嘉内心对自己进步神速很满意，她从前哪里会这种捧人的高级话术，这不形势逼人嘛，在人屋檐下就无师自通了！

傅承致却以为她真心实意在惋惜，静默了两秒，在她对面坐下来。

"我中学时期平均每天至少会走六公里，往返于教室、饭厅和宿舍，除此之外还要在学校开设的体育活动时间运动。"

他这是在向她解释自己体能好的原因？

令嘉没听懂，只象征性友善地搭了一句茬："其他人也这样吗？"

"每个伊顿人都如此。"

好吧，令嘉内心平衡了。

她确实从未在中学时期花过那么多时间保持体能训练。

家庭医生给她打的一剂抗过敏针见效很快。

在小臂的红痕消退后，令嘉终于能开口同傅承致告别。她迫不及待地在连妙的搀扶下爬上车，结束这疲惫的一天。

傅承致站在厅门口，目送车子离开。

回身低头时，他弯腰捡起遗落在地毯上的一块帕子。

管家认得，雇主之前还用那块帕子给女孩儿擦了眼睛，大概是令嘉刚才不注意弄掉了。只见他慢条斯理地将用过的帕子叠好，泰然自若地塞回口袋，然后轻轻念了一句法文。

作为拥有一位瑞士籍老板的全能助理，精通瑞士官方语言的霍普，倘若他在的话，一定便能听出来这句出自法国旧教派诗人弗朗西斯的情诗——

我想再看见你，当麝香葡萄在青李子树旁沉睡的时候。

可惜在场的是管家，一个英国人，他没能听懂，也没能接上老板的话。

傅承致遗憾地摇头，叹了口气，将管家召到近前来吩咐。

"把拉比、霍克……"顿了半秒，他最终不耐烦地放弃了念出所有猎犬的名字，挥手道，"全部送回苏黎世吧，令嘉对狗毛过敏。"

管家迟疑道："先生，这周它们才被送过来……"

是否需要一些时间缓冲？

下一秒，他立马就在傅承致的眼神中低头服从："我明白了。"

03

网球打完之后的几天，令嘉感觉腰酸背疼，兴许是太久没有剧烈运动的缘故，连吃东西都抬不动胳膊，提不起劲儿。

但艺人培训还是要继续的，为了让她尽快恢复，伍哥从公司武打艺人那儿弄来半瓶祖传药酒，听说擦两次就见效。

连妙大清早过来帮她擦药酒。

太疼了！

令嘉攥拳将头埋进枕头，忍着疼，闭眼听身后连妙和伍哥聊康纳的八卦。直到两人又提到那天打网球的事，她才找着机会插话："我就说傅先生是很正派的人，现在你们相信我了吧——"

话音没落，小腿就被按得抽筋了，疼得令嘉差点儿咬断舌头。

"没事儿没事儿。"连妙尽力帮她扳直脚尖缓解痉挛，笑道，"长个子呢。"

她半信半疑地擦干净泪花，等着那股劲儿过去了才吸着鼻子问："真的？"

还有可能是缺钙，最近减肥饿的。

连妙实在不忍心骗这么单纯的孩子，不太高明地切回刚才的话题："令嘉，你也没认识那位傅先生很久，怎么那么信任他？"

这话问得令嘉一愣。她信任傅承致吗？

她一直觉得自己对他充其量是三分之一的害怕、三分之一的尊重和三分之一的感激。毕竟人家帮了她那么大的忙，她很想回报他，令他满意。

但从成年男女的角度出发，她似乎确实对傅先生少了一些该有的戒备。

这种信任可能来自他们在伦敦时曾一起患难的经历，也或者是见过他为弟弟去世黯然神伤的样子，让她觉得惺惺相惜……

令嘉咬唇思考了半晌，最终将根本的原因一股脑归结于他和沈之望五官有一点点像，那副面孔让她天然没办法设防。

早餐又是黑咖啡和即食燕麦、水煮蛋，还有几根绿油油的水煮菠菜。

令嘉坐在餐桌前，生无可恋地用叉子戳了半晌，食欲全无。

到了她这个身高，小基数减肥，体重其实挺难掉的。

吃了两勺，她似乎想起什么，从沙发底下拉出体重秤，赤脚站了上去，惊喜地发现数字屏显示"47.1"，距离定下的目标终于只有两公斤了。

周伍伸长了脖子看，终于瞧清数字，表示非常满意。

"恰巧今天摄影师抽出档期了，咱们等会儿再拍几组硬照。"

"伍哥，这个星期还有试镜机会吗？"

相比拍照，令嘉更想工作，再看一眼手机短信显示的余额，这种欲望就更迫切了。

病房资源很紧张，医院几番催促下，昨天她给父亲办理了出院手续，然后又直接转入S市一家口碑很好的疗养院。

二十四小时有专人和护士精心照顾，每天都安排康复理疗帮助复健……什么都好，就是费用年付，对方财务室一口气从她卡上划走了九十万元保证金。

令嘉从不知道，这小小的九十万元竟像连着心脏一样重要，扣款短信发来的瞬间，她感觉自己血栓都快发作了。

除去把奶思运回国，还有这段时间以来杂七杂八的费用，卡上余额目前只剩三万元人民币了。这些钱放在过去还不够她在米其林餐厅吃一顿，毫无抗风险能力可言，就算现在住行三餐公司都报销，她还是产生了前所未有的危机感。

而且奶思检疫期过了从机场接回来，该住哪儿？养在俱乐部的话又需要一笔……令嘉摇头把乱七八糟的念头抛开，未来的事儿不能细想，想多了对身体健康有影响。

周伍翻着小本本，半晌没找出答案。

令嘉心里有了数，小心试探道："其实也不一定非得演那些有分量的角色，我不好高骛远的，哪怕演个丫鬟，跑龙套什么的都行，先积累经验。"

演那些小角色，连公司培养她的花销都还不上，再说有什么剧愿意找个长相稳压女主角风头的丫鬟？

周伍还是倾向于给她选择高一些的出道起点，履历光鲜，这才符合公司给令嘉制定的路线。

只是其中门道太多太复杂，跟令嘉多说也没用，因此周伍翻完本子只能安慰："妹妹啊，角色这事儿有时候也得看运气，别心急。"

倒不是她心急，就是她的账本比较急。

令嘉努力把焦虑从情绪里排除，接下来一周继续跟老师学表演。

她恨不得自己变成一块海绵，能一下子把所有的知识吸纳进她的表演体系，往往白天上十几个小时的课，回家还继续看片，自己对着镜子练习细微的表情控制，练到脸僵。

表演对她来说是一片新大陆，直到一脚踏进这光怪陆离的世界，她才知道人的面部肌肉可以有那么多种表现方式，细微的差别就能组合出完全不一样的感情意义。她需要把自己的内心变得足够宽敞，能容纳任何角色的人生，要把人物的言行思维装进自己身体的模具里，再以表情、肢体动作、台词等任何一种方式重新表现。

这门课踏入门槛很容易，然而想要往行业顶端走，并不比令嘉在大学所学的任何一门课程简单。

连妙这天中午照例来给令嘉送沙拉，周伍也趁“容嬷嬷”不在，溜进来给她灌两口鸡汤。

“……哥跟你说，公司被‘容嬷嬷’教出来的演员没有一个不怕她的，当年祝梦之第一次上大荧幕，就是拍《方尖碑》的时候，公司派她跟组做演技指导，差点儿被她教到有心理阴影，所以后来上映才会有那么多人夸演技。被骂不可怕，可怕的是她都懒得骂你……”

令嘉咀嚼着豌豆，不知道该不该提醒：“伍哥，老师今天没骂我了。”

周伍闻言，当即目光真诚地改了口：“那太棒了呀！瞧你努力得连‘容嬷嬷’也找不着挑剔的地方，都骂不出口了，来，妹妹快多吃两块鸡胸肉补补。”

令嘉撇嘴，忙用叉子扒拉，当真只从碗底寻到两块拇指大小被淹没了的鸡肉碎。

伍哥果然从来不是无的放矢的人呢！

周伍对她僵在脸上的笑意视若无睹，神情自若地从自个儿兜里掏出手机，和连妙一起点评起摄影师助理传过来的样片。

“咋样，一线摄影师的掌镜牛吧。说起来这次真的多亏了孔总帮忙，咱们都沾了她的光，程鹤几乎不给新人拍片的。妹妹，等你演了第一个角色，哥帮你把这张传到百科上去做封面，或者你喜欢这张……”

手机递到跟前，令嘉的叉子顿下来，瞧着镜头里的自己，有点儿陌生。

拍照片那天统共换了三组妆容、三套造型，镜头底下，她连眼皮掀起的弧度都要精确地按摄影师的指导去表达。

中途被程鹤翻了无数个白眼，令嘉险些怀疑自己在人家心里可能连草履虫这样的单细胞生物都不如。忙活一整天，拍摄结束回家后，她便把这段经历打包扔进人生再也不愿想起的惨痛记忆分组里。

当时只以为自己的表现指定拍成翻车现场了，没想成片竟然这样令人意外。

周伍说要选作封面那张，她穿了大褶的摆裙，戴羊皮长手套，坐在室内搭建的绿茵坪上，在阳光底下肆无忌惮地仰头大笑。

摇曳的宝石耳坠，翻飞的裙裾，布景里氤氲的喷泉水汽，带着迎面而来的动态美感。

程鹤当时要令嘉把头往斜后方仰，她还不解，但呈现在照片里，这个动作让肩背完全打开，细长的颈完整展露，带着充盈的张力，和一种脆弱而矛盾的内在力量。

说实话，令嘉从小到大拍过的好看的照片装进相册都能装满几只箱子，但那些好看的照片仅仅是好看，和这几组硬照完全不在同一层级。不管是光影、造型、色调，还是摄影师捕捉到的生气，都仿佛穿透了镜头，令人回味无穷。

“可惜现在你还不红，这么棒的硬照竟然不能做五大刊封面，真可惜。”周伍觉得惋惜。

令嘉对经纪人的时尚品位表示十分怀疑，好在她现在已经习惯了把他夸张的彩虹屁左耳朵进右耳朵出，只要没在人前说，倒也没什么好羞耻的。

三人趁着午饭时间难得的空隙，头凑一块儿将三组造型的成片每张都细细品味十几秒，直到周伍的手机开始振动。

有电话进来了。

周伍瞥了一眼号码，起身到窗边接通，起初还心不在焉，后来不知道那端说了什么，在一声惊呼过后，他眼睛越睁越大，笑容扯着眼角肌肉挤出一堆褶子。

“真的？”

“真的？！”

“好兄弟！改天来家里拿车钥匙，我那大G借你开俩月，油费也包哥们儿身上，妥妥的。”

电话才挂断他便疾步过来，话里压不住喜意，通知令嘉。

“妹妹，我找哥们儿给你加了个塞儿，何导电影的试镜会，终试，今天下午！他一看你的视频就同意了，等你吃完咱们就赶去现场，那边会负责妆造。”

“哪个何导？”令嘉怀疑自己听错了。

“还能是哪个，当然是何润止何导！当然，妹妹你也用不着太惊喜，这点事儿对你伍哥来说不算大，哥厉害的人脉是没有，小的门道儿还挺多，常规操作啊，你就保持平常心……”

好像刚才电话里激动得像中彩票的人不是他，周伍闭着眼睛吹牛，已然十分膨胀。

令嘉这次没被他逗笑。

她的心脏怦怦地跳起来，约莫是供氧不足，紧张得发晕，仅存的理智让她忍不住说道："伍哥，这太突然了，我什么也没准备，会不会……"

"机会可不等人准备，你不知道圈儿里多少人盯着这块蛋糕。这两年就为这片子何导挑了又挑，溜了一堆腕儿，试镜都没选出合心的女主角，现在估计快要开机了，着急了。不说那些，反正咱们光脚的不怕穿鞋的，能拿个角色最好，没成就当见见世面，再差能在何导那儿混个脸熟也算落个好处……"

令嘉意会了，周伍对这次试镜其实没抱什么期待，只是希望她能把酱油打出水平。

也对，作为华语影坛的天花板，何润止在令嘉没出生的年代就已经将国际各大导演奖项拿了个大满贯，艺术片成就堪比其他导演成就的总和。到令嘉出国那年，他的大片《春来》更是直接开启了国内商业电影的黄金年代，是国内电影发展史上的传奇人物。

令嘉这几晚熬夜看的就是他早年拍的文艺片。

昨晚睡之前，她连做梦都没敢想大导演的新片会和自己扯上什么关联，现在竟然落了个试镜的机会到她头上。

事实就是，哪怕能在何润止一到两个小时的电影里出境十秒钟，有几句台词，对她这样的新人来说，都已经是天上掉馅饼的好事。

04

这部何导筹备了两年的电影，叫《我和她的 1935》。

来的路上，伍哥已经跟她大致讲了一遍，虽然没人见过剧本啥样，但大家都知道这部电影会从小说《我的旧城》取材。

《我的旧城》原著是誉享文坛的海外华人作家张格曼的作品，内容真实改编自她祖父母三十年相守的岁月。在那战火纷飞的时代背景下，《我的旧城》堪称一部将儿女情长与赤胆忠心交织描绘到极致的英雄史诗。

候选的演员一个个进了厅里又出来，鲜少有带着笑意离开的。

令嘉在国外待了太久，对圈里大多数明星都是两眼一抹黑，连妙便小声挨个给她介绍来去的明星，详细到什么咖位、哪家公司、演过什么成名剧。其中不乏成名已久的一线女演员，到了这个级别，也只有何润止的戏能叫齐她们挨个过来试戏。

因为是加塞儿，令嘉的简历被压在了最后。

她不知道要等多久才能轮到自己，只能反复琢磨发到手里的试镜资料。

电影主角张伯卿是年少有为的空军飞行员，女主角元可颐则是出生在曼哈顿的大亨爱女。

1935年的一个假日，时任空军上尉的张伯卿开车到码头接留洋归国的堂兄，在渡轮的一声长鸣中，他看见了甲板上第一次踏上故国土地的元五小姐。

一见倾心，光影流转，江河向前，故事就从这里开始了。

令嘉要面试的角色是女N号，张伯卿的堂嫂周燕如，书中对她的刻画仅有寥寥几笔。

传统家庭出身，温柔娴雅懂礼，家中上下都喜欢她，却唯独得不到丈夫的爱。在战火到来前夕，她最终跟管家的儿子拎着行李箱踏上马车，消失在一个雨夜。

戏份虽少，这却是一个有着完整弧光变化的出彩人物，她的变化，也真实反映了那个年代女性的心理转变与地位变化。

当然，主要原因还是大G借出去之后，周伍的新晋拜把兄弟给他透露了一个内部消息——堂嫂在几个女性角色中竞争者最少。

令嘉中学时期倒是也曾翻过几页《我的旧城》，但零星的记忆早已在岁月长河里扔得一干二净。她背完台词，又上网搜了一番，迅速将周燕如出场的段落读完，然后开始给这薄薄的两页台词做注解，尝试从无到有在内心构建一个生动的人物形象。

轮到她化妆做造型时，她便不怎么感到紧张了。

只是希望厅里的选角能久一些、再久一些，好留出时间让她再琢磨一下台词里的重音、断句是否恰当，该怎么更好地表现眼神和肢体动作。

直到工作人员拿着名单出来念到她的名字，令嘉像是被点到名的小学生，噌地从椅子上弹了起来。

在连妙和周伍紧张的眼神中，令嘉咽了口唾沫，深吸一口气，跟着工作人员进了厅内。

摄影机那头坐了好几个人，执行导演、副导演、监制，两个编剧以及摄影师……唯独不见何导。

见令嘉迟迟没开始，监制轻咳两声大发慈悲地告诉她："何导坐了一下午，上厕所去了。"

"准备好就可以开始了吧？"他征询。

哦，原来她就是传说中的尿点啊。

令嘉上扬的脸部肌肉微垮。

她也明白，作为一个没有任何表演经验和作品，又非科班出身，来面试小角色的新人，这待遇很正常。但道理归道理，大小姐的尊严从前可没被这么踩在脚下摩擦过，她那该死的好胜心又上来了呢！

令嘉拿到的两页纸，内容大致是周燕如的丈夫北上任教，去与志同道合的恋人相会，两人争执中，她失魂落魄地追到大院门口，直到被齐膝的门槛绊了一跤，磕得头破血流，凝视自始至终没有回头看一眼的丈夫上车远去，尘土飞扬，很久才从地上爬起来。

只是在起身的那一刻，她挣脱前半生的桎梏，真正脱了壳。

剧组这边安排了边上的场务，一个没有感情的台词机器扮演留洋丈夫和令嘉搭戏。镜头里，令嘉最后闭了一次眼睛，再睁开，眼神就变了。

等候试镜的时间太久，长时间的酝酿让她充分相信自己的角色存在。

这种感觉很玄妙，现场所有的干扰和乱七八糟的杂念在脑子里被排空，此时此刻，令嘉觉得自己就是周燕如。

她不需要再刻意去想之前设计好的肢体动作，当彻底置身于由自己构建出的世界中时，情绪便与角色达成了统一，由内而外地支撑起接下来的表演。

不管是上学时，还是现在，令嘉一直不算很有天赋的人，但她有一项最显著的优点，那就是专注和全力以赴。整段戏录下来其实堪堪五分钟，但她感觉时间过去了很久，直到副导演开口："好的，谢谢你的表演。"

他翻回简历第一页，念出她的名字："令嘉……从前没演过什么角色是吧？"

不只没演过，连表演也只学了一个多月呢。

令嘉点头，照着伍哥给她美化过后的词儿回答："我入行的时间不是很长，还在努力学习表演。"

她勉强找回了自己的情绪，但戏里那股无法言说的后劲儿仍然在心底盘旋。

在场的人当然也都瞧得出来她的状态，副导演继续开口点评：“你演得很不错，很敏锐，有灵气。”

令嘉第一次从有分量的导演口中听到对自己的真实评价，不是连妙的鼓励，不是伍哥的无脑彩虹屁，比她上年度在剑桥得了一等生还惊喜！

但导演话锋接着一转，说道：“年轻人有追求是好事，不过你努力的同时，学好情绪控制也很重要，这种能力是演员的精神安全保障，能帮助你减少消耗。”

这是非常善意的提醒。

情绪抽离是大部分体验派演员需要花精力克服的难题，尤其是对她这样的新人而言。

试镜结果不会现场公布，导演的点评结束后，令嘉向大家道完谢，接着离开表演厅。何导自始至终没出现，令嘉估计他可能便秘了。

当然，她不知道自己前脚踏出表演厅，何润止后脚就进了门。

长桌后的几人正在大屏上回放刚才几位演员的表演细节，她们试的都是堂嫂的角色。除了令嘉，其他人大多是有作品、综合素质不错的老演员，方方面面都处理得可以，挑不出大毛病。

副导演征询大家意见：“你们怎么看？”

“水平都差不多，但还是最后一个年轻的比较有新鲜感吧。”编剧表态。

“而且她的脸上了荧幕最有感觉，”监制非常同意编剧的看法，他暂停播放，画面定格在令嘉趴在地上抬头的那个眼神，说道，“你们瞧，她是不是长了一张天生对镜头开放的脸，每个细节都捕捉到了，这脸，这骨骼构造，真是绝了。”

一票反对，四票通过。

周燕如戏份不多，以他们的权限可以拍板，角色刚定下来，几人回头一看，上厕所的何导不知道啥时候回来了。为表尊重，副导演问了一句：“何导，我们几个商量周燕如就定令嘉了，你觉得还行吧？”

“我觉得不行。”

试镜出来，天已经黑了。

令嘉才上保姆车，便接到了一通来自伦敦的电话。

来电人是照顾沈之望多年的用人。

他在电话里问令嘉要了她现在的地址，沈之望的遗物已经整理完毕，遗物中的相册、日记、票根等所有和她相关的部分，很快便能漂洋过海寄过来给她。

毕竟都是雇主生前精心留存的东西，它们的归宿不该是垃圾桶，这些遗物也只有在令嘉这个主人手中才有存在的意义。

临挂电话前，男人没立刻说再见，反而顿了很久。

或许在组织措辞，也或许是不知道该用什么样的语言安慰她，几次呼吸起伏过后，他才重新开口：“令，事实上，打这通电话之前我犹豫了很久，最终还是认为您有权知道这一切。”

“我在 Ron 床头的抽屉里发现了一枚钻戒，他应该还没来得及向您求婚，我想……这枚戒指对您一定具有特殊的意义，因此擅作主张一并放进了包裹。”

“当然，我这么做绝不是为了让您沉浸在伤痛里，而是希望您能从中得到一些力量和勇气，哪怕一点点。Ron 是如此爱您，即便在最后一秒，您的幸福快乐，一定是他向上帝唯一的祈愿。”

令嘉死死握着话筒，握到指节都泛白了。

副驾驶位上的周伍自上车后一连接了好几通电话，好不容易有片刻安宁，捏着手机兴高采烈地回头想要说话，这才察觉出令嘉情绪不对。

她靠着车窗玻璃一言不发，眼神涣散，疲惫到了极点。她像是在看什么，又像是什么也没看，人明明坐在那儿，但灵魂好像被抽走了。

周伍纳闷，刚才试镜出来还好好的，她这是怎么回事儿？！

当然，像周伍这样的硬汉，根本不会尝试去解读女孩子如天气般变幻莫测的情绪，他也解读不了，眼神和连妙连上线，悄无声息地问她：令嘉咋了？

连妙欲言又止，掏出手机给他发消息：“我听力也不行……英国打来的电话，好像和她前男友有关。”

周伍急了：“啊！”

消息一条接一条弹进连妙的聊天框——

“那咋办！”

“何导助理打电话来让咱们折回去试戏！”

第五章

你要做艺人?

01

“我也不知道该叮嘱你点儿啥了。”下车之前，周伍也鲜见地紧张得搓手，“总之这时候了，妹妹，你就什么也别想，千万打起精神，在导演面前留个好印象，啊？”

令嘉当然也明白机会有多难得，就算为了还债也得尽力配合。

进去试戏之前，她努力将情绪排空，在洗手间抄水洗了把脸，揉了两下僵硬的脸颊让自己放松，还对着镜子笑了几遍。

她再回到试镜现场时，等候试戏的人都已经走光了，三三两两的工作人员在收拾器材。

毕竟是何导叫回来的，带路的工作人员卖了个好：“为了给你搭戏，何导刚刚还把覃老师也叫回来了，小姐姐好好加油呀。”

令嘉反应过来，对方指的覃老师，是七年前因参与拍摄何导那部文艺片《十九年春》而一举夺得青像奖和青马奖的影帝覃飞，也是时隔多年重新跟何导合作的新片男主角。

试谁的戏份需要找来男主角给她搭戏？

令嘉有些意外，压下纷乱的想法，向人道谢。

导演组的人都还在，这一次，何导没有去上厕所，令嘉终于能够见到这位蜚声海外的国际大导演。老人已经年逾耳顺，皮肤纹路里有着零星的老年斑，微垂的嘴角和法令纹沟壑，昭示着他性格中的坚韧和果决。

回来之前工作人员在电话里没细说，剧本发下来，令嘉发现给自己的几个片段都是女主角元可颐的戏份。

她惊讶地抬头环视，瞧见大家平静的眼神，才明白不是拿错了剧本，何导要她试的就是女主角。

第一段戏是元五小姐跟随姨妈和一群阔太太到外滩观看空军驱逐大队在黄浦江上的飞行表演。

这段戏前半部分是元五这做小辈的和太太们的笑闹聊天，后半段是张伯卿从战机上下来，英雄凯旋般接受群众上前送花献礼。

元五在看台上，目光与他交汇，少女第一次感到怦然心动。

从某种意义上讲，这个角色与她本人的气质非常贴合，曼哈顿名流出身的元可颐和宝恒大小姐令嘉，有着同样优渥的生活环境和良好的教养，这些东西沉淀在人的言谈举止、仪态眼神里，普通人很难演，也很难学。这是她的优势。

但令嘉的劣势同样明显，与恋人生死两隔才是不久前的事，她显然还无法精准地驾驭自己的内心，在所有人面前表现对另一个人动心，即便这只是一场表演。

开录之前，令嘉其实在心里排演过该怎样把控细节。

目若朗星英气逼人的覃飞是她心动的人，她该在彼此目光触碰的那一刻移开，装作无意看向其他地方，心跳的同时也演出元五大小姐的傲气。

但当镜头真的拍到她目光移开的那一瞬间时，呈现出的效果稍微有了差别。

不对，感觉不对。

尽管年轻少女恋爱的情态令嘉已经拟足，骄矜也表现出来了，但她移开的目光更像闪避，而非自然流露的娇羞。

令嘉和覃飞的对戏少了心动的张力。

这很致命，导演和监制他们之所以把男主角叫回来，就是为了试试看他们之间有没有化学作用，男女主角之间的火花张力对一部电影来说至关重要。

前面表现都很好，就是这最后几秒钟不到位，可惜了。何导不着痕迹地微微摇了摇头，他在本子上画了一下，又示意令嘉演接下来的几段。

临场拿到的剧本，也没人给她讲戏，不过接下来的几段，对一个新人来说，令嘉的发挥足够让人惊喜意外，各项处理都在水平线以上。

但，如果仅仅是这样，还不行。这还不够让何润止放弃他心中原定的女主角，选择冒险。

老人想了想，跟身边的工作人员交代几句，然后招手把令嘉叫过来，在大屏上播放另外一位女演员常玥的试镜片段给她看。

常玥是以演技见长的新生代女演员，刚刚晋升一线，倘若没有意外，可以想见，在这部电影上映之后，她将牢牢坐稳新生代一线演员打头的位置。

她演的这段，是元五和张伯卿结婚后的第八年，战役大捷后军中传来消息，张伯卿驾驶战机与敌机同归于尽，飞机坠毁后烧得只剩残骸。

满城欢庆，百姓敲锣打鼓欢迎军队凯旋，眼前的一幕与元五当年在黄浦江畔第一次对张伯卿心动的场景跨越时空形成重叠。

只是归来的军人里，没有了她的丈夫。

元五不知道张伯卿在飞机坠毁前已经跳伞，此时就在回城的队伍中。

直到两人在街头隔着人海遥遥相对——从撕心裂肺的平静到泪流满面的喜悦，常玥演绎的元五无可挑剔，她的情绪转变流畅自然，每一处都精准恰当到毫厘，堪称一段完美的表演。

直到大屏的影像播放结束，何润止才与令嘉说话："我叫你回来试戏，是因为你的面孔里有元五的样子，有那个时代的印记，但你的表演还不够，你的身心必须和你的人物情绪完全统一，无论是哪方面，明白吗？"

他说："你再演一次，就演她这段，令嘉，我给你最后一次机会，希望你的表现能打动我。"

何导给她十五分钟时间酝酿情绪。

令嘉捏着台词的手冰凉到极致，心惶惶然，在刺目的打光灯下环视四周，有种游离在外的不真实感。

"令嘉。"伍哥一声喊叫把她唤回神，"算哥求你了，这回你无论如何都要赢。"

周伍第一次这样正式地叫令嘉大名而不是妹妹，他收起以往的嬉皮笑脸，眼神复杂。

令嘉能听出他话里的认真，她捏紧A4纸，睫毛动了动，茫然地问他："我可以吗？"

她自己都不确定。

"不行也得行，你知不知道常玥是谁？"

"不知道，我没看过她的戏。"

周伍咬牙切齿道："这个人是我前女友！"

然后，在接下来的宝贵的五分钟准备时间里，她听完了少男周伍被抛弃的全过程。

大概六年前，周伍还是个纯情男孩的时候，被当时还没从电影学院毕业的常玥迷晕了，不仅给人买房买包，还偷偷用家里不少钱投资让她做女主角，可惜常玥稍微有了点儿知名度后就转投了其他人的怀抱，可怜的垫脚石周伍就这样被一脚蹬开了。

千儿八百万真金白银打了水漂，儿子也被弄得一蹶不振，周伍老爹差点儿被气出个好歹，好在周伍及时洗心革面，回归正途，老老实实找了份经纪人的工作安定下来。

周伍说完瞧见墙上的时钟才意识到试戏时间要到了："完犊子……哥说多了吧，是不是耽误你记台词啦？瞧我，我这就闭嘴。"

"没，就那么几句词。"

令嘉被这么一打岔，好歹清醒过来了。

她把没用的台词放到一边，目光落在光洁的瓷砖地板上，肩膀微微垂下来。

她其实并不担心自己演不好这一段，因为这样的情感她切身体会过。沈之望走后的很多个夜晚，她无数次在梦境中觉得现实才是一场梦，只要成功入睡、重新醒来，一切阴霾就都会烟消云散。

她总觉得，他还站在楼下，耐心地等候她梳妆打扮，然后两人在周末约会一整天。将现实的情感完整投射到元五身上是很好的办法。

可是她很害怕，害怕剖开自己，害怕失去的痛苦像潘多拉的盒子、泄洪的闸门，一旦开启就再也合不上，而她不能放任自己沉浸在痛苦里，现实中有很多事情等着她去做，也只能由她去做。

十五分钟过后，镜头再次对准令嘉。这次她没有迟疑就入戏了。

这段戏从一开始感情就爆发得十分激烈。元五收到了丈夫坠机的消息，那种天灵盖被击中的瞬间太真实，直接把在场的人都吓了一跳。

这一段从头到尾演了三分钟，看得那女编剧悄悄地背过身抹眼泪。

令嘉却只是面无表情地看了一眼，接着演下一段——民众上街迎接军队回城。元五挤在人群中，从冷漠、麻木，到视线定住，突然左顾右盼，因为一切来得太不真实，她想要确认是不是在做梦。

女人的眼神凝固在张伯卿脸上，接着，她疾步穿越人群靠近，瞳孔逐渐放大，直到站在他跟前，仰头小心翼翼地触碰他的军功章、胡茬、脸颊，然后摘下他的军帽端详整张脸，终于确定这不是错觉。

元五的嘴角动了动，有许多话涌出来，但又不知该从何问起，最后只能一头扎进他怀里，声带失声，人都脱力了，一下一下地捶打他的胸膛。

镜头收录到她从覃飞肩膀后露出的那个眼神，把所有人震了一震，没人能看着那样的一双眼睛不落泪。

这一段唯一的台词，因为令嘉失声没能念出来，但没有人觉得这段表演有缺憾，相反，实在是出彩，每一帧截出来，画面、神态、表情都极好。

所有人都能感受到她灵魂中失而复得的欣慰、兴奋。

女编剧擦着眼泪不禁感叹："果然好演员都是老天生养的。"

如果未经打磨的钻石已经足够夺目，那么毫无疑问，经过切割包装，它的光芒一定能惊艳所有人。

她的表现有目共睹，这一场结束，何导果然遵守承诺，直接让人跟周伍交涉，聊待遇签合同。

令嘉无心管这些，全权交给周伍处理。

其他人都在会议室里，她干脆背靠墙在门外站着。

左侧过道上有收拾器材的工作人员抬着箱子经过，两人应该是没注意到她，仍在小声议论。

"……常玥走的时候那下巴扬的，她估计都以为这事儿板上钉钉了，现在弄不成，我估计有的闹呢。"

"又没说定，何导她也敢闹？"

"会哭的孩子有奶吃呗，人家背后有人撑腰，投资都敲定了，拿不着女一，总要拿个其他的。"

02

临近晚上九点，城市华灯初上。

从试镜现场出来，周伍满面春风地在副驾驶位坐了半天还觉得脚底下飘飘然，他哼了一会儿歌想起来什么，说道："哎，连妙，你掐我一把，别是哥在做梦吧？"

"您别演了，又不是角儿。"

连妙拍拍副驾驶位，余光往令嘉身上瞥了瞥，示意他别得意忘形，多关注下自家艺人的情绪。

令嘉仍在靠着车窗看外头。

周伍叹了口气，回头劝令嘉："妹妹，淘汰了五百多个人，第一部戏就拿到四百万片酬，绝对是待遇丰厚了，这么大的事儿，你怎么都没个喜色呢？老天爷要是知道他这么追着给喂饭你还不快乐，下次他不给喂了咋办？”

拿到女主角当然值得庆祝，她在这条路上起码迈出第一步了。令嘉很想高兴起来，但这东西根本不受人控制，她感觉自己的情绪就像是被搅到浓稠得挤不出一点儿水分的糨糊，再没有一点儿活动的空隙，难受得要炸了。

她勉强挤出的笑容，都像是戴了副面具。

车子行经江畔主干道时，公司打来电话，通知周伍和连妙回去一趟。

毕竟拿下了这么重要的角色，估计高层要两人回去开个会，安排安排，也问问情况。

晚间交通太堵，眼看时间来不及，令嘉主动提出来：“伍哥，妙妙姐，你们掉头去公司吧，我就在这儿下车了。”

“还是先把你送到家。”连妙不太放心。

“我打车回去也是一样的。”

令嘉坚持着，微微扬了扬嘴角：“你们时间不是来不及了吗？放心，我没事儿。”

只是才下车背过身，她的笑容便消失了。

令嘉能在人前忍住没有失态，不仅是捍卫大小姐尊严，也是不想给一起工作的人带来负担和情绪压力。往常她明明都很好地控制住了自己的情绪，但今天先是接到那通来自伦敦的电话，然后又是试镜，她感觉内心疲惫。

事实上，从最后那段戏开始，她便再没能从情绪的泥沼里爬出来。

这片区域位于S市金融核心区，周边全是鳞次栉比的大厦，街道灯光璀璨，沿路的车子堵成长龙。

傅承致刚刚出席完一个亚太地区项目的紧急会议，一个小时后，他就得登机前往伦敦，明天早上八点整还有晨会，但显然眼前的交通情况不那么尽如人意。

黑沉沉的天快下雨了，车内的空气稍显潮湿闷热。

三分钟内，霍普已经抬手看了五次手表。

“霍普，”傅承致的唤声惊得他肩膀一颤，“摘下你的手表。”

霍普立马意识到自己的焦虑打扰到了傅承致工作，连忙照做：“先生，我很抱歉。”

时间延误确实令人心烦意乱，傅承致把视线从电脑移向窗外，眼睛还来不及休息片刻，他的瞳孔突然聚焦，锁定了街边一道身影。

“那是令嘉吧？”路灯和橱窗将路边照得很亮，他已然认定是她没错，但还是向一旁的助理确认。

“是的，您没认错。”霍普也觉得惊讶，偌大的S市，令嘉竟然又一次被命运安排撞到老板眼皮子底下。

今天的令嘉跟上次在网球场上活力十足的样子差别有点儿大，她换回了试镜前穿的白色香奈儿套装，踩着高跟鞋，妆容精致，像是刚从哪里参加完一场晚宴。

远方传来一阵闷雷，闪电在大厦顶端盘旋，夏季的雨来得很快，豆大的雨珠往下砸，地面没两分钟就湿透了。

路人行色匆匆地跑进商场避雨，她浑身都湿了，步伐却仍旧缓慢，失魂落魄地在街头晃荡。

“她在干吗？”傅承致问。

你问我我问谁？

霍普心里骂“见鬼”，嘴上仍恭敬地答：“并不是每个人都像您一样忙碌，他们需要很多时间休闲、娱乐、思考或者沮丧……也许，她今天遇到了不开心的事情。”

拥堵的车流走走停停，刚好能跟上她的步伐。

十分钟时间内，傅承致看着令嘉蹲下来帮拾荒者捡散落一地的瓶子，掏出包里的现金放进乞丐的碗里，买了和她一样淋着雨卖花的姑娘桶里最后几枝康乃馨。

她的行为令他感到迷惑。

人生词典里没有“善良、无私”这几个单词的傅承致坚信人类的大多数善举都有目的，即便不是，那也一定是为了得到某些情绪价值，就像他对令嘉所做的事情一样。

但令嘉不是，从第一次在伦敦送给他交通卡到现在，她对人的善意和信任似乎是天生的。

即便是在心情糟糕透顶、浑身都被雨淋透，不停不休、漫无目的地朝前走的此刻，她也下意识地在力所能及的范围内帮助那些情况比她更糟糕的人。

“傅，走哪条路？”司机问他。

前方已经到了十字路口，等待红灯结束，他们即将与令嘉分道扬镳。

傅承致花一秒钟做出决定。

“跟着她。”说完，他合上电脑吩咐霍普，“给首席运营长打电话，让他代我出席明早的晨会。”

反正已经迟了，也不在乎在这儿多留一晚。

车子转过拐角，车流便少了，路边是一家洲际酒店的前门花坛和喷泉，令嘉停下脚步，她盯着手机界面，似是在查看刚收到的消息。

傅承致才抹开车窗上的雾气，隔着朦胧的雨珠和水迹，突然见她笑了笑。

只是那短暂的笑容像昙花一样很快消失，她抚摸屏幕的手抬起来捂住脸，蹲在了地上。

女孩将头埋进膝盖，肩膀颤抖，像是再也没有朝前走的力气。

傅承致问：“她在哭吗？”

霍普答：“我想是的。”

“她为什么要哭？”傅承致又问。

又来了又来了，他是浏览器吗？

霍普说：“您或许可以下车亲自问问她。”

令嘉原本不想这样的，直到刚刚，她收到了管家从伦敦发来的物品邮寄目录，邮件中附带了他在床头发现的那枚钻戒的照片。

戒指内壁刻着 Joanlin，她的英文名字。

他确实打算在不久后向她求婚，她都不知道他是从什么时候开始策划这件事的。

沈之望是在跟随巡演过程中遭遇连环车祸的，当场死亡。这场灾祸突如其来，他们甚至没有一句像样的告别，电影里的元五还有机会见到她“死在战场”的丈夫，而她永远不会再有机会见到他。

令嘉浑身被打湿了，她哭得撕心裂肺，分不清掉在地上的是雨水还是眼泪，她不在乎会不会失礼丢脸，分不清那些行人迎面而来的眼光是不是审视……她只觉得所有的情绪像泄闸的洪水汹涌地奔流出来，已经将整个人淹没。

傅承致的电话就是在这时候打进来的。

令嘉起初没听见，直到铃声响了三遍才后知后觉地意识到了，模糊的视线看清楚屏幕，她擦了一把眼泪，顿了两秒接起电话。

“你好，傅先生，您有什么事吗？”

傅承致隔着车窗注视她：“我发现S市郊外的风景很不错，所以把上次邀请你去的那家俱乐部和马场一块儿买下来了。”

下着雨，身边又有车行经，行车道上溅起大片污水。

令嘉没太听清楚话筒那端的他说了些什么，只能擦掉眼泪向他解释：“实在对不起，傅先生，我知道不应该推托，但我今天的状态非常糟糕，大概没办法替您做好任何事情……”

“你的声音怎么了？”傅承致并没有怪罪她，反而关怀道，“听起来鼻音很重。”

令嘉愣了愣，雨水顺着脖颈流进她内衣里，她的体表温度降得厉害，犹豫片刻后她回答：“也许是感冒了。”

下一秒，她听见对方意味深长的回复传来：“令嘉，撒谎可不是好习惯。”

这次，他的声音不像隔着话筒那么含混模糊，由远及近，逐渐清晰，它是低沉饱满的，带着温柔的悲悯。

令嘉头顶的雨不知何时停了，也不再有雨水从地砖飞溅至她的脚踝和小腿上。

她的视线中，出现了一双光洁可鉴的男士黑色皮鞋。

令嘉缓缓抬头，雨水顺着头发落在她的眉眼，流经下巴、游进颈窝，她的牙关在无意识地打战，狼狈不堪。

而傅承致眉眼舒展英朗，西服挺括，周身干净体面，他撑了一把黑色大伞，从容地将雨幕隔绝在外。

漫长的雨夜冰冷得像是一场梦。

他在令嘉的视线中蹲下身与她平视，递了块帕子过来，声音和煦而包容，他问：“怎么把自己淋成这样？”

令嘉穿高跟鞋蹲得太久，打了个寒战便脚下一个趔趄跌坐在地，膝盖在地面磕得生疼。

她迟钝地回视傅承致，轻声回答：“我不知道，不知道怎么突然成了这样。”

女孩仍在失神，漆黑的瞳孔无神，怔怔的，说是倾吐其实更像自言自语：“我一直在期待着被求婚，可是这一天永远不会再来了。”

她掌心紧紧地攥着手机，已经结束通话的界面在发亮，图片隐约露出半角，能瞧见是枚戒指。

傅承致突然觉得，他可怜虫般的私生子弟弟的人生中总算有一件值得骄傲的事，那就是死后至少有一个人在为他情真意切地落泪。

倘若是他死了，家里的叔伯兄弟们当夜大抵就要偷开香槟庆祝到天亮，商量完权力瓜分，再一扭头分别跟各自的律师讨论遗产分配。

眼泪还挂在睫毛上，令嘉的头已经低了下去。

傅承致递出手："先起来，我送你回家。"为消除戒备，他接着道，"这样的雨夜，不让一位失魂落魄的小姐独自回家是绅士的美德。"

令嘉的大脑温度已经降至冰点，暂停思考，浑身疲乏没有一丁点儿力气，她甚至不确定自己能不能成功站起身，只是本能地接受着外界的帮助。

这是她第一次没有拒绝傅承致递过来的手。

在这暴雨如注的夜晚，傅承致的掌心是唯一的热源，干燥且温暖。

两人上车，霍普已经把暖气开到最大。

令嘉衣物里浸透的雨水滴滴答答往下砸，落在皮质座椅及车子的地毯上，晕出深色的水迹。

放在以往，傅承致绝对会把任何污染他工作环境的人赶下车，但这一次，他不仅十分大度地没有皱眉，甚至亲手接过霍普递过来的干毛巾，充满温情地替对方擦了两下头发。

尽管动作非常生疏，没擦两下便松了手，但这不妨碍霍普在心里吹一声长哨：嚯！

大老板怜香惜玉的有生之年系列！男人对一个女人的感情先从保护欲开始，果然会哭的漂亮女孩才有糖吃！

密闭的车厢将暴雨落地的声音隔绝在外，车内温暖如春。

"你住在哪儿？"傅承致问。

暖气吹在令嘉光裸的小腿和皮肤上，她从麻木中勉强找回几分神思，回答完地址，又过了好几秒，才想到补上一句谢谢。然后她捏着毛巾，继续一言不发地垂着头，只有肩膀仍旧在无意识地发抖，擦干雨水后的皮肤泛起令人不适的冰冷痒意。

傅承致脱下外套递给她示意搭在腿上，主动开口道："你今天看上去心情很糟糕，虽然不一定能帮到你，但或许你可以跟我谈一谈，无论什么。"

他的声音充满诱导性和强大的共情，令嘉恍惚记起，眼前的男人也有刚去世不久的弟弟。

就在傅承致以为她不会再开口说话时，女孩的嘴角动了，轻声问他：“你一定也很想念你弟弟吧？”

这声音微不可闻，低得有些虚幻。

傅承致用了一秒钟时间反应过来，令嘉指的是他在伦敦时随口一提用以博得同情的言辞。

但此弟弟非彼弟弟，他当时指的弟弟是家族支系的堂弟，一个游手好闲只会泡妞的纨绔子弟，两个多月前在海边忘记是冲浪还是搞极限帆船把自己玩儿死了，和沈之望前后脚办的葬礼。

这种混吃等死的废物家族养着一堆，傅承致平日连施舍一个眼神都不愿，更别提上升到为他伤心的程度。

至于像沈之望这样，自始至终没被家族承认过、更不曾对外界媒体公布过的私生子，是连让他称一声弟弟的资格都没有的。

不过他很快接住了令嘉的话，动情道：“当然，我很想念他。我堂弟还在世的时候，我们经常一起去北伦敦骑马。”

二十几年里去过一两次吧。

“他很纯真，很可爱。”

他常年被一群蜂腰翘臀的模特当作 ATM 机。

“小时候他还会偷偷躲在我书房的柜子里，和我捉迷藏。”

他踩脏他的作业还撕毁了文件夹，当天被保镖扔出去，摔得四脚朝天从此再也没敢来找他玩。

……

经历的相似性会给人共鸣感，能在交谈中迅速拉近心理距离，建立更有效的互动。傅承致搜肠刮肚把他能想到的所有关于这笨蛋堂弟的细节都找出来，稍作加工后讲上一遍。令嘉又落泪了，她无法停下抽泣，胸膛起伏，每一次呼吸都疼得连着心头震颤，终于也愿意向他敞开心扉。

“我也很想他。”

“我们那天上午还通电话商量我出席他毕业舞会时要穿的裙子，几个小时后他就走了，没来得及给我留下一句话。”

“每个人都问我怎么样，我告诉他们我很好。但事实是我根本不敢回忆过去的事，连聊天记录都不敢打开。”

如果令父还好好的，令嘉不会独自忍到现在，她一定早就一头扎进父亲的怀里向他哭诉自己的伤心痛苦。可凡事没有如果，令嘉从退学坚强到今天，已经忍受到了极限。

“我好后悔从前每次为一点儿小事跟他发脾气，后悔因为考试周没有抽出时间多陪陪他，我还有很多话想对他说，很多事想和他去做，我们说好今年要一起到圣托里尼岛过圣诞节，可是一切都来不及了……”

善解人意的司机把车开在环岛中绕了一圈又一圈。

傅承致适时递上新的纸巾，直等令嘉哭了很久，情绪稍微舒缓，才安慰她：“令嘉，谁都无法预料到明天，你不能自责，因为他一定不会怪你，他只是没来得及准备好和你道别。”

令嘉含泪凝望他，仿佛在求证真假。

她的双眸里笼着一层雾，瞳孔漆黑清澈，干净稚气，懵懂得像森林深处的麋鹿。

傅承致喉咙动了动，接着道：“第一次面对死亡确实很残酷，你会痛苦慌乱，会手足无措，我也同你一样。生命在永远不停地向前流逝，陪伴你很久的人完全可能在某个节点突然下车，他们并非真的离开了你，他们只是跳出了时间，以另一种方式在你心中永存。”

他安慰了很久，直到令嘉不再哭了。

她的抽噎逐渐平静，擦干眼泪乖巧地坐在傅承致右侧。

霍普：“……”

他都不知道人可以把没经历过的事情说得如此逼真、如此感同身受。别人他不清楚，但上任傅总凌晨四点停止心跳，自己的父亲去世，老板可是一秒没耽搁，早上七点就准时向媒体宣布接任的。

不过，令嘉不会知道这些。

她信了，而且深深地被傅承致的话抚慰，从葬礼结束到现在，有人告诉她节哀，有人安慰她要坚强，唯独没人这样手把手地教二十岁的她怎样打起精神，面对生离死别。

下车时，令嘉湿淋淋的头发已经不再滴水了，她披着外套跑到单元楼门下，又被傅承致唤住："令嘉。"

她回头。

夜雨中，男人撑伞立在车灯前，氤氲的灯照亮朦胧的雨雾，也照亮他颀长的身形，阴影将他脸部轮廓修饰得更为深邃俊美。他像是和朋友说话一样，语气温柔地叮嘱："回家洗个热水澡，喝杯热水，然后什么也不想好好睡一觉。明天太阳就会照常升起来，又是新的一天。"

她木然点头。

令嘉上楼开锁进门，洗澡，然后灌了一大杯热水，喝到肚子饱得再也咽不下，再蒙上被子，带着浑浑噩噩的大脑和沉重的身体闭上眼睛，一觉睡到了天光大亮。

03

连妙带早餐抵达公寓之前，朝阳透过窗帘晒到令嘉脚背，感觉到温度，她小腿抽动一下，紧接着就被自己膝盖上的伤口疼醒了。

她好久没睡过这样的懒觉，擦了一把模糊的眼睛，才发现墙上的挂钟已经快指向七点半。

往常这个时候，她已经洗漱完在跑步了。

令嘉挣扎着爬坐起来，只见昨晚膝盖上没有处理的磕伤，伤口已经和棉质被罩粘连在一起，一动便疼得撕心裂肺。

令嘉咬牙狠了狠心，屏息闭眼，把伤口和被罩分开，只是本来硬币大小的伤口，经过二次伤害，鲜血又流出来，还滴到了干净的床单上，血染脏床单的一瞬间，她觉得脑子里好像闪过什么相似的画面。

啊！下一秒，她穿衣服的手一颤，倒回被子里蒙上了头。

她不想承认昨天发生的事情——她不仅把傅承致的车弄脏了，还跟他倾吐了一堆没有对任何人说过的隐私和心里话。

对了，还有穿回来的外套！

令嘉一口气跑到卫生间，果然瞧见了搭在自动洗衣机上的西服，她赶紧拎起来翻看面料材质。

这件命运多舛的西服先是搭在她腿上沾了血，然后又披在身上淋了雨，如果没办法洗干净，她可能需要还傅承致一件新的。

片刻后，令嘉长舒一口气。

万幸，这衣服可以洗，总算让自己本不富裕的钱包幸免于难。

但很快她便又陷入持续懊恼中，后悔昨晚的失态。

人崩溃起来真的可怕，情绪像脱缰的马，不管不顾，无法自控。

傅承致既不是她的朋友，又不是她的心理医生，能送她到楼下已经是发挥人道精神，没有理由听她倾倒情绪垃圾，更没有义务开解她。

连妙进门时，便瞧见令嘉披散着头发穿着睡衣在阳台上，不知道她从哪里搬来一张小矮凳坐在上头，正弯腰洗东西。

令嘉刚来的时候连全自动洗衣机都不会用，穿过的衣服习惯性地往脏衣篓里放，直到第三个星期才开始习惯每天洗澡时顺便把衣服扔到洗衣机里，睡觉前在阳台上晾好。

连妙当时也没注意，后来才意识到，那可能是大小姐失去用人的适应期。

而且她很机灵地把衣柜里的衣服分成了两大类，一类不能沾水、不能干洗、不能机洗的……全部放到防尘袋里统一封起来，不穿。另一类就是脏了能直接扔进洗衣机、晒晒就能穿的，省了不少时间和送洗衣店的额外花销。

第一次见令嘉手洗衣服，连妙还有点儿稀奇。

她把早点放在餐桌上，走近了才发觉，大小姐虽然动作生疏，但她仪式感非常强，不大的脸盆旁边依次摆了洗涤和清洁溶液、去渍剂、大毛刷和小毛刷。

“怎么不送到干洗店？”

“衣服是别人借给我的，我在网上查了一下，他们说西服送到干洗店之前尽量先把污渍预处理一下，以防店里洗不干净。”

衣服翻了个面儿，连妙这才认出来，令嘉洗的竟然是件男士外套。

连妙心中警铃大作，还要不着痕迹地打听：“这衣服挺贵的吧，什么牌子呀，是朋友的吗？”

“就是傅先生。昨天晚上不是下雨了吗，我在回家路上被雨淋了，刚好碰见了他，就搭他的车回来了，外套也是他借给我的。”令嘉省略自己情绪崩溃的部分如实讲了一遍。

“我看看摔到哪儿了？”

“喏，没事儿。”令嘉正忙呢，挪出一只手把睡裤掀到膝盖处给连妙看。

她皮肉嫩，雪白的小腿靠近膝盖的地方磕出个硬币大的血口，周边还泛着青紫，乍一眼瞧上去触目惊心。

半晌没把污渍处理干净，大小姐孩子气地把西服扔回盆里，恼羞成怒地对自己生气："这个过夜的血迹可真麻烦，怎么都弄不掉，怎么洗都还有印儿。"

连妙叹了一口气："你先放在那儿，等会儿我帮你弄吧。现在先吃早点，处理一下伤口，磕出那么大个口子，怎么能说没事儿？"

她从客厅柜子里找出医药箱，蹲下来，一边消毒一边叮嘱她："你现在是个艺人了，以后千万要注意安全，尤其合约都签了，身体更不能轻易受伤，不可以留疤。要是进了组拍穿裙子的戏，疤痕盖不掉，那多难看呀。"

令嘉听进去了，点头应下。

直到吃早餐时，她才从兜里掏出手机，从通讯录里找到傅承致的号码，盯了两秒，令嘉转头问阳台上的连妙："妙妙姐，我该怎么把外套还给他？应该打电话说一声吗？还是发条短信就好……"没等到连妙的回答，她又自言自语，"发短信算了，打电话怕打扰到傅先生工作。"

连妙觉得好笑："不就还件衣服吗，有必要这么慎重？"

"嗯。"令嘉认真答道，一边皱着眉头编辑短信，一边问她，"你还记得那天打网球，傅先生说感谢我，说他打球的时候想的什么南美方案的事儿吗？"

"当然记得，怎么了？"

"我前两天才在外网看见金融财经新闻头版，说他名下的基金公司一连出清了三家蝉联南美前十的科技公司股票。哎，反正其他一堆乱七八糟的我不记得了，总之最后评论他名下的基金公司持仓市值暴涨 165%，这个季度狂揽六十亿英镑。"

"真的？"连妙愣了半晌，才怔怔地道，"我怎么觉得钱在他们这样的人手里，跟组数字似的，没有真实感呢？"

令嘉同样感慨，人家一分钟赚几亿真不是开玩笑。

课本上学的那句，谈笑间樯橹灰飞烟灭，差不多也可以用来形容他吧。大资本家们的博弈，就是打场网球的时间，已经决定了无数人的生死，像宝恒这样的企业还有勉强做颗棋子的机会，其他更边缘的公司和散户，就是完全的尘沙，扬到哪儿算哪儿了。

傅承致昨晚能抽出那么宝贵的半个小时和她一起缅怀弟弟，安慰她还送她回家，可见是多么可贵的善举。

花了五分钟时间，她字斟句酌才终于编辑好短信："傅先生，感谢您昨晚送我回家，您的鼓励给了我很大帮助。今天确实迎来了新的一天，阳光灿烂，惠风和畅。我将尽快把外套清洗干净，待您有空，在下一次见面时归还。"最后是祝词、落款。

令嘉的礼貌挑不出毛病，她很会写感谢信，在学校的时候就靠着一封封礼貌真诚的感谢邮件回函，在许多老师心目中留下好印象，以至于有个德籍女教授课上常用母语叫她"engelchen"，说她是令人开心的小天使。

虽然其中有令嘉长相稚嫩的缘故，但还是足以证明，先贤老话讲得没错，礼多人不怪。真诚的感谢，是人和人交往友善的基础。

一上午过去，傅承致大概终于忙完，回了她短信："不必客气，我们是朋友不是吗？"

朋友？令嘉有一瞬间被这个大饼砸得受宠若惊，不过很快又清醒了。

她知道这世上想跟他们这群体做朋友的人实在太多，当地位不对等，又没有时间一一排除那些居心叵测、带目的接近的人时，他们通常选择不交朋友。

所以傅承致这句"朋友"，一定是客套的说法吧？

但她还是在回复框里认真地写道："当然，很荣幸能成为您的朋友。"最后加了个"笑脸"才发送。

远在伦敦的傅承致抬手示意桌前的几人暂停讨论，背身转过办公椅。

他把签字笔扔到一边，继续往聊天框里打字："既然我们都已经是朋友了，我允许你直接称呼我的名字。我的朋友通常会叫我——承致。"

这么认真的吗？令嘉在吃午饭，含在嘴里的一块全麦吐司差点儿没咬断掉在地上。

她脑子里天马行空组织半晌措辞，连面包都忘了嚼，生怕大佬感觉受到怠慢，想好后一刻不停地往聊天框里打字："我的亲戚朋友们都叫我小八，您愿意的话，也可以这样叫。"

"好的，小八。"短信几乎是立刻回复在她发送的内容后头。

令嘉觉得脑袋嗡了一下，嘴里的面包这回是真的咬断了，直直地掉在地板上，她伸手捞了个空。

“看什么这么入神？”旁边有人过来。

令嘉下意识地把屏幕往身体内侧移了一下。

来人笑问她：“男朋友呀？”

“不是。”令嘉说完才发现自己反应有点儿大，又解释了一句，“是个为人很好的朋友。”

于蔓曼比令嘉早进公司几个月，不过她是正儿八经的央戏科班出身，比令嘉大了四岁，毕业前已经演了三四部戏的配角，拿到过最好的角色是女三。最近因为她档期空得有点儿长，今早被公司派来给令嘉对两天戏，提高一下自己，也帮助别人进步。

自从昨晚得知，令嘉、周伍不知道怎么走了狗屎运拿下何润止导演一部大戏的女一号以后，康纳演艺部高层发生了一点儿震动。

即便是一天前，周伍胆敢提出这种异想天开要替新人在何导的电影里拿角色的要求，高层一定会回复他：你在想屁吃！

谁也没想到，那么多人盯着，他俩竟然不声不响地就把合同签了。

昨晚开会，众人从难以置信到接受，又听周伍自吹自擂，夸了一整晚自家艺人如何如何争气，面女N拿到女一……总之，高层最后达成内部共识，决定把公司部分资源向令嘉倾斜。

毕竟是何导钦定的主角，就算电影口碑、票房扑到地心，上映之后令嘉也会得到前所未有的关注度，说不定五六年就能捧出下一任康纳一姐，刚好接祝梦之的班。

这样一来，令嘉的表演老师从一个增加到两个，电影再过一周就开机，公司还给她配了带进组的表演指导和妆造师，甚至连之前的保姆车都给她换了一辆升级版的。

这个圈子的论资排辈、捧高踩低太过明显，令嘉在这栋大厦当了快两个月的透明人，头一次感受到去食堂、茶水间都有不认识的人跟自己打招呼是什么滋味。好在令嘉从前所处的圈子和演艺圈在某种意义上有相似之处，从小习惯了社交，令她得以游刃有余地应对这些突如其来的关注和招呼。

吃完午餐，令嘉和于蔓曼从餐厅乘电梯返回楼上，等电梯时，刚好遇见祝梦之迎面下来。

女人戴了副很大的墨镜，几乎要遮掉半边脸，只露出嫣红饱满的唇。

她一身白衬衣黑裙子，高跟鞋，气场十足，身后跟了四五个随行人员。

这还是令嘉第一次见到康纳一姐本人，祝梦之身材前凸后翘，皮肤也不错。

她跟着于蔓曼朝对方打招呼叫了“姐”，然后便站到一边让道。

祝梦之本是目不斜视地朝前走的，后来不知她身边的助理说了句什么，女人脚步稍缓，头朝令嘉所在的方向动了动。

就在她看过来时，令嘉注意到，身边的于蔓曼悄悄和她拉开了大约十五厘米的距离。

好在祝梦之视线只落在这儿一两秒便移开了，一群人很快走远了。

于蔓曼朝前迈进电梯，小声跟她说：“我感觉刚刚一姐在看你。”

不用说，令嘉也感受到了。

于蔓曼又接着道：“你知道吗？我听公司的人说，一姐的团队和《我和她的 1935》接触过，被何导拒了。”

还有这回事？

于蔓曼叹气道：“吃这行饭真的得看气运。令嘉，你的气运能把这圈里 99.9% 的人都比下去，刚出道就接了名导大制作，连一姐都多看你一眼，我在楼里碰见过她十来次，她都没正眼看过我的。”

令嘉心不在焉地陪着于蔓曼说了一会儿话，上课的老师还没来，这时周伍给她发了封邮件。

邮件内容是和制片方商量过后，未来两个半月她的日程安排，行程很紧密，除了一半在 S 市本地影视城拍，剩下二十来天要到南方某影视基地去，中间还有好几场需要到国外取景。

令嘉这些天一直愁这个来着，有了工作以后，日程安排就完全不能由自己做主了。

她是个新人，最应该做的事儿就是甭管有没有戏，支个凳子坐在边上多看多学。问题是她还没签到康纳时，可是一口答应了大佬随叫随到的，现在虽说是为了还债，但大佬以后找她，她要老是抽不出空，多少有点儿过河拆桥的意思。

令嘉这样的实诚人，觉得很过意不去。

她翻完日程表，又点开傅承致的聊天框，犹豫半晌，慎重组织语言后，把自己签了影视公司，下个月就要去拍戏，未来两个多月可能有一半时间不在 S

市的事情告诉了他。

为了提醒对方记得对待朋友要宽容友善，令嘉特意在短信开头也称呼了他“承致”。

手机又开始振动，只不过这次不是短信，傅承致直接给她打来了电话。

令嘉吓了一大跳，像捧了个烫手山芋，一路小跑到楼梯间才敢接起来，还没来得及开口，便听他发问：“你要做艺人？”

傅承致本身很清楚宝恒的情况，而且考虑到他们现在毕竟算是“朋友”了，令嘉便也没隐瞒。

她鞋尖轻轻踢一脚台阶，尽量用轻快些的语气说道：“我爸爸病倒之前还有几笔没来得及清偿的债务，我想替他还上。但是你也知道的呀，我还没从学校毕业，做艺人是我目前能想到的最快的赚钱方式。”

傅承致心情复杂。

做艺人肯定不会是她最快的赚钱方式，令嘉还有一条更好的捷径，只是他现在自诩是位绅士，没办法把这条捷径向她明示。他实在不知该将这意外归咎于自己对令嘉关注太少，还是该怪她人小主意大，傻乎乎地签了张十年卖身契。

令嘉话音落下后，只听话筒对面传来呼吸声，心里多少有点儿慌。

要知道，如果当时他们的交易签了合同，她现在可就属于违约操作，令嘉脑子飞快地转了转，最后小心翼翼地示好：“傅先……不，承致，你喜欢电影吗？我要拍的是部民国片，何润止导演的作品，等电影上映了，我可不可以邀请你来看首映？”

她的心悬着等待答案，简单的邀请仿佛在高空踩钢丝。

隔了好几秒，傅承致的回复才传过来，十足骄矜：“那你起码得提前两个星期跟霍普预约时间。”

“当然！”大小姐兴奋地一口答应，现在终于有点儿傅承致是她朋友的真实感了。

“虽然一开始跟康纳签约确实是为了还债，不过在学了一些东西之后，我发现表演挺有意思的……”

令嘉太开心就容易忘乎所以，兴致勃勃地分享到一半才发现自己好像又逾越了。就算他们现在是朋友，但大忙人也不一定有空听她说这些琐碎的东西。

傅承致意识到她的停顿，问道："怎么不继续？"

"我好像说得太多了，会不会打扰到你工作？"令嘉很不好意思。

傅承致看了一眼会议桌对面几个正在等待的下属，面不改色地回答："不会，我很乐意听你说这些，这是我不会接触的行业，听起来很有趣。"

他确实觉得听年轻的孩子用对世界充满向往的言语，描述自己五彩斑斓的生活充满乐趣。

令嘉果然重新轻松起来，羞涩地道："其实我平常没有那么烦人，可能是家里出事以后，我太久没跟朋友们联系了，攒了一堆话，不知道怎么回事就没有忍住。"

傅承致当然知道她为什么没忍住。

尽管他们认识的时间并不是很长，但分享情感意味着更进一步的关系建立。在令嘉把自己人生最崩溃、最痛苦的一面暴露给他之后，对倾听的人生出亲近感、渴望对方接纳、愿意分享更多……这些都是人的本性。

这次交谈让电话两端的人都感到愉快。

令嘉是因为获得谅解，可以放心进组拍电影了，傅承致则是因为没怎么费力又把关系向前推进一步。

临挂电话前，两人甚至加上了 Snapchat 和微信好友。

令嘉输入备注，在框内打完"承致"，想了想，又顺手从表情包里添加了一颗金色的龙头。

与此同时，西半球的傅承致则毫不犹豫地在备注栏把令嘉的备注改成了：little bird。

他的小鸟。

04

角色确定不久，电影服装造型师马不停蹄地飞到 S 市来给令嘉量了尺寸。

何导的电影很讲究细节，整部戏中，元五出场共有三十多套华服，从旗袍、洋装到袄裙，应有尽有，令嘉翻着老师按照民国时装风格设计的服装图册，看得心花怒放。

周伍在边上等了一上午，坐得发慌，瞧着一堆人给她量来量去，又是改又是涂的，令嘉却仍是乐此不疲的样子，感到由衷羡慕：“妹妹，拿到角色那天都没见你高兴成这样。”

令嘉点头附和：“是呀，我都没钱买新衣服了，有这么多漂亮的定制服装穿，多棒！”

当天下午，《我和她的 1935》就在 S 市松江影视基地正式开机了。

电影开拍前的准备过程十分繁杂，但甭管多高大上的电影，最后都要进行一项古老而传统的祈福仪式。

下午的风挺大，剧组在六千平方米的豪华摄影棚外搭了个台子，大红绸子把摄像机裹好，面前放张长桌，摆上香炉和水果。

令嘉的头发被吹得哗哗作响，也终于见到了这部戏的其他演员，包括伍哥薄情的前女友常玥。

对方异常热情地和她打了招呼。

拍完开机大合影，回过头，令嘉跟连妙小声咬耳朵：“常玥长得还蛮好看的，看起来不像坏人。”

常玥有张清纯坚毅的标准小白花女主脸，她出道那会儿演的几部小成本爱情片，赚足了观众的眼泪。

连妙看她一眼，面色复杂，想了想还是叮嘱：“令嘉，入了这行有个大忌讳，就是看人看脸。因为坏人是不会把坏字刻在脑门上的。常玥从朋友手里抢过好几回角色，从哪方面讲都不是个善茬，这个圈子的生态很残酷，以后在一个剧组拍戏，就算不能远离，你也千万要留神提防。”

如果不是因为伍哥是她的经纪人，连妙又这么费心叮嘱，还有之前签合同时听那些工作人员私底下聊的八卦，令嘉很难想象拥有这副面孔的是个坏人。

她郑重其事地点头：“我也觉得看人看脸是个坏毛病，放心吧妙妙姐，我以后会好好改正的！”

她不知道的是，另一边的保姆车里，常玥和她的助理也在讨论她。

“我都打听过了，令嘉是两个月前才签约康纳的，康纳内部好多人都没听说过这个名字。她从英国一所女高毕业，还要几个月才满二十周岁，没学过表演，纯素人，面试那天是何导亲自定下来的。也不知道后台硬不硬，看起来倒像富家小姐，大家都说礼仪很好，可能真是傻白甜……”

常玥把剧本扔到一边不耐烦地打断她，脸色冷淡下来。

“你哥不是康纳的人力资源总监吗？给你那么多天时间，你就告诉我这么一堆废话？看起来、大家说、可能……你是觉得我的薪水很好拿？”

助理下意识瑟缩了，连忙摇头，小心解释：“不是的玥姐，主要是她人刚从英国回来不久，要是在国内还好查，国外……我哥只知道是孔静和介绍签约的，他和孔静和又不熟，想打听也没途径，而且这人都不知道是从哪个犄角旮旯冒出来的，完全摸不着根底。”

常玥低头，摸着她朱红色的指甲陷入沉思，隔了半晌，“扑哧”一声笑了出来。

“是啊，都不知道从哪个犄角旮旯冒出来的，没有一丁点儿预兆就拿了我的女一号。”

“从来只有我抢别人的份儿，到头来被人抢了份儿最大的。我都二十九岁了，错过了这次不知道还有没有爬上去的机会，这小家伙倒是让我栽了个大跟头啊。”

她盯着后视镜里的自己，良久，笑容渐渐转冷：“周伍可真是长本事了。”

从S市的松江影视基地回到市中心，得一个半小时车程，这意味着令嘉现在的公寓回不得，爸爸也不能时常去看了，只能拜托给陈助理多照顾。

剧组大手笔地在基地外包了一家酒店，令嘉的套间在六楼顶头，不算豪华，但有个宽敞的阳台，阳光充足。

说实话，这是她前二十年根本没体验过的日子。

剧组里的一切都很新鲜，令嘉每天凌晨四点起床，五点化妆做造型，然后开始候在片场，等自己的戏份。

被导演骂到眼里含泪是家常便饭，令嘉刚开始心里还难受得紧，后来发现除了覃飞被骂得少，其他人也经常被骂，心里就好受多了。

盛夏的摄影棚里温度常常高达三十七八摄氏度，大多数时候，大小姐就把裤腿、袖子撸起来，支张折叠椅在边上，一边琢磨着背自己的台词，一边瞧别人怎么演。

她从来不知道，十五块钱一份的盒饭味道竟然比想象中好吃一百倍，速溶咖啡好喝到都舍不得一口喝完，端着保温杯背台词，小口小口地抿了一整晚。

当然，以上体验都是她趁周伍不在偷偷完成的。

连妙有时会睁只眼闭只眼，但大多数时候，她还是只能和矿泉水、没油没盐清汤寡水的绿色蔬菜、鸡肉蛋白做伴。

随着何导在松江基地拍电影的消息传开，基地酒店外开始出现蹲点的记者。

令嘉这个新人倒是无所谓，电影开拍时就只对外公布了主演名字，好几次大摇大摆地从记者身边过去也没人认识她。

覃飞和其他演员就比较麻烦了，每天上下工都要捂得严严实实，生怕被拍到。

何导很讨厌拍戏期间因为演员戏外的麻烦事儿影响剧组。

戏拍到第三周，摄影师在几处搭好的布景里，抽时间分别给几个主演拍了定妆照。

拍完照片，何导难得在下午给大家放了几个小时假。

周伍大约觉得差不多是时候了，决定给令嘉申请个微博，还能和电影官微互关宣传一下。

他一边填资料一边问令嘉要设什么密码。

“别人的微博不都是经纪人帮忙打理的吗？”

“别的经纪人那是怕艺人说错话做错事，妹妹你这么讨喜懂礼貌，就做真实的你自己，上传点儿日常啥的，肯定涨粉，哥信你。”

令嘉半信半疑地把手机接回来，熟悉了一下微博的各项功能。

“那第一条发什么？照片？”

“一点就通，真机灵！”周伍一拍大腿，说道，“妹妹，你站到窗户那边去。哎，连妙过来，给妹妹打点儿光，整个生活照九宫格，让大家先认认脸。”

令嘉穿着居家消暑的鹅黄色吊带和短裤，周伍没让换，从酒店走廊上弄了两盆水培绿萝放在窗边，又厚着脸皮去楼下大堂借了人家前台养着小金鱼的玻璃鱼缸，给她捧在手上，完成色调搭配后，终于打开原相机开始爬上爬下地找角度拍LIVE。

足足折腾了二十分钟，他从一百多张图片里选出来最棒的九张，一边修一边满意地点头。

动图点开还带着夏季的蝉鸣声，斑驳的光影洒在少女光洁得能瞧见细小绒毛的皮肤上，干净到不需要伪装的眼睛，与清水游鱼相映衬，鲜活得叫人怦然心动。

编辑完九宫格上传，周伍颇为自满地欣赏着自己的作品，满足地感慨：“妹妹，你这个长相，以后不知道能省多少营销费，瞧我随便拍拍都能做杂志内页，还算何导有眼光，没用常玥，选了你做女主角。”

照片发出去十来分钟，覃飞关注了她的微博，顺便给令嘉微博里唯一一组照片点了赞。

影帝好久没发微博，动态一刷新，令嘉微博的阅读量呈几何倍数递增。

新媒体大V们也纷纷注意到这个跟何导新片女主角重名的新账号，再打开她的粉丝列表一看，除了影帝覃飞，还有康纳影视官微，双重认证，这下确定是电影女主角无疑了！

大家纷纷涌进来转发评论，热度上升飞快。

就连覃飞这个正主，也没料到自己忘记切小号竟能给剧组惹来这么大的麻烦，他把何导的秘密武器提前曝光了！

事实上，点完赞没两分钟，覃飞就发现了自己的失误。

但肯定已经有人截图了，再取消点赞又得惹一堆麻烦，他也只能将错就错，任其发展。

在被经纪人痛心疾首地教育了一番后，覃飞老老实实地打电话跟导演认错。

这事儿说大不大，在别的组免费炒一波热度肯定是好事儿，但何导拍摄期间向来很注重剧组保密工作。好在覃飞还算是何导的爱将，讨饶几句这事也就揭过不提了，电话打到后头两人就聊戏去了。

整件事情带来的后续影响就是，从此令嘉出入剧组也开始被迫戴口罩，微博粉丝涨到了四万出头。

不过除了剧组附近蹲点的狗仔，走在大街上其实也没人认识她。

剧组在松江基地一连待了二十几天。

令嘉拍完在S市的最后一场戏，是个周日，导演干脆给她放了一天假。这一天结束，大半个剧组就要飞到隔壁省，去接着那边B组的进度往下拍摄。

令嘉大清早接到消息，爬起来就开始帮连妙收拾酒店套房里的东西，着急回市区。

但她的家务技能显然还没有点亮，越帮越乱，箱子这只也塞不下，那只也塞不下，最后还是连妙给她示范了各种物品收纳的办法，和周伍三个人一起，用了三十分钟时间将行李全部打包。

令嘉热得直冒汗，有气无力地拒绝周伍递过来的水，半躺在保姆车后休息。

周伍张口开始热鸡汤："现在是累了点儿，不过等妹妹你以后红了，配一堆能干的助理，保管比你从前过得还要滋润，衣来伸手、饭来张口。"

"那妙妙姐呢？"

周伍瞥了连妙一眼，假装沉吟："那……就封她个首席助理当当。"

令嘉被他逗笑了。

虽然失去用人、奶妈没多久，但不知怎的，她恍惚觉得那纸醉金迷的生活已经离自己很远了，远到有几分不真切。

她现在每次打开衣柜，还会感慨自己怎么会买了那么多昂贵的漂亮裙子和鞋子、包包，把钱留到现在，分明有很多用处来着。偶尔睡前也会后悔，她从前一晚上在香榭丽舍大道和牛津街的消费，都是很多普通人一辈子也存不下来的积蓄，要是当时没花就好了。

车子驶入市区，令嘉第一时间去了疗养院。

大抵是一直在做的理疗有些效果，令父最近能自己拄着拐杖起来慢腾腾挪几步了，就是认知障碍还是没有好转，不认人，也记不住事儿，吐字不清像个小孩。

他早上做完康复理疗，护士又推着轮椅带他去小花园里吹了一会儿风，这会儿累了刚刚开始午睡，抱着令嘉上次带来的小兔子玩偶，睡得很香，还小声打着呼噜。

床头柜上还摆着他睡前吃剩下的小半碗葡萄。

令嘉从包里掏出在剧组新拍的照片，将相框塞在葡萄碗后边，方便父亲每天睁眼就能看见，又把来的路上带的好吃的塞进冰箱，告诉护士按时喂给他，最后才在床边坐下来。

见没把爸爸吵醒，令嘉就小声絮絮叨叨地跟他讲了最近发生的事，鸡毛蒜皮到吃了谁一个枣、发现自己多掉了几根头发、头天晚上偷喝了一罐雀巢拿铁早上起来长了一两肉……

讲到最后神清气爽，分针转了一圈半，令嘉终于依依不舍地起身。

睡梦中的爸爸还拉着她的手，她轻轻地把他的手指掰开，塞回去盖好被子。

第六章

她真可爱，不是吗？

01

要出远门拍戏，除了爸爸，令嘉还得去看望一下奶思。

前段时间把小白马从机场接回来时，由于时间紧张，令嘉只能临时找了家规模不大的马场安顿它。

令嘉咬牙交了比她每月花销加起来还高的生活费寄养，当时负责人承诺得好好的，这回“突袭”才发现，对方根本连马厩都打扫不干净，喂的也不是原来说好的饲料。

吃不好也住不好，可怜的奶思都瘦脱形了，皮毛也没了往日的光泽，负责人还在一个劲地推卸责任怪奶思水土不服。

令嘉当即便把奶思从马厩里牵出来，开始打电话叫运马车。

就在她拨号的当口，男人还在一旁嘲讽：“小姐，你这样把马带走，剩下的钱我们不退的。不是我讲，你现在把马拉出去根本找不着能养的地方，白花运费兜一圈最后你还得送到我们这里来。”

大小姐掀了一下眼皮，从屏幕上移开视线，落在男人脸上，不耐烦地道：“能劳烦您噤声或者走开吗？”

令嘉天生性格温和，也只有在这种时刻，才能从她冷淡的眼神中，找出几分养尊处优、没受过违逆的痕迹来。

马场经理下意识地闭了嘴。

直到令嘉开始打电话了，他才在旁人诧异的目光中后知后觉，他干吗要听那个黄毛丫头的话灰溜溜地走到一边？

好在一旁的马童给他台阶下：“经理，像她这样的千金小姐都脾气大、挑剔。咱们能不惹麻烦还是别惹麻烦，反正没要马场退钱，就顺着她的心意来，要把马带走就让她带走吧。”

明天就要南下拍戏，令嘉一时之间确实很难找到其他合适的马场，但要她把奶思留在这儿继续消瘦下去，她又不愿意。

温柔的小白马好像知道她在烦恼，轻俯马首，在她脸上蹭了蹭。

运马车很快开进俱乐部。

那边经理还要说什么，奶思冲他脸上打了个响鼻，迫不及待地迈开马蹄，踢踏踢踏地上了车。

瞧着经理一脸口水鼻涕，令嘉终于下定决心，傅承致的马养在哪儿，她也把奶思送过去。

就算养马的费用贵一点儿……好吧，可能不是贵一点儿，但好歹省了陪练时往来的运费，也省得奶思往返颠簸。

她拿起手机，低头给傅承致发信息。

本以为要等上一段时间，谁料傅承致就在S市，很快发来回复。他先是给了令嘉自己的马场地址，又告诉她到了那边会有人接待，最后还承诺奶思可以免费寄养。

令嘉自然不肯。

要是放在过去，这点儿钱对她而言只是毛毛雨，她能提供给别人同样的价值，免费也就免费了，但现在她身无长物，可不好意思白占朋友便宜。

直至和令嘉的聊天结束，傅承致才转过身来，笑容还未完全消散，他把香槟杯往桌上一搁，拿起外套便向别墅的主人道别："我要走了。"

"才刚来就走？"席霖不悦，"要我提醒你吗？承致，从离开牛津到现在，因为你忙碌的工作，我们只见过三回，伦敦一次、波士顿一次、纽约一次，今天是第四次，而你甚至没把老同学招待你的香槟喝完。我怀疑你早晚要因为薄情寡义而失去所有的朋友。"

"你说得对。"

傅承致微笑，重新端起吧台上杯里残留的香槟一饮而尽，他去意已决，显然并不在意对方的威胁。

席霖退后一步，眼睛微眯，心中生疑："你最近来国内的频次是不是过高了，绘真有成熟的管理团队，需要你在伦敦和S市之间飞来飞去？"

"当然不需要。"傅承致坦然承认，接着又表示诧异，"我还没跟你说吗？我不仅在S市购置了房产，也把伦敦的管家带过来了。今后你想见我，从这里开车出发到我家，往返不超过二十公里。"

席霖被酒呛了一下，移开杯子咳了几声，追上前问："不是吧，承致，是什么姑娘这么漂亮，能把你迷得这样晕头转向？"

傅承致都走到玄关处了，又回头道："乔治还跟你说了些什么？"

乔治，就是合宜首席法律顾问，毕业于牛津法学院，是他们两人共同的校友。

“他还说，你为她放弃清算，跟宝恒达成和解，一个月内回国三次是为了跟她见面，还说因为她对狗毛过敏，你连他送给你的狗都打包扔回苏黎世了！”

当然，席霖没信这话。毕竟傅承致对待女人是出了名的冷酷无情，就不提学生时代那些前赴后继又都被保镖按在地上的辣妹，就光说他学生时代唯一公开带着出席过几次活动的女友伊芙，任人家对他一往情深，他也是无情的。

傅承致离开牛津后，交给合宜的第一份作业，就是捡了伊芙家族企业的烟蒂，高大上的说法叫收购。

收购完成后三个月内便进行了破产清算，他充当黑心资本家的角色先后变卖工厂、遣散员工，最后获得了六亿英镑差价，赚到了立足商场的第一桶金。任凭大美人伊芙在学校和他家门口蹲守一两个星期，又哭又求，连席霖这种万花丛中摸爬滚打练出铁石心肠的公子哥儿都动摇了，傅承致愣是视而不见，自始至终未曾心软。

席霖只以为是乔治言辞夸张了，谁料这回，傅承致却并没有立刻否认，反倒笑起来。

他露出雪白的牙齿，耸肩道：“他人在伦敦，知道的还挺多。”

席霖这次彻底呆住了：“是真的啊？”紧接着，他胡乱地抓起沙发上的外套，说道，“你去赴约吗？请务必带上我，你的朋友被好奇心折磨得快要当场去世了。”

傅承致原本张口就要拒绝的，毕竟他在令嘉面前还是绅士，不适合带个不着调的朋友。

但转念想到什么，他又改变了主意，将车钥匙抛给席霖。

好不容易时间碰在一起，大家都有空，大佬提出要骑马，令嘉哪能不奉陪。

在等傅承致过来之前，她提前换好骑装，跟经理在马场大致参观了一圈。

大型马场，无论建筑、场地面积还是人员管理，与之前那家简直是豪华希尔顿和巷子里小旅馆的区别。看人给奶思安排完衣食住行，令嘉又亲自上阵给它刷了一会儿毛，联络联络感情，以免亲密值不够，马儿跑起来闹小脾气。

新房间宽敞又舒服，还是VIP马厩，奶思显然非常满意，在里头兴奋地转了几圈，才开始吃草料。

令嘉把白手套夹在手肘与身体之间，打开水龙头洗手，视线移到隔壁马厩，这才发现隔壁住着匹高大威猛的纯血母马。

瞧那油光水滑的皮毛，好像上等丝绸，额前还剪了个漂亮的齐刘海，连喝水的姿势都格外高贵优雅，似乎是感觉到有人盯着它看，黑马昂起马首轻蔑地转到一边，将屁股对准她。

令嘉没生气，反而很羡慕，她家奶思回国前也很漂亮，都怪之前大意了，才把它交到不尽心的人手里。

“它叫贝拉，是傅总的马。”见她半晌没移开视线，经理介绍道。

怪不得呢，原来是他的马。

洗完手，令嘉把吃饱草料的奶思牵出来，骑上去在看台附近遛了两圈，边遛边小声学伍哥给她洗脑的样子给马洗脑：“奶思啊，你要好好努力，给姐姐争气跑第一，说不定还能把贝拉发展成女朋友，以后我没钱养你了，你还能继续免费住 VIP 马厩。”

“扑哧。”

突然听到背后有人笑出声来，令嘉猛地回头，这才发现看台上不知什么时候站了人。

因为他逆着光站在棚下，所以第一圈跑过去的时候她没能立刻察觉。

她抬手挡住刺眼的光线，有点儿不好意思地问道：“你怎么偷听人说话呀？”

少女的卷发低低地束起来，戴着马术绒面帽子，皮肤雪白，皓齿丹唇，五官分明有无与伦比的细腻精致，气质出众。她的面颊染上绯红，眼睛却仍像安静的湖水，明净清澈。

“抱歉，我实在不是有意偷听你给弟弟布置任务，只是恰巧站在这里，不小心听到了，又没忍住笑了出来。”男人好脾气地解释，道完歉又接着开口道，“自我介绍一下，我是席霖，承致的朋友。”

傅承致也到了？

令嘉还来不及消化这个信息，这会儿她是真的心虚了，生怕他向大佬告小状，陪练还没干成，先开始打人家爱马的主意。

二十岁的令嘉在这群人眼里，就和一张一尘不染的白纸无异。

她的喜怒哀乐都写在脸上，席霖当然能瞧出来，冲她眨眨眼睛：“放心，这是我们之间的秘密。”

没想到大佬还有这么平易近人的朋友，令嘉又犯了看脸就觉得是好人的毛病。

她接受示好，收住缰绳翻身下马，脱下马术手套，仰头递上右手，报出自己的名字，笑起来时眼睛像月牙。

“你好，我是令嘉。”

傅承致就是这时候换好骑装，牵马出来的。

他晓得自己这个朋友是在女人堆里玩儿惯了的，甜言蜜语张口就来，最能讨不谙世事的女孩子欢心。

傅承致眉头微挑，定下脚步，拉紧缰绳，放声唤她：“令嘉，过来。”

令嘉指尖刚刚碰到席霖递过来的手，闻言便听话地转身，一路朝傅承致的方向小跑过去。

还隔着一段距离，令嘉便友善地弯起眉眼与他打招呼：“傅、嗯，承致！”见到朋友，大小姐的笑容比刚才还灿烂，“这里的跑马场好大呀，我刚刚跑完一圈花了好长时间。”

傅承致漫不经心地回应：“还行吧。”

令嘉已经习惯了大佬的骄矜，并不介意，和他并肩朝看台走去，顺便也给身后的两匹马儿创造机会多亲近亲近。

在剧组拍了快一个月戏没见面，她又瘦了，最小号的骑装穿起来腰身还显宽松。

两人的相处比刚认识的时候自然许多，令嘉说了一些自己最近在剧组遇到的趣事，傅承致也投桃报李讲了自己办公室一位蠢笨的秘书闹出的几个笑话。

令嘉笑点很低，“哈哈哈”就笑起来，然后问他：“那他现在呢，还会闹笑话吗？”

“嗯……”傅承致回想了一下，如实告诉她，“也许吧，他在第一次犯错的当天下午就被调离了秘书室。”

这可真是个悲伤的故事，令嘉顿时笑不出来了。

02

上马之前，傅承致向令嘉正式介绍了席霖的身份，这位瞧起来平易近人的公子哥儿，是他牛津本科校友，也是国内综合性娱乐集团 AM 的少东。

傅承致低头调整着缰绳，随口告诉令嘉："你以后遇到麻烦可以找他。"

席霖也完全不见外，趴在看台上点头附和："对，承致的朋友就是我的朋友，哥哥肯定帮忙，对了，咱们顺便加个微信吧。"

傅承致瞥他一眼，轻拍马头安抚，没有阻止。

夏天室外马场很漂亮，被谷地的绿茵环绕，沙场外的白色围栏边种着高大的橡树。

令嘉好久没练习了，但好在她和奶思本来就有默契，刚刚跑了两圈已经稍微熟悉场地和跨栏，调整骑姿后，速度便上来了。

当然，跑起来还是贝拉快了半个马身。贝拉的父系母系都在国际马联排行榜很靠前，奶思虽然也是出身名门，却是以颜值见长的，它哼哧哼哧奋力追着未来女朋友的前蹄，大约是回国后被关得太久没好好跑了，要把筋骨都活动开。

女骑手和马沟通有着天生的优势，令嘉能感受到它的胜负欲。她很配合地前倾身体，随着它的起伏平衡身体，驾驭它奔跑越过障碍物。

傅承致回头发现令嘉始终跟在身后，降下速度让她赶上来。

今天是她来之不易的休息日，他并没有要把她累到横着出马场的意思。

一下午很快过去，天色将晚，夕阳将天空染出大片粉红色的晚霞。

令嘉很喜欢在这样的夏天骑马，马场安静，带着温度的风拂过脸颊，纵然流汗也是舒畅的。

她在香樟树的绿荫中降下速度喘息，并不觉得很累，忽然想起来什么回头问傅承致："你第一次从马背上摔下来是几岁？"

没等到傅承致的回答，她已经想起自己的经历，笑起来："我十一岁的时候摔下来磕破了下巴，还差点儿被马儿踩到，脑子晕晕的，衣服也被血染透了。我爸爸冲进马场扶我，我当时以为人流那么多血肯定要死的，跟我爸爸发誓，要是能活下来我就再也不骑马了。但是第二天起床又觉得不甘心，我为了学马术都把下巴磕破了，怎么能放弃呢？而且我的马儿肯定也吓坏了，我该安慰它的，然后当天下午就带伤又回到马场上了。"

虽然当时摔得好像浑身都被大卡车碾了一遍，疼了一个月，但令嘉现在去回想，并不觉得那段回忆可怕，反而是温馨又难忘的。她回身仰头，指了指下巴内侧的疤痕给他看，有点儿骄傲："喏，就是这儿。"

“我爸说差点儿就可惜了妈妈给我的漂亮脸蛋。”

那道疤痕的印记不明显，已经淡到快看不见了。

斑驳的阳光落在她雪白薄透的皮肤上，连颈边的血管都依稀可见。

傅承致收回视线，告诉她：“我六岁时，刚开始上马术课不久就摔断了肋骨。”

令嘉觉得奇怪：“牵马的人没把它牵好吗？”

“是我叔父陪我上马术课前饮了酒，它闻见味道受惊了。”

令嘉意会，安慰了他几句。

马的嗅觉灵敏，受惊后会变得暴躁，乱跑乱踢，很多资深驯马师都难以控制，更别提一个初上马背的孩子。

女孩背过身去，傅承致的笑容便淡了。

和令嘉急切冲进马场的爸爸不一样，他的父亲指责他之所以会受伤，是因为懦弱和恐惧，因为他缺乏自信和自我控制，不相信依靠自己的力量能够抓紧缰绳。

这种严苛到近乎不讲理的教育方式，好处是逼迫傅承致学会了怎样硬着头皮迎难而上，逆转每一次危机。在这样的环境中，冒险成为他吃饭喝水一样自然的选择。

坏处是，他成了与父亲更相像的人。

在场内度过了愉快的几个小时，直至助理提醒有紧急来电，傅承致才回到看台边接电话。

席霖已经独自在边上坐得太久了，等他电话一挂断，便迫不及待地和朋友交流。

傅承致与他并肩坐下来，摊开腿，倚在椅背上眺望远处。

那里的令嘉还在一遍遍地尝试调整奶思跨栏的角度和高度，十分专注。

随着马儿跳跃时马背一次又一次起伏，距离已经不足以看清帽檐下的脸，但她动作自由柔和，腰身窄紧纤细却挺拔而充满力量感，白色马裤配长靴将她的长腿衬托得十分迷人，潇洒中带着年轻的性感。

“说真的，你眼光不错，承致。”

傅承致斜他一眼，确定那只是单纯的赞美而非有其他含义，才懒懒地回道：“还是个小孩呢，笨得紧。”

“倒不是笨，这种赤诚，在我们这代人身上挺难见到的。”

“那倒是。”傅承致很快改口，微翘的嘴角显示他刚刚的说法不过是在自谦。

席霖选择原谅他的虚伪。

家里就是搞娱乐行业的，席霖接触过的美人太多，自然炼出了一双火眼金睛。那些人风情各异，但都少了令嘉身上纯粹澄明的赤子之心。

她的眼睛里没有野心和物欲，不加掩饰，没有遮蔽。

仿佛任何人都能从其中瞧见自己所渴望的世界，那里充满趣味，诗意盎然，再添一点儿恰到好处的脆弱感，叫人很难不产生保护欲和占有欲。

席霖有点儿好奇：“你既然难得有个喜欢的，为什么光看不动手呢？”

这根本不符合傅承致一贯的做事风格。

傅承致不是很愿意展开说，解锁手机后抬手给马场拍了张照，低头查看构图的时候才漫不经心地回答：“最好的礼物是要花心思等待才能拿到手的。”

席霖忍住翻白眼的冲动，说道：“……承致，真诚点儿好吗？”

“她是我弟弟的前女友。”

“哪个弟弟？你有弟弟？”

“老头在外面生的，几个月前因意外事故刚死不久。”

席霖咋舌：“看不出你还有这么奇葩的爱好……”

傅承致冲场内吹了声口哨，示意贝拉过来。

他踏上马镫，利索地翻身上马，掉转马头居高临下地对席霖道：“如果你不能好好说话，我不介意让霍普教教你。”

“我错了。”席霖从善如流地讨饶，但还是好奇，接着又在傅承致底线边缘疯狂试探，“那你会和她结婚吗？”

结婚？傅承致在脑子里过了一遍这个词，反问：“为什么要结婚？这是两码事，我的喜欢可比婚姻珍贵多了。”

贝拉开始慢慢起步。

席霖扶着看台栏杆跟上它的脚步，站在高处与傅承致剖析：“……但对很多女人来讲，尤其在国内，爱情和婚姻是捆绑的，甚至有很大一部分人，她们宁愿选择没有意义的婚姻作为捆绑契约，以保障自己的利益。”

傅承致耸肩：“你知道的，从投资者的角度出发，我应该娶个对资本增值有帮助的妻子。反正都会签婚前协议，婚姻对我来说和一场交易无异。”

确实，对傅承致这样财阀出身的富家子来说，为保障财富传承，婚前协议的概念甚至从开始学数学加减乘除起，就根植于他的教育当中，是和人要呼吸是一样理所当然的事情。

晚餐是俱乐部餐厅准备的，菜肴丰盛。

骑马对体力消耗很大，令嘉其实已经有点儿饿了，但她还记得明天要拍戏，本着干一行爱一行的敬业态度，怕摄入油盐水肿，影响上镜，只随便用叉子戳了几块西蓝花吃，剩下的胃部空间就用水塞满。

席霖习惯身边的女孩儿这样节食，傅承致却看不过去。

“我认为你今天运动消耗的卡路里已经值得给自己一点儿甜头。”他说着把餐厅经理叫过来，回头问令嘉，“你想吃什么？”

令嘉眼睛只在傅承致和经理之间徘徊了半秒，心理防线便彻底崩溃了。

她一口气报完菜名：“那就鸡蛋羹、煮玉米棒、虾球和芦笋。”

“听清楚了吗？”

傅承致向经理复述，最后补充：“少油盐，都做小份。”

厨房很快便把菜做好端上来。

令嘉很久没有一餐吃得这么满足了，一溜盘子整齐地放在面前的幸福感，是再丰盛的蔬菜沙拉也没办法相比的。

她专注地盯着叉子，小口咀嚼，舍不得一下子都咽下去，耳朵支棱起来听席霖和傅承致在旁边聊天，可惜大多不是她专业范畴的名词，只能听个大概。

放在以往她也就吃自己的了，但是令嘉这次没有放弃。

别人都想听傅承致说话是有道理的，从他的视角随口一句分析，就足够太多普通人赚得盆满钵满，她也挺想赚钱的，最好买个股票就能把债务一下子还完，就算听不懂也要硬听几句，尽人事听天命。

晚餐快要结束时，令嘉听到席霖提到了傅承致叔父的事。

由于几个小时前傅承致在马场里刚提过这个名字，令嘉立马把人对应上了，云里雾里听了五六分钟，隐约听明白，那位叔父似乎是因为挪用基金会的钱搞小金库等一系列罪行东窗事发被起诉，马上面临牢狱之灾，他先是恳求傅承致帮助自己，失败后又试图自尽，让侄子背负良心罪责。

“……他的行为可笑而幼稚，我不可能接受如此低级的威胁。”傅承致评价。

席霖道：“但他毕竟是你的亲叔父，又陪你长大，在事情曝光之前他最先告诉了你，足以证明他对你的信赖，付出这笔赔偿金对你而言是举手之劳，为什么不帮帮他呢？”

傅承致皱眉：“我没有帮助他的义务。”

席霖追问：“倘若他这次自尽成功了，没有被医院抢救回来，你也依然坚持自己的想法吗？”

“当然。这是他做出选择前应该承担的后果，每个人都需要为自己的行为负责。”

令嘉本就是随便听听，直到听到傅承致最后一句话，她手中的叉子顿住了，忽然觉得有点儿不寒而栗。

他用那样平静的表情轻描淡写地说出残忍的话，像是失去了人类正常的情感，有种深入骨髓的漠然。

傅承致注意到令嘉的神情，才意识到自己表达得似乎过于真实，很快不着痕迹地转移话题。

晚餐结束前，保镖和司机已经早早地在停车场等候。

马场位置偏远，前不着村后不着店，令嘉只能搭大佬的车回家。

回城的路上，傅承致一直在电话中处理公事，令嘉缩在角落里看着窗外，一路无话。

直到车子距她的公寓越来越近，他终于将手上的事情处理完，匀出空闲开口。

“令嘉，你在因为我刚才的谈话沉默吗？”

令嘉嘴角动了动，显然不知道该怎么答，她不擅长撒谎。

说实话，她的朋友中有强势的、上进的、野心勃勃的、努力的、贪玩儿的，但显然没有像傅承致这样，无论哪一方面都做到极致的，他身家足够丰厚，也足够勤勉工作，足够聪明，也足够……冷漠。

这种冷漠显然不是年轻孩子把手揣在裤兜里，享受孤独，对万事不关心的淡然。相反，他彬彬有礼，非常绅士，时时保持微笑，却缺乏了最重要的同情心，对人的生命漠视。

令嘉并不在乎他的叔父会不会进监狱，有没有去世，但很显然，她不应该敞开心扉，把一个缺乏共情能力的人引为知己。

这便是默认了。

傅承致的瞳孔微缩，但很快又笑起来，娓娓地和她讲述："我可能还没有告诉你，我之所以没有选择帮助他，我的叔父，是有原因的。"

令嘉闻言，头终于偏回来，车厢暖色的灯光下，漆黑的眼睛与他相对。

"你应该还记得他饮酒惊马的事情，没隔几个月，我掉进庭院里的泳池差点儿淹死，拼命呼救。当时我的叔父就站在不远处的苹果树下，我确定他在看着我，但他始终没有上前来，直到我被几乎从不路过前院的厨师偶然发现，被捞起来才得救了。"

"他为什么要这样做？"令嘉惊呼追问。

"因为我当时是我父亲唯一的孩子，而他是我父亲唯一的弟弟，当时我父母已经分居，从理论上讲，只要我死了，他们没能生出第二个孩子，叔父就可以顺理成章地成为合宜的下一任继承人。"

当然，等傅承致六岁一过，随着他父亲和情妇的私生子曝光，他叔父也就不再搞这些小动作了。

从这个角度看，沈之望的存在确实还有那么一丁点儿意义。

令嘉惊呆了，她确实听身边的朋友和同学讲过不少家族内部的夺产大战，但是对一个六岁的孩子屡次下手，显然还是太缺乏人性了，这样的坏蛋真是死有余辜！

她羞愧极了，为刚才对傅承致的误解感到十分自责："对不起。"

令嘉简直是个小天使，都不必傅承致再解释，她便喋喋不休地安慰了他半晌，临下车前还说道："你的想法是对的，你不需要为这样的坏蛋背负任何心理压力，让自己的人生染上阴霾，他是自作自受。"

"我会的，谢谢你令嘉。"

直至目视她的背影跑进单元楼，男人的嘴角还一直扬着，显然心情十分愉快。

见司机的目光透过后视镜看过来，傅承致开口征求赞同："她真可爱，不是吗？"

"您说得对。"

03

周一清早，她就要搭早班机前往 Z 市。

令嘉头天运动量过大，浑身仿佛要散架。凌晨四点钟她被闹铃吵醒，闭着眼睛爬起床，又闭着眼睛刷完牙，从柜子里扒出卫衣长裤换好，连妙到来的门铃声才让她稍微清醒。

“怎么累成这样？昨天没睡好吗？”

“睡得挺好的，就是昨天给奶思换了家俱乐部，骑了一下午马。”令嘉边吃早餐，边拿着她记账的小本计算开销，越写越愁，最后自欺欺人地收起来胡乱塞进包里。

《我和她的 1935》的四百万片酬按合同规定，开拍时先付了一百万，公司分走三成，剩下七十万。留下部分必要的开销，令嘉全部划到了宝恒债务处理小组的对公账户，陈东禾会负责监督财务按顺序依次归还。

剩下的生活费，她得坚持到有新的收入到账为止。

临出公寓楼，刚刚上班的物业前台叫住她：“令小姐，有您的国际快递需要签收一下。”他从柜台底下的一堆包裹中找出纸箱，“就这个，小心，有点儿重。”

包裹沉甸甸的，她接到怀里，连妙想帮忙，令嘉摇头没松手：“妙妙姐，你先上车吧，我送上去就下来。”

这就是沈之望留给她的最后的遗物。

她抱着箱子回到公寓，茫然地在客厅站了两三秒，最后把箱子放进储藏室架子的最底层内侧，没有拆封。

她还要赶飞机，时间来不及。

最重要的是，令嘉暂时还没有勇气打开。

Z 市的拍摄基地要比 S 市大很多，每天光是从酒店到拍摄现场都要近二十分钟车程。

之前在 A 组，大咖只有一位影帝覃飞，比起来这边 B 组可谓星光璀璨，连出场戏份不多的配角都是资深演员。

令嘉这时候才真切地感受到自己多幸运。

第一次拍戏就能够跟那么多厉害的演员对戏，前辈们偶尔不经意的几句指导，就能帮她这个刚入门的新人打通想不明白的关窍，对方的演技越精深，感情渲染越强烈，她也越容易被带入戏。

而且何导对剧组把控严，片场生态相对健康，之前伍哥给她上小课说的那些鱼龙混杂、捧高踩低的事情她也没怎么遇到。

毕竟她一出道就是高起点，来路还挺神秘，谁也不知道家里什么背景，再加上有周伍这个土豪经纪人，进出片场没两天就跟场务、摄影师们称兄道弟，大家都不会贸然得罪不该得罪的人。

基本可以确定，来到Z市拍摄最大的难题，除了令嘉对自身演技的追求，就是酒店房间里出没的蟑螂。

刚来Z市那天，她打开酒店卫生间的门，直接被一个巨大的黑影吓得头皮发麻，夺路狂奔，一路被追赶到走廊上，才想起喊隔壁的周伍。

周伍拎着拖鞋出来一巴掌把它拍死在墙上，凑近一看，竟然是硬壳的，还带翅膀！

大小姐彻底崩溃了，可怜她长到这么大，连蟑螂都没见过几次，头回知道世界上还有这么强悍的蟑螂。

她拎着拖鞋站在边上，边洒泪边问连妙："这到底是个什么东西呀？"

连妙研究了一下，说道："美国大蠊。"

周伍赶紧补充道："不过妹妹你放心哈，这个大蠊虽然大，但是繁殖能力不行，烦人的还是德国小蠊，那家伙很恐怖的，一生一大窝。"

伍哥的安慰不仅没能帮到她，还把令嘉吓成了惊弓之鸟。

Z市是沿海城市，夏天高温潮湿，十分适合繁殖，杀虫剂喷了一遍又一遍，也没把蟑螂赶尽杀绝，酒店的下水道又是连通的，换到哪里都是轻灾区和重灾区的区别。

于是她每天晚上像完成仪式一样，睡前依次把自己的生活用品塞进密封袋里，爬上床，再收起拖鞋装起来，最后关起蚊帐再检查有没有漏缝。

往往这时候连妙会贴心地站在门口说道："替你关灯了哦？"

大小姐这时才能安心躺下，拉上被子回答她："好的，辛苦啦。"

没过多久，令嘉被蟑螂追到走廊上的笑话就在剧组里传遍了。

谁见了面都拿这事儿打趣她，覃飞更是把自己洗手间里的蟑螂家族拍了欣赏图鉴，下了戏就邀她一起看，用过来人的经验教她直面让人恐惧的事物。

虽然恐惧暂时没能成功克服，但被笑完一通过后，令嘉也算和大家拉近了距离，还交到了进入娱乐圈的第一个朋友——影帝覃飞。

别人都喊覃飞老师，但事实上，覃飞今年才二十八岁，因为出道早，拿奖多，在影坛的地位挺高。听起来很厉害的样子，熟起来才知道这个人竟然有无穷无尽的表情包。在他的帮助下，令嘉从无到有，很快集满了微信自定义表情包上限，熟练地掌握了用表情包聊天的技能。

有一天跟傅承致聊天，她忙着上场拍戏，来不及打字回复，匆匆扔了个表情包敷衍。

傅承致等消息等了整整五分钟。

晨会中途，他拿起手机看了三次，最后等来了一张黑猫用磨砂条锉指甲的动图。

之后一直到会议结束，令嘉也没再发来其他内容。

傅承致皱眉，把手机交给霍普，进电梯之前问他："你会这么久不回我消息吗？"

霍普瞥了一眼，将手机熄屏，说道："当然不会，您知道的，我的回复一般会在三分钟以内。"

男人神情非常疑惑："我是否对令嘉和善宽容得过头，显得太没脾气，让她觉得可以忽视我的信息了？"

"是有那么一点。"霍普老实回答，"但这也意味着你们的关系更进一步，到了令她放松的舒适范围。"

好吧。

傅承致招招手，又把手机要了回来。

等电梯的时间，他研究了两分钟，找了一张简笔小人叉腰，显得轻视冷漠的动图回过去，同时自言自语："你说得对，也不是什么罪无可恕的事，可能她在忙呢。"

霍普："……"

合宜秘书室尽人皆知，老板最讨厌问题得不到回应，他在这方面对人的苛求简直到了令人发指的地步。

就算凌晨三点睡下，三点过五分邮件发过来，也必须爬起来在三点十五分前给他已读回应。如果有人一觉睡到天亮才发现邮件，那这人基本上在秘书室待不长了。

真不是什么罪无可恕的事，就是会丢饭碗罢了。

在 Z 市拍摄的最后一个星期，为了抢白天的太阳光拍摄，令嘉被迫凌晨三点钟起床，四点钟化妆，以至于每天做造型的时候都在打瞌睡。

刷子在眼睑上扫，她迷迷糊糊地听化妆师和人聊拍摄时间，具体到日期数字时，令嘉猛地一激灵从椅子上清醒坐直。

化妆师吓了一跳："戳到你了？"

"没有没有。"令嘉赶紧道歉。

进了剧组以后每天过得像上紧了发条，她这时候才忽然想起今天是他们哲学系公布期末成绩的日子。

以往每次公布期末成绩，都是她最紧张的时候。

在剑桥上学压力真的很大，厉害的人太多，像她这样的学生，只要松懈一点点，就会立马从成绩中体现出来。

她摩挲掌心，安抚跳得飞快的心，缓缓从口袋里掏出手机，用纸巾擦了擦屏幕。

虽然说她现在休学了，但仪式感还是要有的。

毕竟那是对她过去整个学期的学习成果的检验，考试周在图书馆连泡一个星期，就是为了今天不要哭出来。

依次输入学生 ID 和其他信息，令嘉一只眼睛悄悄睁开一条缝，紧张地盯着进度条跳转。

化妆师怕把线条勾歪了，停下动作问："是在等什么重要的消息吗？"

意识到耽误进度了，令嘉又赶紧把眼睛重新闭上，说道："就是查一下期末成绩。"

"你在国外上学呀？"

化妆师惊讶，娱乐圈放弃学业早早进组拍戏的人太多，她本来已经见惯不怪。跟了令嘉那么多天妆，还是第一次听她说起学校的事。

令嘉意识到自己说漏了嘴，只能含糊笑了笑带过，谁料就是这声轻询，被隔壁过来换戏服的常玥听见了，她挺惊讶："小令，都没听你提过呀，哎，你在哪所学校来着？是不是快开学了？我有个朋友也在英国念书，这段时间都收拾东西快要回去上课了。"

她的言外之意是令嘉现在怎么还在这儿拍戏。

令嘉礼貌地笑了笑，选择回答了后一个问题："我暂时休学了。"

但常玥执着地要得到答案，又问了一遍她大学在哪所学校，幸而周伍恰巧在这时候进门了。

谢天谢地！

令嘉假装没听见她说话，赶紧问伍哥她的水杯在哪儿，强行转移话题。

和昔日背叛过的前男友共处一室，令嘉以为常玥多多少少会有些不自在，但她从镜子里望过去，发现并没有。

常玥的神情正常到像见到最普通的片场工作人员，自然地微笑着颔首，然后目不斜视地与周伍擦肩而过。

不知道是真的心无波澜，还是把演技迁移到了现实中，无论哪一种，令嘉都觉得这不是自己能做到的。

可见要当个一线演员确实不简单。

令嘉还不知道，才回自己化妆间，常玥便下了定论。

"这圈子里没文化的人多了，什么破学校值得她这么藏着掖着，里头肯定有名堂。"说完她又回头责问助理，"让你问的事你到底问出来没有？"

助理被点到，寒毛都竖起来了，战战兢兢地回答她："我是真努力了，真打听不到啊，姐。"

"要你有什么用，到最后什么都还得我自己来。"常玥皱眉，对着镜子给自己系上旗袍盘扣。

助理大着胆子问："玥姐，我实在搞不懂，令嘉就是一个新人，就算演了何导这部戏的女主角，想要爬到您的位置也还差得远呢，为她花那么多工夫值得吗？"

常玥垂眼冷哼，把拆下来的胸针扔回盒子里，说道："现在就能抢我的女主角，往后让她爬起来，还有我的饭吃？"

这话乍听没道理，但影视圈资源有限，每年就那么几个好本子，令嘉这回既然能拿下本该属于常玥的角色，说明她们确实存在某种程度上的撞型。而令嘉比她更年轻更漂亮，起点更高，又被康纳力捧，这样去理解，确实不是危言耸听。

04

拍摄进入尾声时，时间已经进入九月，整部电影只剩在国外取景的部分待拍。

九月的第二周，令嘉跟团队在纽约曼哈顿拍完需要拍的镜头，又搭班机飞往欧洲和覃飞会合。

剧本里这一段，是张伯卿与元五新婚，因伤暂时离开飞行大队后，两人在欧洲游学。

这称得上是他们年轻时为数不多的相聚在一起的美好时光。

何润止导演作为柏肯国际电影节终身评委，很早便拿到了当地的拍摄许可，从纽约到巴黎，最后一处取景地，恰巧就在伦敦。这时候张伯卿在剑桥做特别生，研究国际政治，而元五则在伦敦圣玛丽大学就读。

刚好正值大学假期，何导甚至通过层层关卡获得了在剑桥郡某些地标建筑区域的拍摄准许。

令嘉都不知道该说这奇妙的因缘际会，是巧合还是宿命。

她即将要和自己的母校一起，在影史中留下永久的影像。

由于经费和诸多条件限制，何导带出来的团队一再精简，聘请了伦敦当地成熟的摄制团队帮忙。

网上消息流出去后，拍摄当天，来了好些热情的留学生在剧组附近围观。

令嘉生怕被熟人认出来，进出都戴口罩和墨镜。

但往往就是怕什么来什么，在露天公共场合拍戏，又没封禁路段，下午刚刚补完几组镜头，令嘉坐在化妆车边休息补妆的当口，隔着层层人员和拍摄设备，忽然听见背后传来一声犹豫的呼唤——“令嘉？”

令嘉正仰头让化妆师给自己补口红，闻声心都跳到了嗓子眼，人直接傻了，一时间不知道该回应还是假装没听见。

还是化妆师提醒她：“令嘉，好像是你认识的人在叫你呢。”

这下没办法了，她硬着头皮缓缓转过身去，发现叫她的是隔壁商学院的学妹，大一生，从前女孩来他们学院舞会做兼职服务生时认识的，女孩还在图书馆给她占过几次座位。

“嗨。”她微笑着不失礼貌地冲女孩挥挥手，让人把女孩放进来。

“令嘉，还真的是你呀！”女孩异常惊喜，“我昨天在网上搜主演的时候，还以为是重名呢，你期末考结束就直接去拍电影了吗？好酷啊！”

“发生了一点儿意外，我也没想到就成这样了。”

令嘉尴尬地笑了笑，简单和她解释了两句，说了自己休学的事，女孩的眼神顿时惊诧起来。

是吧，令嘉就知道。

旁人不知内情，在他们看来，就算是为拍何导的电影休学，也还是有点儿不务正业了。

可她实在不想把自己身上发生的苦难一一剖开对人解释。

好在工作人员很快过来叫她准备下一场戏。

起身前，令嘉给学妹签了个名，想了想，还是多此一举地拜托了女孩帮自己保密。

虽然她叮嘱了一个人，却没办法封住所有人的嘴。

当天晚上结束全部戏份的拍摄，令嘉回到酒店，打开Snapchat的小群窥屏，果然看到有人在讨论她回剑桥拍电影的事儿。

群里甚至有人拍到了路透，尽管工作人员一再劝阻别上传，但依然没能拦住拍摄者传到群里。

“今天有人去圣玛丽大教堂看《我和她的1935》剧组拍戏了吗？我竟然在现场看见了令嘉！刚在网上搜了一下，令嘉是女主角哎！”

“怎么突然去拍戏了，我记得令嘉从前没有要进演艺圈的意思啊？”

“毕竟是宝恒大小姐，估计家里有这方面的人脉资源，不过她还回来上学吗？还是以后就拍电影了？”

“之前看张格曼原著，一直很期待改编成电影，但是令嘉半路出家去演戏，就算拿到好资源，恐怕演技也不行吧……”

“会不会是为了给家里还债？”

……

后边一句冒出来，虽然是不认识的账号，但令嘉要是能发言，都想说一句，姐妹你真聪明！

在国外取景拍摄很贵，经费烧起来就像坐火箭，剧组二十来人在剑桥郡只停留了两天便拍完了。

至此，令嘉在剧组最后的戏份也拍摄结束，后续最多还有一些零散的镜头需要回国补拍。

由于辛肯顿的公寓已经找到了出价合适的买主，剧组返回S市时正是周五，令嘉便只身留在伦敦，等周日签合同。

中间空出周六一天，没有其他行程。

清早，令嘉在酒店睡醒，只带了伞和随身的包，一个人乘地铁从泰晤士河到伦敦塔桥，将中学时代每天上学的路线，那些曾和沈之望一起去过的地方，重新走了一遍，像是重新用脚丈量了她年少时的每一寸记忆。

在剧组每天要做的事情太多，睡眠太少，偶尔还连轴转，她最近已经不再能常常梦见他了。

从开始的悲痛欲绝到现在连伤感的空隙也抽不出来，令嘉所有的生活，已经被繁杂琐碎的事情和对明天的忧虑填满。

她路过威斯敏斯特大桥时，突然下起了雨，雨雾细密朦胧，车流带着风拂起她的长发。

令嘉撑起伞，将鬓发别至耳后，站在人行道上孤独地回望。

远处发暗的乌云层层遮住了光线，尽头矗立着国会大厦和伦敦眼，还有塔桥的尖角。

也就是在这条路上，那天他俩吵了架，令嘉一个人打着伞气冲冲地朝前走，沈之望跟在后头淋雨，前后脚踩过她每一次踩过的水洼。

直到她消了气，叫他前来撑伞。

来时是两个人，现在他们走散了。

伦敦是座永远不缺故事的城市，它既内敛含蓄，又兼具英国人的古典浪漫。

行色匆匆地与她擦肩而过的每一个人，他们的人生也有着自己的酸甜苦辣，悲欢离合。而车马人流中，她只是这座城市毫不起眼、微不足道的一部分。

下桥前，令嘉从一位老妇人那儿买了枝新鲜的红玫瑰。

她把这枝玫瑰放在了沈之望的墓前。

整整四个月过去了，直到重新站在墓前这一刻，令嘉才终于在心里承认了他已经永远长眠的事实。

她不再幻想，也不再期望他某天还会突然出现。

就像她母亲生下她那天就撒手人寰一样，人和人的缘分是有限的。现在，沈之望也永远地离开了，去了她无法触碰的世界。

但无论如何，令嘉不后悔，她感激他们曾经相遇相识、并肩牵手走过的岁月，所有的经历都让她变成了更好的人。

只是剩下的日子，她最终只能一个人前行。

晚上回酒店，令嘉登录了自沈之望去世后就不曾登录过的社交账号，才打开列表，页面便被瞬间涌进来的信息卡住了。

她挑出关系亲近的朋友，三言两语解释了自己的近况，又一一回复其他同学、朋友，感谢他们的关心，告诉他们自己目前还好。

这些消息，令嘉之前是不敢看的。

别人的每一句关心在她看来都异常残忍，提醒着所有她不愿承认的事实。但现在，她愿意接受大家的好意，打起精神，把每一件她还不适应的事化作习以为常。

临睡前，她给爸爸的责任护士打了一通视频电话。

护士刚刚上班，令嘉隔着屏幕和爸爸絮叨了几句，等护士要推他去吃早饭了才匆匆挂断。

令嘉洗了个澡，擦头发时凝视窗外，突然发现这家酒店还能远眺金丝雀码头。

眼前的一幕和她几年前在附近酒店拍摄的一张夜景照片角度很像。

她睡不着，但好像又没什么事做。

她干脆花了五分钟时间，按年份把图片从图库里找出来。两张照片的金丝雀码头夜景对比起来，还真是几乎一模一样，只是后一张更清晰一些。

令嘉还记得自己十五岁拍这张照片那天，是来参加高中同学的聚会，刷卡买了一堆的东西，太晚来不及搬回公寓，干脆就在附近酒店住下。

景物还在，但人事心境已经完全变了。

少女不识愁滋味，那时候的她尚不知道自己未来会上哪一所学校，只遥想着要变成学习很厉害的大学生，做个优雅聪明的人。而现在的令嘉，只想在下一个五年还清所有的债务，努力生活，也照顾好爸爸。

大半年没发过朋友圈，令嘉想了想，将两张照片放在一起上传，就当是种只有自己知道的鼓励。

动态发出后，她便将手机调至睡眠模式，盖上被子睡着了。

一觉睡到大天亮，令嘉迷迷糊糊地拿起手机查看消息，突然发现在一长溜的消息列表里，傅承致点赞了自己的朋友圈。

不只是点赞，他还评论了："离合宜很近，起床可以下来喝咖啡。"

留言时间在两个小时以前。

天哪，大佬这么早就开始勤勉地工作了吗？

签合同的时间约好在下午，令嘉早上确实没什么事。

反正要吃早餐，洗漱时，她干脆打开聊天框和傅承致确认了地点，步行过去只需要五分钟。

然后她又收拾了一下行李，将衣服按照连妙教的办法一一卷好，找出来伦敦这么多天最后一套没上过身的干净衣服来。

白衬衫松开两粒领扣，别在笔直的黑色牛仔长裤里，白鞋，外边穿Burberry卡其色长风衣，这算是伦敦最常见的穿搭之一。

临出门，她还给自己涂了防晒霜。

毕竟现在要靠脸吃饭了，出国前，连妙千叮咛万嘱咐要她注意防晒和保养。

到咖啡馆的时候，傅承致已经坐在那儿看报纸了。

他面前放了一堆英国报纸，都被助理折好翻到了他需要看的经济金融类版块，甚至有北美早上刚出炉的《纽约时报》和《华尔街日报》。

令嘉瞧见，无比佩服，随手拿起一份看，眼睛扫过一堆金融名词，又默默地放了回去。

咖啡馆店员送上早餐，身后的保镖将报纸从桌面收起来抱开。

傅承致问她："戏拍得还顺利吗？"

"嗯，都拍完了，挺顺利的。"令嘉切着三明治点头，心想现在影片杀青了，她总算可以吃点儿人吃的东西了。

切完尝了一口，她才想起来一件事，礼貌地问：“你叔父的事情解决得还顺利吗？”

“他现在在监狱里适应得应该还不错。”

“哈哈。”

大佬每次说笑话，令嘉总是不知道该作何表情，努力地笑了两下当作捧场。

好在傅承致并不在乎她的敷衍，转而轻松地和她聊起了其他话题。

在伦敦的傅承致跟在国内不太一样，他身后随时跟着三至四名白人保镖，高大强健，个子都在一米八到一米九，站起来就像一堵墙。

注意到令嘉的眼神数次落在他身后，傅承致解释：“你知道的，伦敦有太多人认识我。”

有太多人想弄死他。

银行家们晴天借伞雨天收伞，做事只讲利益不讲情面，傅承致很有自知之明，他得罪的人实在多得数不过来，到了不多雇几个人保护晚上会睡不着的地步。

一起经历过很多事，令嘉虽然不习惯，但也能理解，深以为然地点头。

她家从前虽然也有钱，但知名度远不如傅承致，保镖通常就被司机兼任了，从小到大也没遇到过什么绑架、勒索类的坏事。但想来像傅承致这样暴露在公众视线中的超级富豪，在这方面会有更多的困扰吧。

唉，有钱人需要承受的实在太多。令嘉这么想着。

没出半个钟头吃完了早餐，他们并肩走出街道，就要在不远处的路口分别时，突然有人从街心冲过来，直直地正对着傅承致和她的方向。

来人速度太快，令嘉只来得及看清他一双血红的眼睛，被吓得倒退一步，直直地撞到背后的傅承致身上。

当然，在最后只差半米的千钧一发的时刻，男人被训练有素的保镖扑上前按倒在地。

他的双手被缚，脖颈被保镖的膝盖压死，脸紧贴路面，几近发紫，努力挣扎，大叫着自己没有恶意。

但保镖还是将他从上到下细细搜索过确认没有危险物品后，才抬头向老板请示。

令嘉后知后觉地意识到自己和傅承致的距离很近，近到能听见他的鼻息，赶紧退开两步，跟大佬说抱歉。

傅承致并不在意，问她："吓到你了吗？"

"我还好。"令嘉心有余悸，"现在算是知道您的保镖请得多有必要了。"

得到答案后，傅承致再没有往地上看一眼，仿佛只是再小不过的插曲。

他习以为常地绕行，只吩咐保镖把人送到警局，罪名是未遂的殴击型袭击罪。

毕竟男人既没有成功打到他，身上也没带武器。

走出好几步，地上的人还在声嘶力竭地喊着傅承致的名字，他的吐字因为被压制而含混不清，令嘉隐隐能听出其中既有痛骂又有哀求。

她忍不住回头看。

男人还穿着整套的西服，衬衫没打领带，像是宿醉后的上班族，虽然在地上滚得又脏又皱，但看起来并不像普通袭击者或流浪汉。

她追上傅承致几步问道："您认识他？"

"认识，"傅承致坦然回答，"他是我手下的基金经理，在二十四小时前刚刚被我解雇。"

令嘉原本还想问问男人为什么会被解雇，可瞧着傅承致再平静不过的面容，她突然意识到，无论解雇原因是什么，这在他的生活中，只是件司空见惯、不值一提的小事。

她其实从未窥见过傅承致生活的全貌，却自顾自地把他想象成了一个完美无缺的好人。

但事实是，如果没有杀伐果决的性格，他又怎么可能在这复杂残酷的金融城中牢牢执掌合宜到现在？

跟傅承致认识一段时间后，她渐渐也能察觉，他其实算是个非常孤独的人。母亲定居苏黎世，一年不会见几次面，每天二十四个小时至少有一半被工作填满，每周搭乘飞机在世界各地往返。

在庞大的利益面前，他没有亲人，也没有几个可以交心的伙伴，是真正意义上的高处不胜寒。

不管怎么样，既然傅承致是她的朋友了，她应该尊重朋友的处世方式。

其实他和她一样还很年轻，却挑起了比她重百倍千倍的担子，他没有悲悯和同情别人的资格，善良和优柔寡断的人在这里会被吃得连骨头都不剩。

令嘉想通后，便不再纠结了。

上出租车前，她愉快地和傅承致道别，还将自己在咖啡馆打包的哥伦比亚咖啡豆分给了他一袋。

傅承致拿着咖啡豆，神情还有些错愕。

“这是礼物吗？”

“嗯，临别礼物。”令嘉微笑点头，“签完合同我就回国了，剩下的日子希望你能每天开心。”

“下次再见，承致。”她关上车门，探出窗户挥手，开心笑起来的样子像伦敦六月最灿烂的晴天，秋波眉微弯，瞳孔有光亮闪烁，烂漫温柔直达眼底，充满强烈的感染力。

傅承致反应了两秒钟，才意识到自己已经把手抬起来动了两下。

他从来不喜欢情感太热烈的场面，以往道别都只习惯简单颔首的。

咖啡豆在纸袋里传来摇晃的脆响，封口处的贴纸上印刷着咖啡馆墨绿色的logo和产地，还有令嘉不知道什么时候用铅笔写下的“Live long and prosper（生生不息，繁荣昌盛）”。

这是《星际迷航》中瓦肯人的祝词，同时也是许多人一生对幸福最大的渴求。

当然，也包括傅承致。

漂亮的英文印花体，这祝福写得十分可爱又饱含巧思。

傅承致从未收到过这么简陋的礼物，但也从未有礼物能让他这么容易就微笑起来。

出租车开出去很久，令嘉回头，发现傅承致仍然站在原地目送她远行。

伦敦街头的红色电话亭在侧，衬得他高大的身形格外孤寂。

第七章

她不知道这份合同会将她的未来变成什么模样，
但有一点很清楚，如果她没签字，
日子连今天也过不去。

01

肯辛顿的公寓最后卖给了美国人，一对来自硅谷的夫妇。

成交价格是四百多万英镑，除掉各种税费后，约合三千六百万人民币，这比令嘉的心理预期低一些，但在目前的市场中，还算合理价位。和上次一样，这笔钱才到账，令嘉便将款项划入了债务小组的对公账户。

虽然剩下的债务对她而言依旧是一组遥不可及的数字，但哪怕离终极目标只接近一点点，也足够让她燃起斗志，再接再厉。

周二，才回到国内，周伍便给令嘉抱来了新剧本。

“许多都是听说你拍了何导的片子以后找过来的，你看看有没有特别想接的。毕竟现在电影还没上映，虽说公司都尽着你挑，但暂时不可能再有《我和她的 1935》这么好的资源。”

令嘉当然能料到。

电影后期制作是个异常复杂的过程，从剪辑到结束审查，开始点映和路演，最后公映，最快也要大半年时间。

她坐在沙发里，翻了一遍片名先问：“哪部片酬最高？”

“就这部仙侠片《蜀山》，大 IP 改编，剧组投资充足，给三百九十万，他们制片人说你的形象跟女二号特别契合。”

“还有这部《公路俱乐部》是孔总给你搭的桥，冯志宴导演的剧情片，也是女二，片酬两百六十万。还有陆起导演的新片，一百万，那边没给剧本，就制片人给我递了个信儿，说导演事情还没搞完。”

怕令嘉不熟悉，周伍接着补充：“冯志宴是非常成熟的商业导演了，他的片子都有基本票房保障。陆起跟你一样，是只拍过一部片的新人导演，但第一部就拍出《朝南向北》那么牛的片子，质量也可以期待一下。三个饼都很好，只是我建议你接冯导的戏，他和康纳关系铁，跟孔总也是朋友，不容易出意外，稳妥。”

令嘉花了一下午时间，翻了一遍剧本。

诚如周伍所言，《蜀山》片酬虽高，角色却更像个花瓶，没有留给她太多发挥空间，相比之下，《公路俱乐部》确实是部方方面面都成熟的剧本，并且有好的导演加持，可以想见，电影上映大概率能帮助她刷脸，进一步提升知名度。

令嘉原本也觉得不错，只是在看完陆起的处女作《朝南向北》之后，她感觉头皮发麻，最想拍的片子，立刻变成了陆起的《水塔天鹅》。

尽管只拿到了一个电影梗概，片酬也少，但陆起的第一部片子在她看来简直是部石破天惊之作，无论是想法还是镜头运用都极妙，他堪称天才中的天才。拍电影的事，令嘉虽然不懂，鉴赏能力却是有的。

周伍听出她的意思，展开给她分析："我得提醒你，妹妹。虽然制片人听了何润止导演的评价对你很满意，但陆导在选角方向上跟他有冲突，对方还需要你去试镜，这个女主角不一定能拿到。再者，就算你有一点点芭蕾基础，和专业的舞蹈演员比肯定还是有差距，很多镜头需要舞替，这些在导演那儿都是减分项。最重要的是，《公路俱乐部》快开机了，如果你要等陆导的试镜，相当于是拿一个稳妥的角色去搏一次不确定的机会。"

令嘉这才听懂，伍哥嘴里的"稳妥"是什么意思。

她只沮丧了几秒，很快便依照周伍的建议做出新的决定："那就接冯导的戏吧，还多赚了一百六十万片酬呢。"

人生有太多不能两全的事。

如果令嘉还是从前无忧无虑的宝恒大小姐，那她肯定坚持自己的选择，但现在毕竟债务压顶，处处掣肘。

何况，就算是《公路俱乐部》的女二号，也已经是很多人可望而不可即的角色，说起来，她已经足够幸运了。

周伍当即给了《公路俱乐部》片方回复，又在电话里大致敲定了合同条款，剩下的就只等签完约，过两个星期进组了。

送走周伍，天色已经暗了下来。令嘉大致整理了带回国的行李，把脏衣服都扔进洗衣机里，然后就听着滚筒转动的声音，坐在阳台上放空自己发了一会儿呆。

坐了很久，她终于起身，像是下定决心一样，打开了储藏室的门。

刀尖沿着箱子封口的胶带划开，拿掉层层防撞的泡沫纸，便能瞧见最顶上的戒指盒。

发暗的储藏室，银质戒托和钻石闪着微亮的光泽滑进左手中指。

是她从前的尺寸，但从开始拍戏之后，令嘉总共减重五公斤，肉少了一些，戴上去就稍微松了些。

令嘉对着窗户透进来的光线看了一会儿，把戒指取下来，重新放进绒面里合上盒盖，接着整理下面的东西。

除了几本他们从前一起拍的照片集，还有几个U盘，里面存着圣诞、生日之类的节日录影。连各种电影、美术馆、游乐园票根，都被他整整齐齐地塞进册子里保存起来，侧面还放着去年圣诞，他们一起在查令街买的圣诞水晶球。

令嘉翻阅着相册，抚摸过每一张票根，一件件把箱子里的东西搬出来，直到最后箱底只剩一本日记。

她从前就知道，之望有隔三岔五写日记的习惯，也见过他写，并不长，每次只有几句生活记录。

日记本三四厘米厚，从侧面看，已经快写完了。

时间流逝，窗外已经完全暗下来了。

令嘉动了动蹲得麻木的腿，扶着墙起来开了灯，然后靠着箱子坐下，呼了一口气，翻开日记本。

日记第一页就写着——

Mon. sept. 7, 2009, Rainy.

爸爸生日，我试着和兄长打招呼。

他十分冷漠，没有回应，擦肩而过的时候，我听到他说“bastard（杂种）”。

他讨厌我。

十二岁的沈之望字迹力透纸背，狂乱不堪，隔着时空都能体察到他当日的心绪起伏。

令嘉一直知道，沈之望是非婚生子。十岁前，他一直跟随母亲在香港生活，直到后来母亲因病去世，才被父亲接到英国上学。

但即便来了伦敦，他也基本没有感受过亲人的关怀，生活全是律师和用人在打理。

因为他的父亲，同时也是别人的父亲。

令嘉从未见过那位传说中的大人物，距离最近的一次，就是在他病故那年，陪沈之望回过一次家，在院子里等了半个小时。

沈之望出来时眼眶发红，紧紧地抓着令嘉的手，告诉她，他就快连父亲也失去了。

他对待亲人是孺慕之情，却只得到了漠视和冷落。

可大人们的过错，归根结底和孩子又有什么关系呢？

因为出身，他承受了太多不该他承受的谩骂、指责，令嘉读来只觉得心酸难受。

擦掉眼泪，就在她要翻开第二页时，发麻的腿抖动了一下。

一张照片便这样从日记夹层中掉了出来。

之望没有将它放在相册里，而是选择夹在日记本里，证明这是一张不想被人看见的照片。

泛黄的相纸背面记录着日期：Mon. sept. 7, 2009。

令嘉愣了两秒，捡起它，将照片翻过来。

照片是他父亲生日当天的合影。

令嘉一眼在右上角最偏远的位置找出小男孩稍显模糊的脸，那是十二岁的沈之望，她伸手怀念地碰了碰，目光接着移到照片中央。

只是在看清人脸的一瞬间，她瞳孔微张，神情瞬间变得诧异。

能站在照片正中的，除了生日主角，显然就是他唯一的婚生子，沈之望的哥哥。

而照片正中那张少年的脸，就算隔着失真的镜头和岁月，也与傅承致足有八分相似！

令嘉难以置信地用指尖摩挲了两遍照片，试图擦去遮挡，可无论她再怎么看，这显然就是年轻版的傅承致。

十六七岁，连年龄也对上了。可她分明从没见哪张报纸、哪家媒体报道合宜总裁有私生子的新闻，就连沈之望生前，也从未和她提过“合宜”二字。

令嘉心中狂跳，扔开照片把日记本抖了一遍，试图找出更多的证据。

可惜什么也没有，照片只有一张。

令嘉唇色苍白，用发颤的指尖点开搜索引擎，搜索上任合宜总裁去世的时间。

进度条缓慢得像是已经过去了一个世纪，但结果最终弹入她的视线。

果然，这和她记忆中的时间重合了。

照片上的人，就是傅承致。

他甚至在葬礼那天亲临了现场，他没有理由不认识她。

最后的侥幸轰然崩塌。

回忆的画面一帧帧闪现，令嘉神情呆愣地把照片连同日记本一起塞回盒底，相册、票根、水晶球……东西一件件朝上堆，像是一种自欺欺人的逃避。

令嘉从不愿把人想得那么坏，但她此刻，确实分不清傅承致对她说的那些话里，哪些是真，那些是假。

她不知道该怎样面对过去这几个月来蠢笨的自己，更不敢想象，如此憎恨私生子的傅承致，究竟出于什么样的目的，接近她这个弟弟的女朋友。

夜色中，城市另一角。

今晚和令嘉同样受到冲击的，还有刚进家门的周伍。

他立在门口，看着客厅沙发上跷着腿抽烟的前女友，险些要以为是自己走错了家门。

开口的瞬间，平日在令嘉面前笑吟吟的周伍面色已经沉下来。

“你怎么进来的？”

相比他的如临大敌，常玥显得十分悠闲。

她笑起来，点燃了一支烟，说道：“我就是试试，谁知道就打开了，这么多年了，你的门锁密码怎么还没换？”

周伍并不搭理她，他面色冷肃，眼睛里像含了冰凌。

“如果你不想被警察从这儿带走，明天上新闻头条，就立马从这儿滚蛋。”

“至于气成这样吗？”常玥将吸了一口的烟头埋进烟灰缸掐灭，笑容也淡了，“你总这样，因为记仇，所以就扶植了一个小丫头来和我打擂台？”

周伍不再说话，低头直接开始拨电话，就在两遍“嘟”声过后，手机被人从掌心夺走挂断，扔回他怀里。

“就算你不承认我也知道。”常玥逼近，她嘴角仍在上翘，甜美的眼角眉梢却有着说不出的狠厉，“我告诉你，周伍，我好不容易才爬到今天的位置，绝不会允许任何人挡我的路。你瞧好了，看到底是她赢，还是我把她踩下去。”

周伍一言不发，闪身请她出门。

直到那高跟鞋与地面撞击的脆响即将远去，周伍才开口提醒：“夜路走多了早晚会撞着鬼，我劝你给自己积点儿德。”

话音落下，他就开始改密码，重置的“嘀”声过后，防盗门在她身后重重地甩上。

他越想越气，不知道当初是瞎了还是怎么的，竟然会迷恋这种女人，周伍恨不得花钱给过去的自己重装一对眼睛。

攥着拳头在客厅走了好几圈，周伍拧开一瓶水压气，喝完才觉得胸口稍微平复。

只是冷静下来之后，常玥临走前那番话总在他脑子里盘旋。

感觉不太好，为防万一，他又打电话和《公路俱乐部》的片方确认了一遍进组时间，知道没有变故，一颗心才落回肚里。

在这个圈子里想要绊倒一个人很容易，尤其令嘉刚爬起来，还没有稳固的根基，要是因为常玥出了闪失，那就太划不来了。

挂了电话，周伍越看那装烟头的烟灰缸越觉得不顺眼。

“咚”的一声响过后，玻璃缸落进了垃圾桶。

还觉得不够，他又用洗过的抹布，把皮质沙发里里外外仔仔细细擦了几遍，最后才回到书房打印合同。

站在打印机边等候合同出来时，周伍狐疑地回头，总觉得背后的书桌好像比昨晚更乱了。

但男人待的地方毕竟都是有些乱的，他又一次回头看，刚刚的发现好像又成了错觉。

02

令嘉近两个星期没回复消息。

在私人飞机降落前，傅承致最后一次看完空荡荡的信息栏，将手机扔进助理手里。

霍普险险接住，硬邦邦的手机砸得手心微麻。

金发蓝眼的乌克兰空姐蹲身微微前倾为傅承致续上咖啡。

她领口是一粒松开的圆扣，行动间露出迷人的胸线。

傅承致只尝了半口咖啡，便连杯带碟推了回去，抿紧的嘴角冰冷得令人生畏。

“难道没人告诉过你，我的咖啡只需要冰块不需要方糖？女士，做好你的本职工作，我不需要你自作主张履行超出岗位的职责。”

待人回了前舱之后，傅承致又看向霍普：“她很眼生。”

霍普立刻会意老板疑心病犯了，说道：“入职前有过详细的背景调查，没有问题。她在这个星期刚刚完成登机培训，是第一次为您服务，如果您还有疑虑，我会通知乘务长，在此次航班结束后将她调到其他岗位。”

傅承致翻着报纸没有出声，显然是默认了他的处理方式。

如果事情仅仅到这儿也就罢了，偏偏他把报纸翻完后，还要回头问一句：“我果然还是太没脾气了吧？”

如果这还算没脾气，那天底下人都没脾气了。

霍普微笑：“当然，您是很好的老板。”

傅承致把报纸移到一边，打开笔记本电脑终于开始工作，忽地又想起什么，询问霍普：“令嘉回消息了吗？”

“她在两分钟前答应了您下午打网球的邀约。”

他冰封的面容终于稍微舒缓：“我看看。”

只是在瞧清屏幕的下一秒，傅承致的笑容又凝固住了。

霍普知道为什么。

作为一个常替老板保管私人手机的秘书，他从头到尾见证了傅总和令嘉两方在聊天中主动权的对调。

就像刚刚，在老板真诚友善的邀约过后，令嘉只言简意赅地回了一句“知道了”。

在长达两个星期的失踪后，她甚至连一句解释和一个表情包也欠奉。

霍普非常钦佩令嘉的勇气。

果然，征服恶龙第二步，除了会哭，还要掌握高超的推拉技巧，才能让人患得患失。

另一边，周伍才听令嘉要出门便开始劝：“妹妹，都练那么多天打戏了，明天就进组了，好不容易休息下，怎么又去陪人打网球啊？”

令嘉小臂手肘内侧到处是青痕，都是这些天为练习《公路俱乐部》的打戏磕出来的。

连妙也有些不忍：“要不你跟傅总说说，下次再陪他？”

令嘉试了一下刚换过线的球拍，低头换鞋，拉紧鞋带打结。

“我本来也有事儿要找他一趟的，没关系，我不累。”

见大小姐依旧坚持，周伍只得第二次将她送到傅承致家门外。

仍旧是连妙陪她进去，区别在于，这回是令嘉主动要求。

她仍旧穿着网球裙、白袜，扎马尾，细胳膊细腿的，但不知道为什么，周伍总觉得她背着球拍的背影像是要去找人打架。

进了大门，这回是霍普上来迎接令嘉。

这位斯坦福高才生一路把她带进宅子，小心解释：“下飞机后突然有个临时视频会议，傅在书房，不介意的话，您可以先用点儿咖啡点心稍作等待。”

他看了一眼表，说道：“大概还有半个钟头就会结束。”

大小姐示意自己知道了，之后便端坐在沙发上一动不动，也不说话。

显然，她对那些精致的茶点没有丝毫兴趣。

令嘉和上次来的反应天差地别，连妙都觉得有点儿不对劲，几次问她要不要喝水，她都摇头拒绝了。

十分钟过后，霍普站不住了，试着开口：“或许您愿意参观一下这栋房子？傅从苏黎世的宅子搬过来了一些很有趣的陈设。”

令嘉瞧他一眼，终于点头。

霍普心中长舒一口气，活动了一下小腿，带着令嘉把一楼逛了一圈，所有的名画摆件都介绍了来历，但时间还剩十分钟。

无奈之下，他又带着令嘉上了二楼。

二楼有非常大的露台，外面是露天泳池，进来后的第一个拐角处就是傅承致的卧室。

卧室和他的书房离得很近，走到半掩的门外时，便能听见他开会发言的声音。

“……大多数投资者总喜欢把自己变成绵羊，跟着人群走，而且不长记性，踏出第一步的时候他们就应该想清楚，将要为自己的贪婪承担哪些风险。他们是咎由自取，我绝不会改变我的决定。”

典型的傅承致语言风格，冷酷残忍，他从不在乎自己想要的结果之外有哪些人会受到牵连。

这对端他饭碗、领他薪水的员工而言是好事，却绝不适合被心善的女孩子听见。霍普顿了两秒才来得及反应，尴尬地将门关闭，声音便完全隔绝了。

令嘉跟在他身后穿过走廊，继续朝前走，突然毫无预兆地开口：“在你看来，傅是个什么样的人呢？”

以霍普的口才，完全可以三分钟不带停地将老板夸成天底下绝无仅有的人物。但这一次，他顿了两秒之后才回答：“他非常厉害，也很不容易。”

傅承致果然在霍普预计的时间内结束会议。

令嘉才回到客厅，他也随后下楼了。

站在楼梯上，视线与她相触的第一个瞬间，傅承致便觉察出不对劲。

大多数时候，令嘉看向人的眼神总是柔和专注，温润似水的，而不像今天，注视他的目光平静到没有情绪。

他接过用人手里的网球拍，不动声色地微笑着照常和她打招呼。

令嘉几次握紧球拍，才按下心中情绪起伏。

她不能直接和傅承致撕破脸，也不想让自己显得冲动稚嫩愚笨。

单打开始。

令嘉抛起的第一个球，就用尽了全身力气。

这记发球是经典的外旋发球，速度很快，她中学时代苦练两三年的绝技，高速旋转的小绿球在惯性弹起后，直直地往对方脸上撞去。

傅承致可以接到，但他眉头微皱，选择退后避开这充满挑衅的一击。

绿球在撞网后，回弹到塑胶地面上，几次起伏过后，重新滚回他脚边。

场外的人站得很远，不明白两人间发生了什么，只见他们动作定住，就要上前来，被傅承致抬手制止。

隔着球网，他不紧不慢地弯腰捡起脚边的网球，在掌心转了一圈后，朝她看过来，吐字清晰：“给我一个解释，令嘉，是什么让你不高兴了？”

令嘉原本一腔怒气涌到胸口，因为他的气势下意识一滞。

但很快，他这副泰然自若的样子更加激怒了她。

她极力攥紧网球拍，才不至于失态，使语气稍微平静：“傅先生，我想该给我解释的人是你。”

“解释？”这个词在他唇齿间停留半晌，他偏头问，“你指的解释是什么？”

他还在装傻！

令嘉脑子轰地被愤慨淹没，她三步并作两步靠近，注视他的漆黑倔强的眼睛里仿佛燃着一团愤怒的火光。

“你早知道我是谁。既然你憎恨你弟弟，为什么又隐瞒身份接近我？为了羞辱还是报复？他都已经去世了，你的厌恶还没有结束吗？！”

傅承致顿了两秒，看着她开口：“令嘉，这些想法都只是你自己的主观臆断。”

“那你告诉我真相是什么。”

“我从未把他放在眼里，更谈不上为他实施任何羞辱报复，为他多花一秒钟于我而言都是在浪费生命。”

傅承致说这话时神情平静，像是在阐述一件再简单不过的小事。

令嘉已经察觉傅承致不是良善之辈，但听他在她面前无动于衷地承认这一切时，仍是感到胸口震颤，不可思议。

她试图找出其他论据驳斥他的观点：“那你为什么接近我、安慰我、帮助我？这有违你的本性不是吗？”

年轻英俊的男人坦然摊手耸肩：“你说得对，这不是我往日的行事风格。之所以会这么做，是因为我确有所图。”

这番话直叫令嘉瞪大了眼睛，一种不祥的预感涌上心头。

果然，下一秒男人重新提出建议：“做个交易吧，令嘉。”

“我可以帮助宝恒活下来，也可以替你将所有的债务清偿……”

他风度翩翩的微笑与亲和力，像极了深海里一种会发光的鱼类，靠光线诱捕猎物。

任何食物进到他的进食范围，便再也无路可退。

令嘉忍无可忍，不等他把话说完，直接否决：“对不起，我拒绝与您的任何交易。”

“你回答得太快了。”傅承致眉头微皱，“令嘉，不给自己留退路是愚蠢的做法。”

“但我的爸爸告诉我，聪明人绝不和浑蛋打交道。”

日光晒得她脸颊发红，生起气来也像朵沾了露水又带刺的玫瑰，明媚鲜妍，然而她自己并无所觉。

那嫣红雪白的唇齿一张一合，吐出毫不留情的拒绝言辞：“傅先生，所有的交集就到这里结束，无论你的图谋是什么，我们都不再是朋友。”

她语毕转身，出了网球场就叫上连妙离开。

马尾在空气中甩出决绝的弧度，只留下傅承致立在原地。

管家瞧着女孩怒冲冲离开的背影，考虑到老板上次就是因为这位小姐才将猎犬送回苏黎世，拿着毛巾上前，象征性安慰的同时顺便询问道：“傅，您不打算追上去让她消消气吗？”

“她会消气的。”

傅承致神情笃定，将球拍递给他，不紧不慢地用帕子擦了擦手。

“叫霍普去送送吧，把人送到家。”

这边才到院门口，连妙来不及多问，霍普已经及时赶来，邀请她们上车。

“不用了，我已经叫了车。”

令嘉目不斜视地从他车前经过，谢绝任何来自傅承致的好意。

见令嘉主意已定，霍普没有其他办法，只能在边上陪两人等车来。

俯身替令嘉开车门的时候，他终于开口：“令嘉小姐，我无意冒犯，但我想，在您拒绝傅的提议之前，或许应该先给您父亲的秘书打通电话，问问他公司的现状。”

什么意思？

令嘉的心咯噔一跳：“宝恒的重整程序已经走完了，绘真难道要违约吗？”

“那倒不必，使合同终止的方式有一百种，您或许可以回去仔细查看合同附件部分的细则。恕我直言，宝恒现在的财务状况本身十分艰难，一旦绘真打算丢掉这个包袱，停止投入资金和精力，结局不见得会比之前直接清算来得更痛快。”

令嘉毕竟还是个未经世事的学生，不明白风云变幻的商场中，决定胜负的因素往往在战场之外。

以绘真的实力和经济体量，已经不用跟宝恒发生任何程度的冲击或碰撞，只需不作为，就能看到这家一触即溃、外强中干的老牌企业在经济寒冬中倒下。

这就是赤裸裸的威胁了。

这一刻，即便没有直接对上傅承致，但令嘉仍觉得寒意顿生，牙关在打战。她没有单纯到连这都猜不透，她大致已经明白了傅承致那些未尽的话里，将要提出怎样折辱人尊严的交易。

她没再看霍普一眼，连再见也没说，保持最后的涵养平静地转身，将车门甩上。

被喷了一脸汽车尾气，霍普摸着鼻子叹了口气，心里暗骂老板竟让自己在这么一位可爱善良的小姐面前当坏人。

车子启动后，令嘉拨通陈特助的电话，试图进行最后的求证。

自从签完合同，她便几乎没再管过公司的事情。

陈东禾一开始并不愿细说，可令嘉再三追问，他才讲了真话："集团正在安排复牌计划，因为未偿债务的影响，确实困难重重，再加上一直全线亏损的两个子公司从上半年以来经营状况在持续恶化，如果绘真撒手，问题爆发，私募债券本金不能兑付，后果很难预料。"

"除了依靠绘真，就真的没有一点儿其他办法了吗？"

陈东禾没有直接回答，而是叹了口气。

"大小姐，其实这样看来，当时您替董事长签署股权让渡协议反倒是件好事，不管宝恒是死是活，至少您不会再增加新的债务。您已经为宝恒做了许多，剩下的事儿，就交给我们吧。"

令嘉失魂落魄地挂了电话。是啊，她只要管好自己就行了。

她极力说服自己，现在自己都自顾不暇呢，哪里还能管到所有人的死活？

副驾驶位的连妙这时才终于找到机会回头发问："令嘉，怎么回事儿？你爸公司出事了，还是和傅先生吵架他反悔帮忙了？"

后视镜中，女孩儿没有立刻回答，她把头偏向窗外静默地看了半晌。

出租车司机所走的路线，恰巧经过宝恒总部，穿过悬铃木与香樟树的林荫，集团大楼在车窗外一掠而过。

令嘉小时候周末假期，就常带着书包跟父亲来上班。

令父开会、找人谈话、处理文件，她就在旁边看动画片、写作业。大楼外一棵白玉兰，安保室二十年没换的班长……都是她童年最难忘的记忆。

她回过头来时，眼圈发红。

"妙妙姐，你和伍哥说得对，傅承致真是个彻头彻尾的大浑蛋。"

仿佛是觉得这样的打击还不足以使她下定决心，当晚巨鲸资本打来电话，直接让令嘉一颗心陷入谷底。

巨鲸资本是令父最大的无担保债权人，宝恒危机爆发之初，巨鲸在第一时间抽资，向令父索赔。在令嘉剩余的两亿二千万债务中，他们的索赔金额占了近一半，合计超过九千万人民币。

令嘉一向只和宝恒的债务小组单线联系，巨鲸不知道从哪里得知了她的私人号码，直接打通了她的手机。

原本这九千万人民币随着令炳文中风失去行为能力，已经划入巨鲸资本的财务坏账分类的，但偏偏他们在昨天接到消息，令炳文的女儿愿意替父亲偿债，并且已经变卖完海外资产陆续还了一亿多人民币。

债务小组账上的钱马上就要赔空了，如果按照法定的清偿顺序，等着令嘉进娱乐圈慢慢挣，先不说她能不能挣到，就算挣到了，巨鲸不知道何年何月才能拿到这笔钱。

非常时刻，就要使一点儿非常手段。

"令嘉小姐，如果按照与给我们提供消息的掮客的约定，我们应该把你父亲欠债的事情在媒体上曝光，这样不光电影上映会受阻，连你在娱乐圈都很难混下去。"说到此处，对方话锋一转，"但我们不愿意干杀鸡取卵的事，所以，只要您愿意调整偿债的优先级，先把我们巨鲸的债务一次性还清，我们就绝对会为您保密。"

令嘉听到这赤裸裸的威胁时，简直如遭雷劈。

且不说法律规定，她应该优先偿还职工工资和劳保费用、国家税款，就算她愿意先给巨鲸资本钱，债务小组目前账上只有卖房的三千六百万，根本不可能一次性还清九千万。

可这笔钱要是还不上，面临的后果就是——《我和她的1935》还没上映就会成为她拍的最后一部电影，如果出了这档子事，以后就不会再有人找她拍戏了。

这条路无论前进还是后退，都是一条死路，除非她去抢银行。

令嘉喉咙完全滞住了，干涩发哑，她拿着电话的手冰冷僵硬，半晌才挤出一句："请您给我一些时间考虑，我在两天内给您答复。"

她顿了两秒，在挂电话前说道："我能问一下，是谁给你们提供了消息吗？"

"对不起，按照原则，我们应当保密。"

03

屋漏偏逢连夜雨，就在第二天，《公路俱乐部》开机，令嘉进组时，又生了变故。

之前由于《公路俱乐部》剧组的公章一直没刻好，合同上便也一直没敲印，监制大清早看到他们来后，面露难色。

“周伍啊，我实在是没办法，你们是不是跟常玥有什么过节？这角色她偏要演……”

“不是吧，哥，她说要演就给她呀？”周伍比令嘉还急，“我们家孩子都练了那么多天打戏了。”

他把令嘉的胳膊拉过来，将袖口往上撸：“您瞧瞧，遍体都是伤，现在跟我说要把角色给常玥？我们合同不是都签了吗，这点儿契约精神还是要有的吧？”

“这不是还没敲印嘛。”男人小声嘀咕，“主要是常玥她自愿零片酬出演，还带资进组。你也知道，比起令嘉这样的新人，常玥还有观众基础，她都做到这份儿上了……这样，妹妹要是愿意零片酬，我就是豁出去和导演吵一架，也要把这合同定了。”

这当然是不可能的事，令嘉拍电影原本就是为了还债。

周伍肺都要气炸了，正要再和人理论，被令嘉拉住袖子，她摇头平静地道：“算了吧，伍哥。”

一而再，再而三的坏事发生，令嘉已经有点儿麻木了。

比起昨晚的电话，能不能演这个角色，能不能拿到两百六十万片酬，对她而言都已经是小事。

回家路上，周伍喋喋不休地把《公路俱乐部》的剧组从上到下骂了一遍，最后才道：“还是妹妹你有先见之明，我们还就偏不演他这破女二，陆导的电影多好，说不定还能拿个奖的，回去我就跟制片人联系试镜，《公路俱乐部》的女二让那毒娘们儿抢了也好，那就没档期跟咱们抢女主了。”

令嘉轻轻“嗯”了一声。

周伍心中到底还是觉得有亏欠，安慰道：“妹妹啊，你也别觉得受打击，这圈子就这样，到嘴边的鸭子没吃到肚子里都不能算数，这回算是伍哥我对不起你，以后我尽心再帮你找更好的角色。”

连妙也附和，轻声细语地安慰她：“令嘉，你一开始不就想拍《水塔天鹅》吗？没准儿祸兮福所倚，票房就爆了呢。”

失去这个角色，周伍和连妙倒是像比她更不能接受。

令嘉再三解释说自己没事，会好好准备《水塔天鹅》的试镜，这才将两人送到公寓门口。

门一关，她的笑容渐渐淡了。

距离给巨鲸答复的时间只剩三十个小时。

令嘉仿佛被抽走了全身的力气，瘫坐在沙发上，仰头看天花板，眼神空洞，只剩下呼吸起伏。

她可以不在乎自己的电影上映发生波折，但待在剧组几个月，所有人的努力不能因为她化为泡影。

而且一旦不能再靠拍电影还债，令嘉不确定自己这辈子还能不能把那些钱还清。

冥冥之中，似乎所有的挫折困难，都在将她推向那一个结局——向傅承致低头。

这对令嘉来说太难了，她这辈子都没有做过违背心意与道德底线的选择。

城市另一端，刚刚结束工作的傅承致朝办公椅背上一靠，问霍普要回了自己的手机。

他的指尖在通讯录上缓缓滑动着，显得有些百无聊赖。

霍普问道：“您是在等令嘉小姐的电话吗？”

“没必要。”傅承致无所谓地耸肩，“她不给我打，我可以打过去。”

“那您确定她会答应您的提议吗？”

“令嘉并没有其他选择。”

傅承致最擅长蛰伏等待，一击即中的战役。

他上一次漫长的蛰伏，战果是最终将享誉华尔街的金融怪杰斩落马下，赢得数十亿美元入账，年轻的掌舵者一战成名。

在更久远之前的养精蓄锐，他以十四门全A的好成绩在白人统治的伊顿公学赢得一席之地。

这世界只有强者配得到尊重，而强者的目标永远明确，他会得到自己想要的一切，包括令嘉，无论使用哪一种方式。

至于忏悔……不存在的。

令嘉在煎熬焦虑中度过了一整夜。

她躺在衣帽间里翻来覆去反复思索，天马行空地想了无数或许可行的办法，最后又都被自己一一否决，只迷迷糊糊地闭了一会儿眼，再睁开来天已经亮了。

令嘉是被雨声吵醒的，窗外楼下的大树叶子飘零一地。

她起床裹着毯子洗漱完，还是觉得有些冷。

S市的夏天就要过去，开始降温了。

令嘉换上卫衣长裤，又加了件风衣外套，戴上帽子出发去疗养院，关门前，给伍哥和连妙留了消息。

因为《公路俱乐部》片方毁约，她今天没有其他日程安排，可以休息。她特意多坐一个多小时车，去城东买了令父从前爱吃的葡萄鱼和八宝鸭，放在保温箱里带到疗养院时还冒着热气。

值班的小护士见到她就笑起来：“妹妹又来了呀？”

疗养院的人都挺喜欢令嘉的，毕竟谁不喜欢看大美女呢。

尤其是令嘉每次来还都会顺手给大家带些小礼物，不仅记得她们每个人的名字，教养也很好。她这回给护士站送的是刚上市的水果果篮，里头还放了张精致的祝福小卡片。

小护士欢欢喜喜地道了谢，站起来帮她拿东西，一边给她引路一边给她介绍令父的情况：“昨晚睡得早，今天很早就醒啦，因为理疗师调班下午才来，所以吃了早饭就先给他看会儿电视，瞧得还挺入神的。”

果然，令父专注地盯着电视看，连女儿进门都没察觉。

他看的还是令嘉小时候最喜欢的家庭喜剧片。

令嘉这次没再跟爸爸倾吐她的生活琐事，只是安静地陪他看了两集连续剧。

因为又开始下雨，吃完午饭，令嘉也没能推他到楼下花园里逛一逛，只能将新买的秋衣放进柜子里，最后又只身折返。

她才出疗养院，雨越下越大。

令嘉匆匆躲到路边一家二十四小时便利店屋檐下避雨，余光瞥见便利店陈列商品的冷柜，令嘉犹豫了两秒，推门进去，用身上仅存的现金买了几罐酒。

这个地方人流量小，街道也极冷清，几分钟都不一定能见一辆车经过。

离给巨鲸资本答复的时间只剩下十五个小时。

令嘉打开易拉罐，仰头喝了一大口，等到腹腔火辣辣烧起来，才拿出柜员找给她的一块钱硬币。

就这样决定好了，正面就打电话给傅承致，反面就做个什么也不管不顾的坏人，带爸爸回英国躲债。反正她已经尽力了，那么庞大的债务原本就不是一个刚满二十岁的年轻人能承受的。

银光闪烁的硬币抛向空中，划过一道圆弧，正面朝上。

令嘉定睛一看，愣了两秒，弯腰重新捡起硬币，选择再扔一次。

可惜清脆的响声过后，这一回还是正面朝上。

令嘉有些崩溃，她固执地把硬币捡回来，这次抛得更高了一些——依然是正面朝上。

一阵带雨的冷风吹过，吹得令嘉手脚发冷，她不信邪，再扔、再扔、再扔。

硬币一次次落下，不知道是不是老天爷刻意要跟她过不去，令嘉只觉得这一瞬间，绝望无助、急躁焦虑连着火气从胃里烧到胸口，涌动着流向四肢百骸，彻底在体内喷发。

“想要做个坏人怎么就这么难！”

令嘉压抑地骂完才发现自己哭了，她怒气冲冲又气急败坏地擦掉眼泪，死死地盯着最后一次滚到自己脚边的硬币。

硬币在原地飞速旋转了许多圈后停下来，这次朝上的终于是菊花——反面。

如她所愿扔到了自己想要的结果，可令嘉弯腰捡起硬币的手反而更沉重了。她忽然明白，就像她当初选择回国一样，这一次，她仍然没有办法丢掉责任，做出让自己无法安眠的决定。

傅承致也许正是吃定了这一点吧？

手机忽然响起来，是连妙打来的电话。

令嘉攥紧硬币揣进口袋，擦干净眼泪，右手滑动接通。

“令嘉，你还在疗养院吗？”

"嗯。"

"完了，刚才傅先生的助理给我打电话问你在哪儿，他问得太理所当然了，我下意识就说了，挂了电话才觉得不对，他干吗不直接问你，要来问我。令嘉，你要是不想见他们，就赶紧——"

连妙话音没落，令嘉抬头，视线锁定目标，轻声开口："不用，他已经来了。"

街角那儿不知道什么时候停了辆黑色迈巴赫。

霍普撑伞将后车门打开，隔着蒙蒙雨雾，干净光洁的男士皮鞋落地，踩进柏油路边的水洼。

她视线上移，是傅承致精致俊朗的脸，颀长的身形穿过马路朝她走来。

便利店外的餐桌有些老旧，还有伞外飞溅进来的雨水，直到霍普用携带的手帕先擦干净凳子，他才纡尊降贵地在令嘉对面落座。

"令嘉。"他目光挑剔地扫过桌面，不紧不慢地开口，"你能为自己想出的办法就是借酒消愁？"

令嘉挂了电话，把喝空的易拉罐隔空扔进垃圾桶，没说话。

易拉罐落进桶底发出重重一声闷响，昭示着小女孩心有不甘的怒火与愤懑。

傅承致没有介意，从她身边拿了一罐酒打开，尝了尝，口感和劣质香槟接近，酒精含量还挺高，烧得舌尖微麻。

"你不打算听完我的条件吗？"

令嘉没有回答，傅承致放下易拉罐，接着开口："我替你解决宝恒的危机，以及你父亲欠下的一切债务，买你两年时间。我给你两年时间重新认识我，倘若两年结束，你仍然对我毫无感情，可以自行离开。"

令嘉转头看向他，有些难以置信："你疯了吗，否则怎么会有这么疯狂的想法？我怎么会爱上你？我是你弟弟的女朋友！"

"他已经死了。"傅承致语气冰冷地提醒，"当然，就算他还活着，这也不是什么违背天伦的事情，你们没有结婚，没有必要为他守贞。"

似是看到令嘉嘴角发颤，无可辩驳却又愤怒无助的样子实在委屈，傅承致放轻声音，循循善诱："令嘉，等你再大一些就会明白，这世界比你想象中险恶千倍、万倍，相比之下，我对你已经足够仁慈。"

"浑蛋。"令嘉骂出两个字，用尽了全部力气。

她浑身紧绷，极力忍住眼泪，从头到脚都写满抗拒和厌恶却没有办法把酒泼到他脸上，再转身离开，因为说“不”的代价，她承担不起。

她还是个孩子啊，连脏话都只会这一句。

她并不知道自己那漆黑倔强的大眼睛里，摇摇欲坠的泪珠多么惹人怜爱。

傅承致压下心中感慨，心头微软，施恩般开口：“当然，只要你听话，在你不同意的前提下，我不会碰你。”

“真的吗？你确定？”

令嘉觉得自己就像掉进蛛网的蚊虫，挣扎着却被越缚越紧，都已经完全绝望了，没想到还能听到他说出这么一句话。

不管是假话也好，希望也罢，她像是抓住了最后一根救命稻草，抬头直视他的眼睛，最后确认：“我凭什么相信你？”

傅承致抬手打了一个响指，霍普从随身携带的公文包中拿出文件夹。

文件夹打开只有薄薄一页纸，没有附件，清楚地罗列着两年内令嘉除工作时间外应履行的职责。

其中第一条就是搬入他的居所。

令嘉当即如临大敌，再往下看，逐字仔细地看完合同上每一个字，却发现除了陪吃陪喝陪玩，傅承致并没有提出其他更过分的要求。

“你可以把刚刚约定的事情补充上去。”

傅承致一开口，霍普便将笔递到她手中。

令嘉迟疑着接过笔，凝视傅承致的眼睛，试图从其中找出玩笑、戏谑或是其他情绪，但都失败了。他看起来很认真。

白纸黑字，甲方那一栏傅承致已经签了名，盖上了他的私人印鉴。

令嘉虽不是法学院出身，但基本的合同她还能看明白，这张纸上没有任何模糊不清的表述和多义的词，简单精准到几乎不可能存在陷阱。

她僵硬的手动了动，在补充条款部分补上刚刚傅承致随口说出的那一句承诺，写下逗号又暂停，问他：“如果你违反了承诺该怎么办？”

“那就提前结束两年合约期。”傅承致靠在椅背上，姿态显得十分轻松。

令嘉思忖两秒，觉得这项违约条件可以接受，再次动笔，一字不差地将他的话原封不动补充到条款里，画上句号。

笔尖移到签字那一栏，她的手悬在半空良久，再三犹豫，终于潦草落笔。

合同即日生效。

签完字的一瞬间，她怕自己后悔一般，飞快地将笔扔回桌面。

难以想象，她就这么把自己卖了。

但至少是个好价钱，不是吗？既然傅承致承诺了不碰她，就当找了个危险的浑蛋当室友同居两年。

何况她可以接很多戏，用大量的时间在外拍戏把两年填满，他这么忙，也不是每时每刻都有空盯着自己。

令嘉隐约明白自己是在危险的边缘游走，是和恶龙在做交易，她不知道这份合同会将她的未来变成什么模样，但有一点很清楚，如果她没签字，日子连今天也过不去。

“霍普。”傅承致开口唤人。

助理应声收起笔，将签好的文件递给令嘉一份留存，另一份放回公文包。

“时间差不多了。”傅承致起身，像个骄傲的胜利者巡视自己的领地，“地址你知道在哪儿，需要我派人帮你搬家吗？”

“不需要，我自己可以。”

“好吧，我给你一下午的时间收拾心情，晚上见。”傅承致微笑起来，风度翩翩地递过手，“合作愉快，令嘉。”

令嘉盯着那修长白皙的指节，没有立刻把手递上去。

时间停滞了两秒，她猝不及防地抬手，给了他一个耳光。

这一巴掌打得清脆而响亮。

一旁的霍普和司机吓呆了，怔了好几秒钟也没能反应过来。

连傅承致自己都没料到，他被打侧过去的脸迟迟没有偏转回来，眼睛里有不可思议、难以置信，唯独没有震怒。他抬手轻轻触了一下自己的脸颊，平静地开口：“令嘉，这是我有生以来，第一次有人打我耳光。第一次，我可以原谅你。”

04

经纪人和助理接到令嘉要搬家的通知时，直接被这神转折吓傻了。

什么情况？前两天还骂他是彻头彻尾的大浑蛋，这就同居了？

周伍最慌，在令嘉打包行李时，快要一米九的大汉跟进跟出，苦口婆心地劝她："妹妹啊，哥掏心窝子跟你说，女孩子千万不能恋爱脑，艺人事业上升期怎么能谈恋爱呢？虽然现在还没人拍你，但等电影一上映，你才二十岁……"

令嘉解释："傅承致是绘真大股东，他不会让自己被曝光的。"

上次和绘真签约时，她就已经注意到，在国内搜索傅承致相关的内容，除了跟维基相近的百科词条，就再没有其他链接、报道。很显然，这是因为做门户网站出身的绘真，在国内互联网行业拥有绝对话语权，能轻而易举地封锁、保护他们不愿曝光的股东信息。

周伍被对方的财力震慑了三秒钟，但很快又反应过来。

"但妹妹，即便如此，你年纪还小，不知道有钱的男人多会骗人，万一你以后受伤后悔都来不及了……"

连妙忽然想到什么，说："你俩前两天不是还吵架，不欢而散来着？令嘉，是不是他威胁你了？"

连妙的猜测丝毫无误，但令嘉不能讲实话。

她一直仰头整理衣帽间顶层的箱子，等两人说够才回头，从踩着的凳子上下来，真诚地开口道："伍哥，妙姐，谢谢你们为我着想，但这是我经过深思熟虑以后做出的决定，不是一时冲动。"

她假装若无其事，笑了一下："放心吧，我知道怎么保护自己，他不会把我怎么样的。"

两年会很快结束，这件事说出去没有好处，令嘉也不喜欢麻烦别人替自己委屈伤心。

箱子运到车上，楼下只剩连妙，周伍开口道："总觉得这事儿不对劲。"

虽然只相处了几个月，但任何人都看得出来，令嘉和她青梅竹马的男朋友感情很深。

以她的为人，别说同居，就是突然恋爱都足够令人意外。

连妙也有同感，但她接触过傅承致，比周伍要想得通。

"往另外的方面考虑，他俩年龄差距又不大，学校一个牛津一个剑桥，长相也般配。人家都说走出一段感情最好的方式，就是开始下一段感情，如果没有其他原因，我倒觉得挺好的。"

"连妙！"周伍瞪眼，"你是艺人的朋友还是助理，怎么还支持上了？！"

"合同上也没说不准艺人谈恋爱，公司可无权剥夺艺人的婚恋自由的权利。”

“那男人年纪比她大这么多，万一被欺骗，她后悔都来不及。”

“人家和你同龄。”

……

令嘉并不清楚两人为自己吵了一架。

磨磨蹭蹭到了晚上，她没把东西都收拾完，留了一半在公寓。说不定哪天傅承致觉得腻味了，她就又可以搬回来了。

她猜测自己的作用，和他宅子里那些珍贵的名画摆件没有区别，在他眼中，自己可能就是一件心血来潮时会用些心思逗弄的宠物、花点儿时间赏玩的花瓶。

周伍几次送令嘉到傅承致家门口，托她的福，倒是第一回开车进入这座豪宅内部。

虽然他听连妙说过，但也不如亲眼看见来得震撼。

他出了地下车库才发现，在S市这寸土寸金的地界，院子里不只有网球场，竟然还有近千平方米的私家花园，一进楼门，就是挑高八米以上的大客厅，管家已经早早地在门口等待。

虽说周伍也是个吃穿不愁的煤二代，但和这宅子的主人相比，他显然只能算个刚脱贫的小兄弟。

令嘉被用人引上楼后，周伍端坐在沙发上享用了一会儿茶水和点心，附耳和连妙小声嘀咕：“以后咱们每天早上就都来这儿接她吗？”

“不然呢？”

周伍瞥了眼一旁的管家，继续压低声音说道：“不是，我就是一想到每天要出入这种森冷的地方，就浑身不自在。”

连妙也压低声音道：“放心吧，令嘉说傅先生的产业在海外，不会经常有空待在国内，今天也要很晚才回来。”

“傅先生不在啊，哈哈哈。”

山中无老虎，那周伍就放心多了。他起身背着手在客厅里溜达两圈，用他蹩脚的英语和管家交流了几句，然后胳膊就熟练地搭上了对方肩膀，套起近乎。

白人管家膀子僵了一下，但还是微笑着礼貌地和周伍聊天，对方毕竟是令嘉小姐的随行人员。

令嘉是他在傅家十几年来，除傅承致的母亲，服务的第一位女主人。

楼上的令嘉此刻被带到了卧室。

房间是她肯辛顿卧室的两倍大，衣帽间也很宽，完全够把她的衣服一一挂起来。

令嘉还没开口，用人们已经自觉地替她收拾起行李，将里面的东西归位。

这种衣来伸手、饭来张口的日子正是令嘉前二十年的生活日常，但是在康纳分的那间狭窄的艺人公寓里住了几个月后，习惯了万事自己动手，这种事无巨细的服务反而让令嘉稍微感到不适应了。

从卧室的落地窗外就能看见别墅中心区的大花园，令嘉感受了一下方位，心里咯噔一下，小跑到走廊上，惊愕地指着隔壁开口问："那是傅承致的卧室？我住在他隔壁？"

"这是傅先生吩咐的。"

"我就不能换个远些的房间吗？"

"其他房间无论是面积、采光，还是布置，都不能和这个房间相提并论。"

"我不在乎，我之前的卧室还不到四十平方米也能住！"

用人微笑着，不再开口。

那意思似乎是不能。

令嘉慌了，一想到几个小时内傅承致就会回来，还要和她在只有一墙之隔的一个屋檐下睡觉，她就手足无措。

只有把装着合同的文件袋时刻攥在手中，她才稍微有了点儿安全感。楼上都整理好了，她又拖着楼下的周伍和连妙聊天，迟迟不肯让人走。

"令嘉小姐，需要收拾客卧吗？"管家问道。

"对呀！"令嘉被如此提醒，拉着连妙道，"这么晚了，明天还要一起去试镜，妙姐你们今晚就在这儿住吧！"

"可是从这儿回家又不远……"周伍在令嘉期待的注视中弱下声，刚要改口，院子里传来停车声。

傅承致提前回来了。

百闻不如一见，周伍猜到傅承致年轻有钱，没猜到人家长得还俊，衬衫和格纹羊毛背心，休闲裤，衬得他身形高大，眉眼英俊，还有英伦绅士的翩翩风度，显得他这个反对令嘉谈恋爱的人像妖怪。

傅承致异常友好地和周伍、连妙打了招呼，甚至脚步停了十几分钟，与他们闲聊两句，说起令嘉拍戏的日常。

令嘉在一旁抠着指甲腹诽，他又开始装好人了。

伍哥识人无数，是不会像她一样轻易被骗的。

不料三五句过后，周伍抓着傅承致的手衷心感谢："傅先生，之前没见过面，错怪你了，没想到你人这么好，对我妹妹也这么认真，那我就放心了。这样，我们今晚就先走了，明天早晨再来接她去试镜。"

令嘉站起身欲言又止，就这么眼睁睁地看着两人被送到门口，又被管家送了出去。

傅承致回身，接过用人递过来的帕子。他慢条斯理地擦过手指间每一个缝隙，然后重新在沙发上落座，开口唤令嘉："过来。"

令嘉白天才甩过他一个巴掌，现在有些惧怕，心跳得很快，但还得装作无所畏惧的样子，在沙发另一端落座。

他的眉头微挑，换了中文。

"你是想让所有人都瞧见你的不情愿？我再说一遍，坐到我身边来，令嘉。"

这句话只有他们彼此能听懂。

"坐就坐，我会怕你吗！"这话比令嘉平日说话的音量稍微大些，她显然是在给自己壮胆。

傅承致一眼就能瞧出女孩可爱的虚张声势、外强中干。

她像被赶上架的鸭子，气哼哼地在他身边坐下来，孩子气地将头扭向另一边，固执地不肯看他。

咫尺的距离，可以看到她雪白的腮帮子气得发红。

傅承致笑起来："我们签了合同的，你这样可就是在耍赖了，花了钱，我反而连你的正脸都没资格看了吗？"

他抬手唤来助理。

德籍女助理将文件在桌上展开。

一下午的时间，傅承致就处理完了从宝恒内部职工工资到几大银行的联合索赔，包括巨鲸资本的九千万。

至此，令父个人名下剩余近一亿九千万的债务已经全部偿清。

"你父亲的债务小组已经在几个小时前解散了，令嘉，从现在开始，我是你唯一的债权人了。"

令嘉唇齿微张，深感不可思议地翻动着合同，抬头看傅承致一眼，又低头翻文件、抬头看他。

她从未想过，困扰了她百来个日夜、压垮了她父亲，又像一座山一样压在她背上的债务，竟然可以如此轻易地了结了。

看了良久，翻到最后一页，女孩才嘴角微动："你今天下午就是去做这些了吗？"

"不全是。"傅承致摊开腿往沙发上靠。

他递了个眼神，女助理便将最后一份文件推到令嘉面前。

是房屋转让合同。

令嘉在辛肯顿卖出的最后一套公寓，傅承致又将它从那对硅谷夫妇的手中买了回来，只是多花了一百万英镑。

这一瞬间，令嘉甚至觉得自己有点儿像在做梦，连呼吸都充满了不真实感。

令嘉过了很久才轻声开口："谢谢，我会把这些钱还给你的。"像是强调一样，她再次补充，"不管多久。"

傅承致兴致索然，好在令嘉不再提这事，转而求证："两天前，告诉巨鲸要求我还债的人，是你吗？"

男人微微诧异，反应了两秒，便明白了个中曲折，摊手道："虽然这种事可以预料，但我不至于对你使用如此卑劣的手段。"

"不是你，那会是谁干的？"

傅承致讨厌被人质疑，他眉头微皱，坐直的身形微微俯下来，面孔与蹲在桌前的令嘉之间的距离便只剩不到十厘米。

男人此刻有了种不容辩驳的气势，令嘉一回头，急着往后退，一屁股坐在地毯上。

他探手过来，轻轻地替她整理了一下慌张中落下的鬓发，轻柔的指腹摩擦过她的脸颊，最后扳起她的下巴轻声叮嘱："下次不准这么和我说话，令嘉。"

他面容平静，璀璨的眼睛里含着冰碴，语调却极尽温柔，说完问她："我是个商人，不是慈善家，付出是会评估回报率的，记住了吗？"

令嘉怔怔地注视着他的眼睛，后颈的寒毛都竖起来了，她拍掉他的手，下意识地点头。

墙上的挂钟时间刚指向晚上十点半。

扔下一句礼貌性的晚安后，令嘉逃也似的匆匆跑回二楼。

关了门，她还象征性地用小胳膊撞了两下，试试卧室门锁够不够牢固。最后，又检查吊顶台灯插座里有没有偷偷装摄像头。

这是周伍教她的，周伍说她现在虽然还没几个粉丝，但也要防患于未然，通常只要令嘉在外头住，他都会例行检查。

爬上爬下按程序找了一遍，没发现什么奇奇怪怪的东西，令嘉最后才舒了口长气，往床上躺。

余光又瞥到抱上来的那沓散开的文件，她想了想，将厚厚一沓合同都整理好，连同她风衣口袋里偷藏的小水果刀一起放到枕头底下，压着睡觉。

这会儿她才稍微有了点儿安全感。

临睡前，令嘉又掏出手机，回复了几条工作消息，再往下看，瞧见那备注着“承致”的聊天框就气不打一处来。

大小姐当即点开头像，气呼呼地改成了“伏地魔大浑蛋”，终于觉得心中舒畅几分。

毕竟像傅承致这样的狠角色，放到影视剧里也是人人惧怕的大反派，既然如此，她刚刚在楼下慌乱中的屈辱点头也就显得没那么胆小了，令嘉十分具有阿Q精神地进行自我安慰。

昨晚就没睡好，她其实已经一个哈欠接着一个哈欠打，很困，但拉起被子又警惕心作祟睡不着，毕竟是在人家的地盘，她只得凝望着雪白的天花板。

关灯后，那儿就倒映出院子水池在月光下摇曳的粼粼波光，大小姐撑着眼皮天马行空地乱想。

以后傅承致就是她的大债主了，要是她一直红不起来，按照《水塔天鹅》一部一两百万的片酬，她得拍多少部电影才能和他划清界限？水果刀藏在枕头底下会不会不小心划到脸？哎，冰岛雁绒被子真软，好久没睡过这么舒服的床了……

令嘉合上眼睛进入了梦乡，另一边，她的经纪人和助理却还在回家的路上。

连妙很好奇：“周伍，你是真觉得傅先生人好吗？”

“我这么说过？”周伍比她还惊诧，想了两秒，说道，“嗐，那不是场面话嘛。说真的，这哥们儿年纪轻轻气势可真够厉害的，一和他眼睛对上，我就感觉自己跟做了X光的透明人似的，头皮发麻，排异反应比遇着周总还强烈，为了少讲几句，也只能先溜了。”

周总就是康纳的大老板。

“是吧，你也有这种感觉！”连妙终于找到同道中人，但她埋怨道，“连你都怵，怎么还把妹妹一个人留在那儿？我看令嘉也挺怕他的，不然今晚也不会一直拖着我们讲话。”

周伍语塞，半天后才道：“就算怕，人家也是情侣，你留那儿破坏二人世界多没意思，而且妹妹的待遇跟我们又不一样。”

“哪儿不一样？”

周伍一边开着车，一边分析：“你瞧他那么大个宅子一尘不染的，连皮鞋都擦得可以当镜子照，十有八九是个有洁癖的，我一巴掌汗去握他的手，他没甩开，也没给我甩脸子，不是给妹妹面子，人家哪里有必要搁这儿跟我们这些小人物浪费时间虚与委蛇。嘿，我还会用虚与委蛇这个词儿？哈哈哈。”

连妙：“……”

05

为了早早地、悄悄地出门去试镜，令嘉凌晨五点钟就准时睁开了眼睛，匆匆地洗了个澡，换了身偏芭蕾舞裙风格的贴身吊带长裙，外套米白色长风衣，穿了双系带高跟鞋，顺便把衣柜底那条可以组合的半身纱裙和新缝的足尖鞋也装进袋子里。

毕竟面试的角色是芭蕾舞女演员，妆可以到场再化，衣服和鞋子却不一定能找着合适的尺寸。

令嘉开始学芭蕾是六岁时候的事，正儿八经算起来，只学了六七年，陶冶了一下情操，调整了一下形体。

一方面是因为学的东西太多太杂，这门特长可有可无。另一方面，芭蕾舞漂亮是漂亮，但也很苦，不仅开软度拉伸要掉眼泪，脚趾还老瘀血掉指甲盖儿。后来令嘉上了中学，又去了伦敦，把兴趣转移到其他方面后，便没怎么再去上过芭蕾课。

她基础是有一点儿，就是不知道还能捡起来多少，她只能尽力往陆导要求的方向努力。

做完所有的事情才五点半，她拎着袋子蹑手蹑脚打开门，漆黑的走廊瞬间亮灯，她被站在门口的用人吓了一大跳。

“令嘉小姐，您醒了，睡得好吗？先生请您下去用早餐。”

令嘉惊魂未定地道：“你什么时候站在这儿的？”

用人低头看表，回答：“刚等了五分钟。”

“那要是我睡到七八点怎么办，你也要等到七八点吗？”

“不会的，傅先生说你今天一定会早起。”

“伏地……傅先生他平时都起这么早？”

“是的，他通常在凌晨五点起床，吃过早餐运动完再开始工作。”

完了！令嘉对着天花板叹了口气，她以后总不能四点钟起床出门吧？

希望导演们都有点儿眼光，赶紧选中她进组拍戏，她好想回剧组过苦日子。

傅承致果然已经在楼下喝咖啡，吃早餐。

天色还暗着，餐厅的吊灯照亮了每一个角落，他穿着灰毛衣，落地窗倒映的侧影轮廓看起来人模狗样的。

用人很快在主座右边摆上食物和餐具，男人抬起眼皮朝她看过来。令嘉便知道这个眼神是示意自己过去坐了。

但是令嘉经过一晚上的心理暗示，信心和勇气已经重新抬头，重整旗鼓誓要在大反派底线边缘试探。

她清了清嗓子开口道：“我今天还要试镜，不可以吃早餐。”

傅承致停下刀叉说道：“我知道，所以厨房按周伍给的食谱替你做了减脂餐。”

一记直拳被他轻描淡写地化解掉，令嘉瞥了一眼盘子，磨磨蹭蹭地坐到餐桌前，心里叹气，真是到哪里都逃脱不了南瓜、鹰嘴豆和紫甘蓝。

因为芭蕾舞裙太过修身，太显轮廓，她还特意在落座前，把风衣拢上，系紧腰带，像在防狼。

傅承致注意到她的小动作，没生气，漫不经心地移开视线落回餐盘里，问她：“会打桥牌吗？”

令嘉中学时候拿过班里的桥牌冠军，但不知道傅承致是不是又要让她陪玩，于是她很干脆地开口道：“不会。”

“不会那就坐在边上看我玩好了，今晚有个聚会，试镜结束了说一声，我派人去接你。”

为什么不会也得去？

令嘉的神气肉眼可见地垮下来，用叉子戳了一块南瓜两三次以泄愤。

好在周伍和连妙这时来接她出门了，令嘉迫不及待地扔下叉子就想跑，又被傅承致唤住：“令嘉，给你的早餐分量已经够少了，吃完再走。”

简直是阿瓦达索命！

令嘉出门的心似箭，瞪大眼：“我爸爸都没这么管过我吃饭。”

“那你是想有一个新爸爸？”

真是服了。

令嘉不情不愿地坐回餐桌前进食。

吃了两口，她又想起来一件事，问周伍：“伍哥，公司里还有其他人知道我还债的事儿吗？”

“不会啊，你的来历，公司就只有你、我、连妙，还有孔总清楚。”

周伍说完，很快反应过来：“不会出什么事儿了吧？”

“有人联系了我爸爸的债权人，要求他们把我和我爸爸欠债的事在媒体上曝光。”

令嘉想来想去，给巨鲸资本通风报信的人既然不是傅承致，那问题肯定还是出在她签约以后。

令父的债务小组由陈东禾亲自把控，清偿进度、资金来源全程保密。

令嘉出国很早，且不说宝恒这边没几个人认识她，就是认识，也根本没人知道她签约康纳进了娱乐圈，都只以为令嘉签完合同又回了英国，更别提给巨鲸资本提供她的近况和手机号了。

最重要的一点是，对方为巨鲸提供消息的条件很奇怪，像是专门为了给她的前途添堵一样。要不是巨鲸有自己的主意，想跳过排序先拿钱，令嘉这会儿估计已经被《我和她的1935》剧组恨死了。

令嘉简单解释两句，周伍就意识到了问题的重要性。

他绞尽脑汁地想了一遍，脑子里突然闪过当初叫令嘉填的那本个人信息册，他放到了书房里！再联想到常玥那天来过之后凌乱的桌面，脑子一通畅，周伍肠子都悔青了。

哪怕信息册里的内容并没有详细到令嘉偿还债务的事儿，但许多细枝末节足够人顺藤摸瓜地查到想要的信息。

他现在只庆幸令嘉没有其他黑料！

“完了，”周伍头皮都要抓挠破了，懊恼不已，“妹妹，是哥对不起你。我觉得可能是常玥干的，她趁我不在来过我家一趟，还进了我的书房。”

话音落下，饶是连妙这样好脾气的人都火了：“不是吧，周伍，你们还有瓜葛？她都抢令嘉角色了！”

“不是，”周伍忙解释，“她偷偷进去的！”

“那她怎么还有你家钥匙？”

“开门密码我都用了十多年了，一直没改，我就没料到她会做这么没品的事儿。”

“你捅的娄子，那你说现在怎么办？”

……

眼看两人就要当场吵起来，令嘉赶紧开口：“傅先生已经替我把债务还清，这事儿解决了。”

气氛有一秒钟的沉凝。

周伍和连妙对视一眼，好像都隐隐地明白了令嘉为什么突然选择搬到这宅子里。

连妙轻轻地叹气：“如果常玥执意要针对你，就像这次抢角色一样，她位置稳固，又背靠 AM 娱乐，就算防得了一次，也很难防第二次第三次。”

周伍完全被内心的愧疚淹没，说道：“妹妹，哥对不起你，要不是我，你也不会被这个蝎子精盯上。”

一米九的大汉在她跟前垂头丧气。

令嘉只能安慰他：“不要这样想，我既然接拍了《我和她的 1935》，不管有没有你，她都会讨厌我的，大不了以后我们多避避她的锋芒，别正面对上。”

傅承致静静地在一旁听完，吃完早餐，慢条斯理地收起餐巾。

他接过用人递过来的帕子擦着手，听到此处，没忍住发出一声嗤笑。

令嘉蓦地回头。

他干脆一针见血地点评：“你们还真是菜鸟互啄。”

就会说风凉话！令嘉用大眼睛气鼓鼓地瞪他。

傅承致面不改色地继续说道："不是介绍席霖给你了吗？打他的电话，给你的人脉还要我教你怎么用？"

他说完后，令嘉才猛然想起，上次在马场见到的席霖不就是AM少东？

在绝对的权力面前，所有的阴谋阳谋、小动作小把戏都不堪一击。

但问题又来了，打了电话，她岂不是又多欠了傅承致一笔人情债？

第八章

你知道，虽然我已经习惯了谎言，
人人都对我撒谎，但你不可以的，令嘉。

01

《水塔天鹅》剧组演员试镜的地方在一家电影厂招待所。

令嘉到现场时，发现门外等待试镜的大多数是专业舞蹈院校海选出来的年轻芭蕾舞演员，她们在会议室外头的走廊上热身，搁窗边儿一压腿，踮脚起势，范儿就出来了。

这感觉叫人或多或少有点儿发怵，毕竟令嘉的芭蕾是比较业余的水准。

她脱了风衣给连妙抱上，临时抱佛脚也使劲儿压一压。

因是制片人主动联系的，她这次没在外头坐太久，只等了半个多小时，便被人叫进门。

会议室里只坐了三个人，中间的就是陆起导演，三十来岁，剑眉微挑，带着年轻导演特有的朝气与桀骜。

他已经事先看过令嘉的资料，上来就叫她跳一段看看。

令嘉只准备了一段三分钟的《天鹅湖》选段，毕竟太久没跳了，太长了容易露怯。

芭蕾是极其严谨的舞蹈，四肢动作都有严格规定，哪一处错了，感觉便不对了。但谢天谢地，令嘉小时候家里有钱，启蒙老师就是S市著名的芭蕾舞团首席演员，童子功练得不错。

加之她先天条件优越，腿长，或许稍高难度的动作因为太久没练暂时做不了，但肢体与音乐的契合度很好，无论是内在的舒展还是外在的延伸，在镜头里看起来都非常漂亮。

无论是演戏功底，还是上镜条件，她的综合素质都比之前看的演员要稍强些。

可能芭蕾技术上会有短板，但拍电影就是这样，就算他们真的找一位能满足各种技术难度的舞者来，也未必见得能满足陆导的其他要求。

陆起的母亲是专业的芭蕾舞演员，从小在芭蕾舞的熏陶中长大，他的鉴赏能力当然远超常人。制片人偷瞥一眼，见陆起从椅背上直起身，没发话，知道他是满意了。

之前陆起还嚷嚷着不要他瞎推荐，可见人类的本质正如某位“哲学家”所说，真香。

令嘉跳完最后一个动作，轻轻放下胳膊行了个礼，感觉小腿有点儿抽筋。

刚好陆导招手叫她过去，令嘉只能强忍痉挛，面带笑意若无其事地在陆起对面坐下来。

陆起跟她聊："虽然你舞跳得勉强还行，但气质不对，你知道我的女主角是什么人吗？"

令嘉："……"连剧本都没见着，她怎么会知道？

她虚心求教："您请讲。"

陆起端起茶缸，慢条斯理地喝了口水，润润嗓子，这才开始说："余乔她是个小镇青年，来到大城市住十平方米不到的单间，逼仄又脏乱，除了野心一无所有，你太养尊处优了知道吧，想要演好余乔，你得把这层皮脱下来……"

两个小时之后，令嘉终于知道为什么导演开始说话之前要喝那口水。原因无他，陆起太能聊了！

令嘉听到后面记忆跟不上了，还是伍哥从旁边递了个本子过来给她记笔记。

导演对她上道的行为表示非常满意。

而令嘉也隐约明白了，为什么陆起临开机还没把剧本搞完，却依旧笃定自信。《水塔天鹅》剧本中所描绘的小镇到城市，都留存着他母亲那个年代的印记，电影塑造的人物，也或多或少有着他所经历的人生。

甚至整部电影都已经烙印在导演脑子里，所有的戏剧冲突、起承转合、生死相拼，他心中都有了无限延伸的网状脉络。

陆起讲完已经到了吃午饭的时间，他意犹未尽地轻咳两声，又喝了一口水，把令嘉的笔记要过来检查了一遍。

令嘉毕竟是剑桥生，她别的天赋没有，就是很会学习。

高强度、高频率地抓精髓归纳总结写论文，是她念书时候的日常，能让剑桥的老师评一等，自然也能让陆导满意评优。

"领悟能力倒挺好，笔记比你跳舞强得多，先回去等消息吧。"

啊？令嘉差点儿表情管理失败。

她本以为导演能跟自己聊两三个小时，角色怎么说都有点儿眉目了，没料到最终还是听到一句"回去等消息"。

陆起很直接地说道："今天来了那么多人，总得给她们机会试一试，万一有人比你强呢，你回去得再练练，你没受过穷，我担心你演起来火候不够。”

令嘉保持着眩晕状态出了会议室，感受着门外女孩儿投过来的羡慕眼神，心虚地吸了吸鼻子。

她现在负债两亿，按理说挺穷的，虽然心理压力是有，但实际操作层面还没吃过苦，住过最小最逼仄的房子就是康纳分的艺人公寓，现在签了合同跟傅承致住在一个屋檐底下，就更难切身体会了。

吃饭的时候，周伍就给她出主意：“这好办，你跟连妙学，让她多跟你讲讲心得。”

连妙倒也没生气，当真掏心窝子地跟令嘉讲起来。

她上小学的时候因为吃不起饭，每周去学校之前，爷爷就给她一袋红薯干和一小袋米，周日晚上交给食堂。

宿舍是二十几个人一起睡的旧教室改造的大通铺。

……

“其实我也还算幸运，被康纳选中做节目，还认识了你。”

连妙笑起来：“令嘉，你还记得你送我的海马超市兑奖券吗？兑了八百块钱，节目组帮我转学之后，靠这八百块我撑了一个学期。”

令嘉隐隐有些印象。

因为海马是她爸爸朋友的产业，在S市落户开第一家连锁超市时，她周末跟爸爸去剪彩，抽中了一张兑奖券插在书包里，因为没有用处，周一早读翻课本的时候随手硬塞给了连妙。

她吃惊地问道：“节目组不是说会负责你到成年吗？”

“我把那个学期收到的生活费寄回去了，拜托村长给我爷爷立了块好点儿的碑。”

连妙说得很轻松，简简单单地平铺直叙，但令嘉感受到了从未感受过的艰难。

她上四年级的时候，还在为了每天扎哪个蝴蝶结发愁，不知道竟然真的有人仅仅为了活着饱腹就要花掉全部力气。

她也曾在网络报道上读到过别人的苦难，但这是第一次切实通过身边人的视角去重新认识感受这个世界的阴暗面。

就像她陡然颠覆的人生一样，也许人在世间本就是一场修行。

令嘉还依稀记得小时候的连妙很认真、很沉默，刚来班上录节目时，被其他同学排挤，每次站起来回答问题，都因为乡音惹得全班同学哄堂大笑。她那时还太小，隐约觉得这样不对，却不知道要怎样做才能改变她的处境，只能认真地跟连妙做朋友，隔三岔五地往她书包里塞块橡皮、塞块糖，希望她能开心些。

只是无意间种下的种子，未承想在十几年后开出花来。

人在低谷时，有人陪伴和没人陪伴，感觉是完全不一样的。至少对于令嘉而言，从进康纳到现在，连妙轻声细语的安慰陪她度过了大多数坎坷。

午餐刚结束，令嘉从导演“回去等消息”的打击中抬头，又拔腿迈入人生另一项阴影中——该去围观“傅地魔”打桥牌了。

她还没来得及换身衣服，司机就已经赶到了。

令嘉奇怪：“我不是还没给他发消息吗？”

周伍有些心虚：“对不起妹妹。”他把手机往背后藏，“傅先生他问，我又不能撒谎……”

令嘉在周伍和连妙的目送中挪步上车。

关上车门后，令嘉自己动手解下了系在腰上的纱裙，拔光贴在脑袋两侧的白羽毛，将盘成圆髻的头发拆散，问司机：“我们去哪儿？”

“傅先生的朋友家。”

傅承致是个正儿八经的华裔二代，在国内称得上他朋友的人，扳着指头都能数得过来。

这次聚会还是因为新投项目的需要，他提前召来了常驻伦敦的法律顾问乔治，再加几个项目上的合作伙伴，后又添了席霖和一个在伦敦念书时候的朋友凑一块儿，这才成了局。

“承致，你最近怎么跟在国内生根了似的，什么时候回伦敦啊？”

傅承致瞅着牌面，随意扔了一张黑桃五下去，说道：“伦敦生活节奏太紧张，我也需要休养生息的时间。”

“是因为你的小宝贝儿吧。”席霖咬着烟，示意女伴替自己点火，毫不留情地戳穿他，“我跟你们说，承致他有多坏，连哄带骗抢了个小姑娘带在身边，天天温香软玉地伺候着，他哪里舍得回去。”

"打住。"傅承致提醒道，"你情我愿的事儿，怎么能说抢？"

"这话别人说我信，从承致你的嘴巴里讲出来，怎么就一点儿都不真实？"

语落，傅承致下家的那人微笑起来，解了粒衬衫扣子，跟着出牌。

"峤之，你别跟着起哄。"傅承致事先声明，"她小脾气还挺多，等会儿人来了别打趣她。"

这从来只知道赚钱不近女色的资本家突然转变性子，即使听他亲口盖章还有些不真实，在场的人个个都追着席霖打听。

"承致来S市没几天呀，什么时候的事儿？怎么半点儿都没听见消息？"

"还真是抢的啊？"

席霖享受着众星拱月，不紧不慢道："承致非要不承认，那倒也不能说是抢。那就说换呗，他投了一个要破产的企业，把人家小女儿换过来了。"

02

司机上中环开了大约四十分钟，就抵达了目的地，是一处挨着江边的独栋别墅。

令嘉以为自己进门的动作已经悄无声息，没料刚走两步，厅里迎面而来的视线都集中在她身上，她一时停下脚步。

众人很热情地跟她打了招呼。

能叫傅承致出手抢的，果然是个标致极了的孩子。

她该是认真坐在学校课堂上的，进门来气质就与这里的氛围格格不入。

她立在那儿，细弱纤美，像极了一件昂贵而脆弱的瓷器，连瞧过来的眼神都跟名利场中大多数人迥异，明亮安静、懵懂无瑕。

即使她稍加掩饰了，还是能察觉出一点儿不自在、不开心。

真如傅承致所说，她有自己的脾气。

令嘉视线扫了一圈，在场除了"傅地魔"和席霖，另外几个不认识。

有人眼尖地给傅承致旁边添了把椅子，令嘉便这样被半推半带地按着肩膀在他身侧坐下。

这是傅承致的社交场合，不是令嘉的。

所以她多少有点儿消极怠工，旁人和她说什么她都只"嗯""对"，中途还一度悄悄把凳子往外挪了挪，离他远些，远得看不到牌。

看她那眼神似在倾听，实则已经神游天外，这倒也不能完全怪她，聚精会神地听陆导讲了一上午课，她现在就只想让耳朵歇会儿。

歇着歇着，眼皮就有点儿撑不住了，令嘉的脊背悄悄塌下去。

还真是个孩子，说困就困，得心大到什么程度才能在这场合睡着，连傅承致的面子也半点儿不给。

男人余光瞥见，笑容便微微沉下来了。

在发牌的时间，傅承致往后一靠，将胳膊搭在她的椅背上，漫不经心地开口道：“令嘉，太远了，坐过来。”

这声音听起来轻描淡写，但自从那晚威胁过后，令嘉心里已经有了阴影，才闻声鸡皮疙瘩便竖起来了，瞬间清醒，睡意全无。

怕傅承致回去发作，她低着头象征性地往右边靠了靠。

大约是觉得令嘉动作太慢太敷衍，傅承致搭在椅背上的手直接拉动椅背，将她连人带椅子挪到跟前。

椅子在地毯上划出深深的印痕，令嘉还没来得及反应，随着惯性整个撞在男人肩膀上。

她像触电一样弹了一下，当即便要起身逃离这种触碰，下一秒，傅承致的胳膊压了下来。他揽着她，轻轻拍了拍。

随后，像是抱怨又像教训，他不咸不淡地开口道：“你瞧，明明可以很容易做好，却总要让我教你怎么听话。”

他们之间的距离很近，近得她后颈能感受到他皮肤的纹理，以及他不动声色的威胁。

令嘉全身的皮肤完全绷紧了，这样亲密无间的姿势让她感觉既屈辱又害怕，大脑明明指挥她挣扎着起身，身体却下意识被恐惧支配，不敢动弹。

发牌结束，对局重新开始，在众人的打趣声中，傅承致笑起来叫牌。

男人的声音近在她耳侧。

在傅承致怀中，没有多少人能瞧清她的脸色，但令嘉仍觉得此刻的自己狼狈不堪。

傅承致将牌面摊开，放在她眼前问：“出哪张？”

令嘉张口就要答“我不会”，不料他像是料到她要说什么，不紧不慢地理着牌，继续开口：“好好选，令嘉。这局要是输了，我晚上是要罚你的。”

身边的人笑了，令嘉却没有天真到认为傅承致是在开玩笑。

尽管不知道那未知的惩罚是什么，但仅仅是刚才的“教导”，已经让她变成惊弓之鸟，哪里还敢再试探。

她心中又愤懑又屈辱，却还是只能咬着唇，没有骨气地认真看了一遍牌面。两三秒后，她用指尖点了一下要出的牌。

待轮到傅承致的下家出牌，她才小心翼翼地开口，跟他商量。

“傅先生，我这样靠在你身边看牌，姿势不舒服，腰疼，可以坐直了看吗？”

还算有点儿能屈能伸的小聪明。

傅承致注视她一眼，终于松开手。

令嘉得以脱离他的掌控，规规矩矩坐直身子，却不敢再撒野了。

她老老实实地端坐在傅承致身边，肩并肩替他打赢了一把。席霖不满地开口道：“承致，你这样不公平啊，你俩到底谁打，怎么还找女朋友帮忙？”

傅承致爽快地让出位置，坐在边上说道：“令嘉来吧。”

桥牌的规则性很强，但同时又像麻将需要大量的记忆和计算及逻辑推理，很考验人的思维。

令嘉怕被惩罚，是一定要打赢的，她接过牌便全神贯注地沉浸在计算中，出每张牌都十分慎重。

好在有个技术不错的同伴，令嘉和他搭档配合默契，一连拿下了前两局。

她的实力比想象中强些，这会儿其他人大概开始重视了，下牌速度都放慢了一些。

第三副牌轮到令嘉坐庄。

对家那叫乔治的英国人据说是合宜法律顾问，打牌十分严谨，隔壁席霖也是牛津精英，大家水平都很高，她打得满手心都是汗，出牌也越来越艰难。

几圈下来，令嘉咬着唇瓣，计算量有些跟不上了，只得使劲动脑筋想。

毕竟桥牌容错空间是极小的。

傅承致看她着实想得认真，出声提点了一句。

令嘉正思考着也快想出来了，恼羞成怒，下意识就转头瞪他，气鼓鼓地道：“你真烦，位子都让开了，不是说我打吗？又想让我赢，又来干扰我，我才想好该怎么出，你一说话，这下又全忘了。”

令嘉喊完，气氛忽然凉下来，她才后知后觉地意识到自己在烦的人是谁。

想到刚刚傅承致还威胁她，她手心的汗顿时冒得更快了。

她一时又害怕又心虚，不敢看傅承致，只得把视线落在牌面上。

傅承致自己都很错愕，长这么大，还是第一次有人敢这样当面说他烦。

他看着女孩垂眸的侧脸，发现她的眼睫因害怕而开始颤动。

也没发火，傅承致反倒笑起来，坦然摊手，喝了口边上的咖啡，一边往椅子后靠一边道："好好打，从现在开始我不说话。"

这一笑，在场许多人内心都松了口气。

令嘉胆子怪大的，比他们想象中大得多，连傅承致这种鳄鱼池里爬出来的大鳄鱼都敢当众斥责，可见傅承致平日里对她有多宽容。

也不知道为什么，就是从这一局开始，大家放水似的突然实力大减。

令嘉和队友就这样大杀四方，赢了一下午。

直到厨房开始往室外花园的长桌上陆续上菜，牌局结束，令嘉一赢到底终于把心放回肚子里，悬在头上的达摩克利斯之剑暂时挪走了。

出门吃饭，转换阵地的时间，令嘉和她刚才的队友搭上了话，对他的技术给予了高度赞扬。

这人叫霍峭之，听牌桌上旁人聊天，他似乎是傅承致在伊顿公学的校友，生得极英俊，人也沉着，安静黑沉的眼睛看上去就是个有故事的男人。

霍峭之对令嘉态度还算和善。

面对夸奖，他也没什么情绪起伏，手插在西裤兜里，边走边回道："这不算什么，我太太桥牌打得比我厉害。"

没想到这个人年纪轻轻已经结婚了！

令嘉一向对在自己擅长领域比自己还厉害的女孩子充满钦佩，不由得感慨："你已经够厉害了，她比你还厉害，真希望以后有机会也能和她打牌。"

年轻男人笑了笑，还没开口，远处跟席霖说话的傅承致已经回过头来，唤她："令嘉，你磨磨蹭蹭在做什么？"

女孩鼻子里冒出一声微不可察的哼声，不情不愿地迈开步子跟上。

傅承致跟席霖聊的，正是早上令嘉和周伍讨论的内容。

席霖听明白后，会意点头："小事儿一桩，手底下人没管好，我会解决的，角色还给令嘉，改天让常玥上康纳给妹妹道歉。"

令嘉走近，没料这事儿竟然简单到靠他这么嘴皮子上下一碰就解决了。

傅承致看她一眼，问道："刚刚跟峭之聊什么？"

"烦死了，你怎么连这也要管。"

话惯性带出口，又在他的眼神注视中声音渐弱，令嘉干巴巴地回："他说他太太打牌比他厉害，我说希望以后有机会能跟他太太打牌。"

傅承致看她的眼神稍微有些异样。

"怎么了？"令嘉察觉有些不对劲。

"他太太已经去世了。"

令嘉后知后觉地捂了下嘴："那我说错话了吗？"

"他不会因为这个跟你生气。"傅承致拉开餐椅，示意她落座，"但你以后最好还是离他远些。"

"为什么？"

"没有为什么。"傅承致十分干脆地驳回她的疑问。

令嘉常对弱者同情心泛滥，尤其是这类她能感同身受的事情。

傅承致当初就是抓住这点让她放松戒备，自然不希望令嘉也因为同样的点对别人放下心防。

晚餐大概持续到院子里亮灯。

令嘉又不能吃多少，别人聊工作，她一个人像朵壁花儿一样坐得百无聊赖，直到周伍打来电话终于有借口起身离席。

电话才接通，周伍兴奋的声音就传来："妹妹，告诉你一个好消息！《水塔天鹅》的剧组给我来电话了。"

令嘉心跳加速，问道："他们没找到其他合适的女主角吗？"

"试镜到刚刚才结束，我说什么来着，白花工夫，比你会跳的没你会演，比你会演的没你漂亮。嘿嘿，定了明早到公司签合同，你好好睡一觉，咱明天精精神神地把这事儿敲定了就进组。"

令嘉兴奋得心里要放小礼花。

这下就算傅承致不回伦敦，她也可以离开 S 市进组啦！

回家的路上她差点儿哼起歌儿来，才进门就跟傅承致通报："从明天开始，我就要去拍戏了。"

“拍戏这么让你感到快乐吗？”

傅承致没回头，解开领口的扣子，将外套递给迎上来的用人，用冰帕子擦了擦手。

他晚餐时喝了不少，此刻身上带着微醺的酒气。

“对呀。”

拍戏快乐，赚钱快乐，能和他分开不要住一个屋檐底下更快乐。

“我记得我跟你说过，撒谎可不是好习惯。”

“我才没……”她话回到一半，猛然想起，今早就是在这个位置，她撒谎说自己不会打桥牌来着！

傅承致半垂着眼，仔细地将十指每一个缝隙都擦干净，然后面无表情地将帕子扔还给用人，叫人拿了副牌。

他就在沙发那儿坐下洗牌，然后冲令嘉招手，示意她过来。

客厅的灯光璀璨明亮，却映得他挺拔的鼻梁和眉骨十分冷硬。

不知道为什么，令嘉忽然有些害怕，背着手下意识地退了一步。

“我再说一遍，过来。”

像是四肢都被人穿上了线，令嘉不敢不动，僵硬地驱动身体朝他面前走去，刚才接戏的欣喜已经不翼而飞。

傅承致终于放缓语气，温柔地道：“你知道，虽然我已经习惯了谎言，人人都对我撒谎，但你不可以的，令嘉。”

他越温柔，令嘉越觉得可怕，她背后的手指无措地攥紧风衣系带，强作镇定：“那你要怎么样？”

他抽出筹码，将洗好的牌放在桌面上。

“lndian poker（印第安扑克），给你最后一次机会，你的筹码先用光，就接受我的惩罚。”

令嘉心中一凛，她忽然意识到，隐患从自己早餐开口回答时就埋下了。

傅承致也许早知道她会打桥牌，聚会上无论她输还是赢，结果都是一样的，回家都要接受他的审判。

令嘉的世界从来黑白分明，说一是一，第一次真切地感受到，眼前的男人心机和城府深到她无法想象的地步。

眼前的牌局，所谓给她的机会，无非是想要在绞杀猎物前，欣赏她在懊恼、痛悔中最后的挣扎而已。

“抽牌吧。”傅承致将扑克推到她面前，他发话的样子，像极了恶龙张口露出獠牙。

令嘉咬紧牙关，压下来自心底的恐惧和震颤，反手将扑克推回去：“你先。”

她怕傅承致洗牌做手脚，挣扎的姿态再难看，令嘉也不可能就此放弃坐以待毙。

事实证明，她的猜测没有错。

玩扑克对赌游戏，社科人文专业的令嘉起码差了银行家出身的傅承致一百年道行。

他的工作环境充满了数字报表金融曲线，人生也由无数次大小赌博组成。

令嘉心中的弦越绷越紧，越绷越紧，直到五分钟后，输光手上最后一张筹码，那根弦终于断了。

气氛已经紧张到极致。

她知道自己扔下牌的手在下意识地颤抖，干脆破罐了破摔地站起来，绕到沙发后与他拉开距离，远远对峙。

大不了就豁出去。

“你要给我什么惩罚？”

说这话时，令嘉的指尖甚至已经触到了风衣口袋里的拨号键。

傅承致却仿佛没意识到她的敌意和小动作，姿态从容地起身道：“跟我到书房来。”

还好不是“跟我到卧室来”。

令嘉没有意识到自己悄悄松了一口气，她咽了口唾沫，在背后的风衣上擦掉掌心的冷汗，将手机握得更紧一些，远远地跟着他上楼。

傅承致将一本书扔到她跟前的桌子上，说道：“抄吧，笔给你，抄完再去睡觉。”

令嘉完全愣住了，她想过一百种傅承致的惩罚内容，唯独没想到会是这个，她在学校的时候都没被罚抄过。

她错愕地伸出手，将书翻到正面封皮，才发现这是一本伊顿的校规。

“我为什么要抄你当年的校规？”

“总得给你些教训，让你记住对我撒谎要吃苦头，或者你想抄其他的？”

傅承致的视线落在书柜上，似乎真的开始考虑她的提议，那里任何一本书都比这校规厚实。

令嘉连忙抢过笔，冲他摆摆手：“我抄。”

她拿着纸笔在傅承致办公桌不远处的会客桌旁坐下来，这桌子很矮，只能扔个垫子坐在地毯上。

傅承致已经打开电脑，开始处理一天累积的公事。

她翻开书第一页，这校规看上去已经有些年头了，像是被翻过很多次，陈旧，书皮也开始发卷。

令嘉忍不住开口问道：“你为什么会把中学校规随身带着直到现在？”

傅承致翻开文件，没有抬头，回答道：“这本校规第一次教会我，不想遵守规则最好的办法不是抱怨，也不是螳臂当车地反抗。”

“那是什么？”

“找到这社会运转法则的人，才有资格制定利己的规则。”

03

傅承致的书房很大，非常空旷。

整整两个小时，令嘉埋头只能听见自己一个人唰唰抄写的声音，在这个键盘几乎代替手写的年代，她已经好久没有这么高强度地动笔了，抄了二十来页，中指和虎口已经因为握笔被磨得隐隐作痛。

太长了，这样下去要到什么时候才能写完。

令嘉想哭，但又不敢讨价还价，只能撑着眼皮喝了口咖啡，停一两秒歇歇手。

挂钟的分针又转了半圈，书桌前的傅承致还在伏案工作。

都是凌晨五点起的床，人家一整天下来还精力充沛，她却又困又累，越写越慢，为避免自己睡着，她小声抱怨：“傅先生，你们学校破规矩可真多。”

傅承致正在思考，闻言抬头，远远地看过来。

她看不清他的神情，台灯的光晕勾勒出他的轮廓和侧脸，男人独自坐在宽大的书橱前，有种孤寂的感觉。

令嘉有点儿后悔自己的没话找话了，低头继续写，不料傅承致停了两秒开口回答：“规则只是为了效率服务，伊顿森严的规则和等级秩序可以刺激竞争，培养更多的精英。”

中学时代的傅承致每天从一睁开眼睛就开始了竞争。

学科成绩决定了学校给每个人安排怎样的教学等级，不想跟低年级的笨蛋待在一间教室里，他就只得用最快的速度冲到前列去，跟更厉害的人比拼。这所学校教会他怎样成为一位表面绅士，却在身体里流淌渴望厮杀的血液的人。

令嘉得到答案，安静了片刻又忍不住道：“你会不会觉得这样的规则严苛到不近人情？”

英国贵族对仪表和繁文缛节的在意，有时真的苛刻到令人发指，她上的圣保罗女校只是走读都已经够烦人的，伊顿全封闭寄宿更可怕，她随便数数都能找出一堆奇奇怪怪的规定。

“当然。”傅承致点头坦然承认，“毕竟这本又臭又长的校规传到今天已经编了六百年。”

打开了话匣子，令嘉稍微提起点儿精神，边抄边问：“你们校园里为什么不可以背书包，这什么破毛病也值得写进校规里，书和课本随时抱在手上不重吗？”

“因为校服是燕尾服，跟书包风格不搭。”

“可没有书包，那么多作业和课本不会丢吗？”

“会丢。教堂和食堂不让带书入内，所有人都胡乱扔在外头的柜子或地上，所以我中学第一年习惯写两份作业防止这种意外发生。”

初入伊顿时，作为种族歧视链底端、学校几乎看不见的亚裔面孔，傅承致的作业文件夹经常不翼而飞。

显而易见，那些承受不了高强度课程的废物需要为自己的成绩压力找到宣泄口，为避免责罚，他只能做好 A 计划和 B 计划。

“那又是为什么不能穿浅色袜子？”

傅承致抬手扶额，有点儿怀疑刚刚是不是没把令嘉吓够。

她像十万个为什么一样问个不停，这种提问模式，经常只在他对待下属的时候出现。

令嘉半晌没得到回答，顿笔抬头，疑惑地看过去。

傅承致无奈中带着纵容：“跟书包一样的理由，因为校服是条纹西裤。”

“领扣、领带、袖扣……少了一样舍监真的每次都能发现？”

“当然，我十三岁进学校那年，有次凌晨起迟了，只系领带没戴领扣，被勒令折返宿舍佩戴，后来迟到被罚持续三天，每早提前起床半个小时去教务处报到。”

令嘉十分遗憾：“就被罚过这一次啊。”

傅承致诧异地反问：“一次还不够？”

令嘉没答，只是点评：“真的太无趣了，我小学时都不见得能记住每天上学前把红领巾戴上。”

“我不认为无趣。”傅承致反驳，“这条校规的意义在于避免学生冒失轻率，有效改善人惰性中的疏漏、拖延和将就。”

令嘉心想，果然物极必反，难怪他现在几乎不穿正装，不论什么场合都衣着随意。

她又抄完一页，将束手束脚的风衣外套脱掉扔到一边，活动了一下酸疼的手腕，继续埋头写。

只是随着时间推移，那纸上的字迹越来越潦草，书上的单词也仿佛出现重影。

指针过了凌晨两点，令嘉体力条彻底归零，她动了动在地毯上坐麻的脚，突然坐直开口道：“我饿了，想吃面条。”

傅承致被一而再再而三打扰都没有什么特别的情绪，直到听到这句话时，险些要怀疑自己的耳朵出现了幻听。

但房间里并没有其他生物，她显然是在使唤他。

“下午为什么不吃饱？”

“我不知道你会让我抄到这个点儿。”

“用人已经休息了。”

令嘉头昏脑涨昏昏欲睡，俨然已经有点儿神志不清：“所以你连煮个面条都不会吗？”

傅承致感觉那话里羞辱的意味甚浓，沉下声提醒：“令嘉，我的工作还没有结束。”

“那我自己去。”

令嘉说着就爬起来，捞过风衣往外走。

时间一分一秒过去，直到分针又转了大半圈，男人频频抬头看向书房入口，还是不见人影。

煮个面条需要这么久？

一整晚被令嘉打扰得三心二意，傅承致对耳朵边忽然安静下来还有点儿不习惯。他“啪”地合上电脑，打算下楼看看令嘉是不是把厨房烧了。

厨房和餐厅的灯都亮着，灶上却悄无声息，并不见她的身影。

傅承致皱眉走近，转到料理台背后，被脚边黑漆漆一团吓得倒退一步。

他定睛一看，才发现令嘉竟然蹲地上睡着了。

黑色长卷发披散着，风衣下摆落在地上，里侧修身的芭蕾舞裙也滑落到腿根处。

灶上的平底锅里还是一锅冷水，面条摆在一边，压根没放进去。

令嘉抱着凳子，右脸颊搁在凳子上，被压得圆圆鼓鼓的，睡得很香。

傅承致原本皱着眉头下楼，这会儿眉峰舒展开，没忍住笑了起来。

令嘉又想起了被剑桥考试周支配的恐惧。

那种整天待在图书馆借书查文献写论文，凌晨两三点睡下，五点钟又要接着起来赶截止日期的感觉真的恐怖，想到这儿她就一下子睁开了眼睛。

她躺在自己的床上，半敞的窗帘外，天色已经开始泛明。

整个洗漱过程，令嘉都在惶惶地回忆自己昨晚抄到哪儿了，又是怎么回到自己床上的。

校规没抄完，“傅地魔”会不会又想到其他的法子来罚她？

她换好衣服将门一开，用人果然已经在外头等候。

令嘉小心翼翼地扒着门框探出头去，往隔壁看了一眼：“傅先生他也起床了吗？”

“是的，傅先生在半个小时前已经登机返回伦敦了。”

“呼！”

令嘉松了一大口气，觉得脖颈特别疼，转了转脑袋，挺直腰背走出门：“他走前有说什么吗？”

“他让厨房早餐给您煮面条。”用人笑道，“还说让您把剩下的书抄完，他下次回来时会检查。”

啊？令嘉大惊失色。

"他什么时候回来？"

"这就不是我能知道的事情了，您可以在飞机落地后，给傅先生打个电话。"

傻子才给他打电话呢。

令嘉下楼下到一半，到底还是介意，没忍住回头问："您知道吗？我昨晚在厨房睡着了，是怎么回到卧室的？"

用人也是一头雾水，只得又重复一遍："您可以在飞机落地后，给傅先生打个电话。"

令嘉才不打呢！

康纳会议室。

花了一上午时间进行讨论，在和《水塔天鹅》片方签完合同，印章在雪白的纸面落下后，所有人才算真正定下心。

周伍热情得像亲兄弟，勾肩搭背和对方一通寒暄，亲自把人送到停车场。

回来时走到长廊上，隔着透明的会议室玻璃往里望，他忽然瞧见一道熟悉的背影。

常玥！

合同刚签完，这个蝎子精来康纳又要对妹妹做什么？

他如临大敌，三步并作两步拉开会议室门喊道："我告诉你，合同已经签完了，你这个女人休想再搞破坏！"

连妙赶紧回头摆手制止。

"伍哥。"令嘉笑起来叫他，"给你介绍一下，这位就是AM的小席总。"

周伍这才发现室内的气氛和自己想象的有点儿不一样。

常玥尽管在微笑，却也能瞧出面色微青，神情屈辱，显然正处下风。

她身边坐的也不是助理，而是个跷着腿的年轻男人。

哦……周伍恍然大悟，嘴角顿时咧开，倾身递手，态度无比热情："幸会幸会。"

这位就是傅先生口中的席霖，常玥是被弄来道歉了啊。

傅先生办事效率可真够高的。

周伍都没想到自己有生之年，还有能看到常玥这个眼高于顶的狠毒女人在自己面前低头的一天。这可真是沾了妹妹的光。

随着常玥干巴巴地开始开口道歉，周伍看向令嘉的神情也越发慈爱。

虽然常玥还是没有直接承认令嘉的隐私是由自己透露给巨鲸的，但也间接承诺了以后不会再因此事给她添麻烦，同时还会归还她在《公路俱乐部》中抢走的角色。

令嘉听到此处才诚实开口："你的道歉我接受，但不用麻烦了，我已经接了更喜欢的片子，现在没有档期。"

何况这部电影常玥零片酬出演，又带资进组只拿到个女二号，如果不是为了打压她，本来就挺亏的。

席霖笑道："这可不行，我跟承致保证过的。这样吧妹妹，既然这个角色你不要了，以后我再找合适的机会补偿你。"

令嘉还没来得及摇头，席霖已经站起来："就这么说定了。"他拿起挂在椅背上的外套，说道，"圈子就这么大，大家以后见面的机会还多着呢。我今天来这趟就是希望你们能化干戈为玉帛，以后碰见了面上也都过得去。对了，都要走了，大家不握个手吗？"

他这话明显是在提醒常玥。

女人的脚步滞了一瞬，片刻后，她咬着后槽牙转过身，挤出一抹微笑朝令嘉走过来。

令嘉既不想和讨厌的人握手，也不想让席霖和场面太难堪。

权衡之后，她伸出手，矜持地在常玥递过来的指尖上轻轻碰了一下，又飞快收回。

席霖瞧见，脸上笑意更深了。

"那今天这事儿就算解决了，妹妹，等承致问起来，你可得帮我跟他好好说说，也算交差。"

演员这个职业有些特殊，明星们受惯了追捧，架子一个比一个大，都心高气傲得很。

常玥这样的准一线影星向令嘉这种新人低头道歉，绝对算她入行后的奇耻大辱了，尽管先做错的人是她自己。

席霖能这么快把她劝来，令嘉听完便爽快地答应了。

"好吧，等他回来我告诉他。"

04

《水塔天鹅》开机不久，剧组便远赴一座令嘉在地图上都没见过的北方边陲小城。

电影有一半以上的戏份需要在这里拍摄。

从S市的秋天到突然入冬的小城，令嘉每天清早都要经历一遍哆哆嗦嗦脱下大衣，拿开热水袋，撕掉暖宝宝，跳到浑身发热的过程以后才能入镜。

戏中有大量的镜头是令嘉一个人的独角戏。

不论是练功房的独舞，还是每天清晨在镜子前或清醒或癫狂的自我诘问，对她的演技和舞蹈技术都是极大的考验。尽管片方已经找了一位与令嘉身型相仿的专业芭蕾舞演员做舞替，但比起靠改变焦距，剪辑和拼接的成片，令嘉还是更倾向于自己努力，尽量把导演想要的效果呈现出来。

这当然是所有人都乐见的结果，剧组有芭蕾舞老师和动作指导随组，负责舞蹈训练和形体训练。

除去拍戏，令嘉的日常几乎就是练舞、练舞……芭蕾想要提升技术绝对少不了苦练，中间舞鞋磨损太过严重，坏了两双，她只得再托英国的同学买新的寄过来。

好在坏的只是鞋，随着时代发展，市面上各种各样的足尖护具齐全，她没再像小时候一样翻掉指甲盖儿，只是脚趾磨出水疱，水疱挑破之后，第二天接着跳，又渐渐凝成茧。

最开始的两个星期，令嘉每天晚上躺下都只觉得腰酸背痛，睡了一夜浑身像被大卡车碾过似的更疼了，早上连爬起来都困难。

但熬过了这段适应期，习惯训练强度以后，一切就步入正轨了，这时候更大的难题就落在了她的演技上。

对于女主角余乔而言，舞蹈中的她光芒万丈、清雅高洁，走出舞台和练功房，她又变成了诱人深陷的欲望的极端。

而令嘉很难拿捏到合适的心理状态去演绎舞台下的另一面。如果说在《我和她的1935》中，令嘉演绎的仿佛是她自己的人生，那么在《水塔天鹅》里，她的沉浸式共情就不那么行得通了。

幸而陆起是个非常爱聊天的导演，每当他觉得令嘉没演到位，就开始跟她聊，一聊两三个小时，直到令嘉听明白能演出来为止，甚至带她去小城的歌舞厅夜总会，观察真正的底层舞女的状态和细节习惯。

随着令嘉越来越深入角色，拍摄速度也比最开始快了很多。

这时候就能看出演员和导演相互成就的重要性了。

如果当初令嘉接了《公路俱乐部》的女二号，她不确定自己能得到这么大的收获。

《水塔天鹅》是女主电影，所有的戏份都围绕她的世界展开，片场也围着她转。这就代表，当她状态不佳、感情不到位、不能拍到导演满意的时候，整个剧组的工作就停摆了，所有人都只能等待她调整好状态拍完才能下班。

在这样高压的环境下，令嘉的进步和成长几乎是脱胎换骨式的。

待在小城的最后一个星期，在令嘉调整至最佳状态时，导演终于拍板，决定开始拍整部电影最重要的一场戏。

女主角在小城剧院演出《吉赛尔》。

不大的剧院里，台下只有不到三十位观众，余乔完成了她人生中最重要的一场蜕变。

在这一段中，她不仅要挑战高难度的动作，演好吉赛尔的纯洁赤诚、活泼单纯，还要在这基础之上，展露属于余乔自己的野性、疯狂，她不甘于小城的寂寞，在孤独和悲惨中爆发。

这段戏事实上已经排练过不止一次，因为导演想要用远景镜头，一镜到底，这无论是对令嘉还是现场的调度要求都很高，所以一遍遍排到今天。

剧院现场已经热火朝天地开始布置。

令嘉刚化完妆做完造型，脱了羽绒服坐在舞台边缘，准备换鞋。

她头戴花冠，穿着白色婚纱，现场的打光落下来，照亮了她光滑的脊背，场景色彩饱满，光影明灭，很美。

像一幅静止的画，就算是低头穿舞鞋，安详平静中也有种内在的热烈涌动。

摄影师眼尖，赶紧把镜头移过来，打算拍点儿花絮后期做宣传用。

“就要上难度最大的一场戏了，紧张吗？”

“有点儿。不过都排练过那么多次了，希望能让陆导满意，不要浪费胶片吧。”

……

她一边热身，一边回答提问，直到快结束时，忽地听到对方开口问道："出来拍戏以后会想家吗？"

令嘉正把腿搭在台阶上开软度，闻言直起身点头："嗯，挺想我爸爸的。"

"家里人多久给你打一次电话呀？"

上个问题刚刚让令嘉有点儿鼻酸，听见这句她内心的伤感直接消失了。

家里没人给她打电话，倒是傅承致隔三岔五会打来。

而且他并不在乎什么时差之类的东西，只要他结束工作，刚好有空无聊，甭管令嘉在睡梦中还是刚躺下，都得规规矩矩坐起来聆听大佬的教诲。最诡异的一点是，傅承致跟在她身上安了雷达似的，他从没在拍戏中途来过电话打扰她工作，这让令嘉想找理由骂人都没了借口。

就像现在，周伍拿着她的手机从台下冲她一路小跑过来，令嘉心里咯噔一跳，示意摄像师关了镜头，赶紧离开摄像范围，冲经纪人使劲摆手，以口型示意："说——我——在拍戏。"

周伍面露难色，但还是硬着头皮冲话筒那端道："傅先生，令嘉在拍戏。"

"你问她，还记得对我撒谎是什么后果吧。"

傅承致沐浴在伦敦清早的阳光下，坐在阳台上，轻描淡写地说完，翻了一页书。

为什么要让他来做这块夹心小饼干！周伍欲哭无泪，捂紧话筒，用口型小声喊："妹妹，傅先生问你知不知道对他撒谎是什么后果。"

令嘉后颈的皮一下子就收紧了，毕竟一整本校规不是好抄的。她撇了一下嘴角，不情不愿地把电话接过来："什么事啊？我现在忙着呢。"

"我会在下周二回国，你有什么想要的礼物？"

下周二？

那岂不是她前脚刚回 S 市，他后脚就回来了？

令嘉难受得紧，张口拒绝："不用了，我不要礼物。"

"你确定？"

又来了，又是这种威胁式的语气。

令嘉每次听到这种语气就感觉自己变成了被拎着翅膀的小鸡，一言不合就要被抹脖子送上餐桌，只得敷衍道："那随便你。"

一眨眼到了周末，剧组在小城最后的戏份也结束了，周一晚上，全员返回了S市。

接下来的戏份会在老城区的影视基地完成。

就一晚上时间，令嘉原本想回康纳的艺人公寓休息，不料剧组临时有饭局，几个投资商和制片人都会来。

陆起是个新人导演，虽说靠第一部片子拿了不少奖，但到底还不是不愁钱的大导演，遇到这种情况，也只得陪吃陪喝，令嘉这个女主角自然更不能缺席。

这几乎是娱乐圈的每个明星都绕不开的事儿，周伍才听得片方有安排，瞅着情况不对，便详详细细地向令嘉叮嘱了一遍各种要注意的事项。

制片人下午给令嘉打电话时，还让她打扮用心点儿。

本来她平日里出席舞会、酒会，是爱怎么打扮怎么打扮，怎么漂亮怎么来。但听完伍哥讲了一通，为慎重起见，她把裙子塞回去，只换了普普通通的白衬衫和牛仔裤。

不给面子就不给面子吧，总比惹麻烦好。

周伍的担心不是没有道理，令嘉的气质很特别，跟圈子里的大多数人不一样，除了漂亮，她身上兼具纯洁无瑕和温柔脆弱的气质，容易让人产生想要蹂躏的欲望，换句粗俗点儿的话说，就是容易遭坏人惦记。

果然，到了酒店包厢，令嘉才一进去，一群人回头看过来，眼睛都看直了。

“小陆导，你这选角眼光真不是盖的，不用说，光看女主角就知道，又是一部佳作。”

陆起和令嘉一样，对饭局并不感冒，但作为娱乐圈新人，身处旋涡中心，他也只能努力笑着和连剧本都没翻开过的、肥头大耳的投资商交杯换盏、称兄道弟。

相比之下，制片人就对这样的场合游刃有余得多。

令嘉进门时，本想坐在导演陆起身边，可惜位置明显已经安排好了，制片人抬手一招呼，她只得在两位三四十岁的投资商中间坐下来。

令嘉并非不会和人打交道，但在这样的社交场合中，处于食物链末端的女演员，地位显然是非常被动的。

她初初落座时还能保持微笑，但在半个小时内闪开好几次隔壁探过来搂肩的手后，她脸上的笑容便挂不住了。

做了二十年的大小姐，令嘉能接受身份地位上的落差，但她的骄傲和自尊心不允许她被肮脏的潜规则同化。

菜没吃几口，剩下的时间全在喝酒，一群男人喝酒，每一轮敬酒却都要她一个女孩子喝到见底。

就算是红酒，令嘉也快喝吐了。

她从小到大只有自己愿不愿意喝，从来没有被人硬灌的时候，还是看着相比自己被灌得更惨的陆导，才勉强撑下来。

她一遍遍地进行自我安慰——

陆导还喝白的呢。

吃得苦中苦，方为人上人。

说实话，她从小到大没有喝醉过，不知道自己的底线在哪儿，实在不济，出了门周伍会负责把她安全送到家。

只要没被占到便宜，喝点儿酒算什么！

不过就算令嘉已经这么努力地劝服自己，别人却也未必肯配合她自我催眠。

在隔壁中年富商第五次把身体倾过来，躲无可躲时，大小姐干脆直接将椅子向后滑，避开对方探过来的胳膊，噌地起身。

她的动作幅度有点儿大，站起来的瞬间，整个包厢的气氛有一瞬凝固。

“抱歉，我去趟洗手间。”令嘉用最后的涵养微笑着说道，忽略投资商发青的脸，将椅子推回去，出了包厢笑容便淡了。

周伍和连妙正坐在大厅沙发上等她结束。

令嘉从二楼探出头看了一眼，转过身颓丧地靠着护栏。整个饭局她都没吃上两口菜，倒是喝了半瓶红酒，此刻胃里翻涌，一阵一阵犯恶心。

她蹲下身，冰冷的手心贴上滚烫的脸颊，给自己头脑降了降温。

说实话，令嘉一点儿也不想再跨入那道包厢门了，待在里面的每分每秒都让她觉得快要窒息了，她现在就想什么也不管，下楼直接回家，洗澡睡觉。

但如果她真的这样做了，明天圈里就能传遍这个新人没规矩没礼貌。

“唉……”令嘉拨了把头发，叹气。

生活真的好难，一点儿也不简单。

在她前二十年的人生里，身边全是亲切和蔼的好人，而当失去“大小姐”

这个光环后，世界的阴暗面终于对她展开，遇见的人也一个比一个面目可憎。

令嘉很清楚，今天得罪一桌，明天得罪一桌，在圈子里的路就会越走越窄。

她根基未稳，没有实力和底气跟任何人叫板。在娱乐圈没有后台，陪酒陪饭是常态，甭管多大的咖都很难避免，妄想靠她一个人撼动规则，简直是痴人说梦。

说到底，或许她才是想吃这口饭、想赚这笔钱，却又和这圈子格格不入的人。

静默了几分钟，令嘉终于扶着护栏，打起精神，重新起身。

时间接近晚上九点了，进去以后就说因为喝得太多身体不舒服，找准机会拿包走人。排演了各种说辞，她终于硬着头皮重回战场。

包厢里仍然弥散着难闻的烟酒味，酒过三巡，一个个都解开了衣服扣子划拳，醉得东倒西歪，状况比刚来时更混乱。

令嘉鼓起勇气把提前离场的借口说完，顿时有人借着酒劲冲制片人嚷嚷："老魏，你带来的这孩子漂亮是漂亮，就是太不懂事儿了，刚来就走，才喝几杯就不舒服？给不给我面子啊？"

制片人赶紧打圆场："哈哈，孩子还小，慢慢教。"

他一边说话一边给令嘉使眼色，令嘉只能假装没接收到，说道："魏老师，实在对不起，我身体真的不舒服，我有先天性哮喘，不能再喝下去了。"

制片人眼神暗了暗，还没来得及开口训斥，被令嘉隔壁坐着的那个投资商抢了话，他用过来人的语气指点江山："妹妹，你还是太年轻了。知道吧，在这圈儿里想红，是要付出代价的。路走得太顺，运气太好的孩子不懂人情世故，闷头莽撞乱闯，很容易吃大亏，从高处跌下来，会比普通人摔得更惨。"

令嘉心里的愤怒条已经快冲到顶了。

鲜少有人能把她气成这样。

这个人半强迫半威胁的语气比"傅地魔"更让人恶心讨厌一百倍！

在面对傅承致的时候，令嘉至少还确定这个人尽管坏，但他只有找到理由时才会发作，这也是她偶尔还敢大着胆子和他对着干的原因。但眼前的投资商，完全就是烂泥塘，他生怕人听不出自己话里的引申意，脸皮厚到将钱色交易摆在台面上，没有丝毫底线可言。

和他呼吸同一片空气，令嘉都觉得恶心。

在陆起眼里，她站在那儿，走也不是，留也不是，像掉进大染缸里纯洁无瑕的小羔羊，他终于开口说了句话：“这孩子是真的有先天性哮喘，实在不行，我代她喝吧。令嘉，你身体不舒服就早点回去休息，明天还得拍戏，耽搁一天烧十几万经费，状态不行我要骂你的。”

令嘉如蒙大赦，转身就要走，又被唤住了。

一而再再而三被当着众人落面子，中年男人显然已经动怒：“看不出陆导还是条怜香惜玉的真汉子，也行，那我也不做这个坏人为难小女孩了，你把这杯干了，我就放人。”

他将桌上那醒红酒的玻璃器皿里的酒倒光，满满灌了瓶白酒进去。

这么大一瓶喝了说不定得死人，很显然，他就是不乐意放令嘉走。

周边人都开始劝，找回了场子，中年男人这才勉强改变主意，倒了一小杯出来，说道：“那就令嘉来吧，你把这杯喝了，皆大欢喜，今天这事儿也就过去了。”

令嘉没喝过白酒，她喉咙动了动，说：“我不会喝白的。”

大家脸色一滞，没料到令嘉这么不识抬举，刚要再开口，她已经回到桌前，端起那只酒杯，仰头一饮而尽。

她确实不会喝，但她更不会让别人代自己受过。

“但是这杯我喝。谢谢您，陆导。”

她将喝空的杯子举了一下，倒扣在桌子上，示意自己已经喝完。

强压着火气道别，她头也不回地出了包厢。

05

别看令嘉一口干得潇洒，才出门就觉得眼前一阵眩晕。

火辣辣的酒精从她喉头烧到胃里，浑身血液翻涌，连包也拿不稳了，还没等到电梯来，链条就从掌心滑落地面。

她觉得浑身又痒又热，呼吸阻力越来越大，胸膛起伏，喘得很急促。

这似乎和别人醉酒的状态有点区别，令嘉晃了晃脑袋，将衬衫领口扯散一些，指甲划过，锁骨处的皮肤上便浮现一道通红的印子。

电梯迟迟不来，显示楼层的数字在视线里出现重影。

令嘉的脑袋还勉强清醒，知道自己应该快走，否则一会儿包厢里出来人就麻烦了，毕竟这条走廊是去洗手间的必经之路。

连妙和周伍就在大厅，从楼梯下去更快，奈何她心里这么想着，身体却不受控制。

她刚打算弯腰捡起包，便一个重心不稳，前脚绊后脚，狠狠地撞在了楼梯间那个种着万年松的大花盆上。

然后世界便天旋地转——

她看到了酒店走廊的吊顶天花板。

令嘉平衡能力一直很好，有记忆以来，还从未这么笨拙狼狈地摔过跤。撞得腰也疼，脑子也晕，她坐地上半晌没意识到自己在哪里。

她怎么可能会摔跤呢？

更糟糕的是，她能听见身后不远处包厢里的声音骤然变得清晰。

门开着，有人要出来了！

令嘉意识到自己喘气越来越急促，慌忙攥紧包的链条，打算扶着墙起身，心里拼命呼唤伍哥，希望他能赶紧上楼来接她。

她虽然没遇到过，但也知道，喝醉了的女孩子面对心怀鬼胎捡尸的男人毫无抵抗能力。

她急着想离开，但已经来不及了。

"令嘉，你还没下楼啊？"

这声音正是整晚坐在她隔壁的另一位投资商的，虽然行为没有灌酒那位过火，但他也不是什么好东西。

令嘉没理他，执着地继续抓紧墙沿试图站直身体，另一只手伸进包里摸手机。

"唉……老姜也真是的，怎么把孩子灌成这样。啧啧，你瞧，醉得都站不直了。"

背后的声音和脚步越来越近，令嘉大骇，越发着急摸手机，更可怕的是，她的余光已经能瞧见男人的手从背后朝她腰上伸过来。

"叮——"电梯终于到了。

令嘉的眼泪几乎就要欣喜地掉下来，电梯才打开一条缝，也不管重心稳不稳，她便跨步急匆匆地往里迈。

下一秒，她重重地跌入一个冰冷坚硬的胸膛里，被来人强有力的胳膊稳稳接住。

那投资商伸手捞了个空，直到电梯门完全打开，才看清接住令嘉的是位年轻男性。

“谢谢啊，把孩子还给我吧。”

他堵住电梯门，探手过去要人。

傅承致换胳膊，将令嘉抱稳。他漠然瞥了一眼那人递过来的手，像是看见了什么肮脏的东西，移开视线看向一旁带路的周伍。

“这就是你说的应酬？”

傅承致的声音没有丝毫波澜起伏，周伍的汗珠子却直往下滚。

他是个小经纪人，令嘉今天的资源也全靠自己争气，饭桌他不够格上，只能一直在大厅里等，哪里知道楼上的令嘉已经被灌得不省人事。

周伍恼恨不已，早知道这群人这么过火，他无论如何都要守在包厢门口。

投资商见人抱着令嘉不撒手，来气了，他本就喝了酒，判断能力比平日弱，当即上前推搡。

“怎么回事儿啊，叫你把我的人还回来，怎么还抱着不放了……”

他的手没能碰到傅承致。

因为还隔着三四厘米的距离，后排的保镖上前擒住，将他拖出有监控的电梯间，扔在地毯上。

男人来不及骂，立刻又被牛高马大的保镖踩着背脊，干脆利索地按住胳膊往后一扭，只听“咔咔”清脆的几声，他的关节便被卸了。

酒店走廊上回荡着男人刺破天际的哀号，连周伍听了都打冷战。

傅承致却脚步不停，熟视无睹地自男人头上跨过，不以为意地点评：“就这点儿血性，怎么敢在我面前说，你的人。”语落，他扫了一遍楼层牌，又问周伍，“几号房？”

“三……三号。”

傅承致此刻的神情很平静，黑发微垂，散落在眉宇间，他嘴角甚至不屑地轻翘了一下。

周伍却深深地觉得可怕。

令嘉在他手上像是没有丝毫重量，他快步朝三号包厢的方向走去，身后跟着两个更高大魁梧的外籍打手，像是要去寻仇。

周伍吓得一激灵，慌忙小跑着追上，说道：“傅先生，今天的事是我的失职，发生这样的情况我也很生气，但您要是把包厢里所有人都像这样放倒打趴，妹妹她的电影也就泡汤了啊，还是等我先再问问……”

傅承致打断他：“你自然失职，如果你是我的下属，现在已经收到解雇函可以打包行李滚蛋了。令嘉的电影就算打了水漂还有我可以做投资人，但我的怒火要是没有得到宣泄，倒霉的就不知道该是谁了。”

周伍不想对号入座，只得立刻噤声。

包厢门被保镖一脚踹开。

房间里的人全被吓呆了，盯着门口从天而降的俩外国人发愣。

“什么情况？”

“走错地儿了吧？”

“经理呢？”

……

傅承致进门前抬手拦住个服务生，从他手里拿了条热帕子，替令嘉擦了擦脸，然后拍拍她脸颊。

“清醒点儿了吗？”

“嗯。”

令嘉哼哼一声，呼吸还是很急促，她控制不住自己的手想往皮肤上抓，被傅承致单手缚住她双手手腕。

“别挠。”

“痒。”

令嘉还在小幅度挣扎，脑袋撞到了傅承致下巴。

傅承致仰头顿了两秒才松手，指尖戳了两下她的额心，说道：“人这么一点点大，可真不让人省心。”

第九章

倘若我爱她，她不爱我，
这就已经足够具有攻击性。

01

已经出门的令嘉被个年轻俊朗的男人重新带回包厢。

他才进门，门口一左一右那两座铁塔般一看就知不好惹的外籍保镖便自觉地把门封上。

这下在场的只要还稍微清醒一点儿的人都明白，来者不善。

这是回来找麻烦来了。

那被卸了胳膊的投资商这时也被人从后方拖到前面，如死狗般往地上一扔，展露在大家眼前，在场的人都被震得心惊胆战。

“你们……你怎么回事？要干吗？”

“知不知道我是谁，别给自己找麻烦。”

“把门打开，不然我报警了！”

……

那人刚扬起报警的通话界面，马上被保镖拎起后颈按在桌上，劈手夺过手机挂断，面无表情地收进了自己西服口袋。

壮汉下手狠厉，动作太过粗暴流畅，险些要让人以为这是哪里来的亡命之徒，刚才热闹的包厢顿时寂静无声。

这震慑挺有效的。

俗话说得好，软的怕硬的，硬的怕横的，横的怕不要命的。一群富商也是好不容易才混到今天的地位，个个都惜命，人在屋檐下，哪敢不低头，顿时都不约而同地把掏电话的手从兜里拿出来。

傅承致全程置若罔闻。

他把令嘉安置在椅子上，蹲下来轻声问她：“还认得清楚人吗？”

令嘉眼前模模糊糊一片，但意识还稍微清醒，她晃了晃迟钝的脑袋，点头，伸出手指一个一个有气无力地介绍：“陆导、制片魏老师、副导演、投资商、投资商、投资商……”

傅承致捏住她乱晃的手指，问道：“谁灌你了？”

令嘉才听见这句话就来了精神，她坐直了，使劲睁大眼，胳膊在空中划了半圈。

在场人的心也跟着她摇曳不定的手指起伏，生怕下一秒也落得个跟地上惨叫那人一样的下场。

整整三十秒，令嘉似乎真的花光了剩余的全部清醒，才锁定那道身影生气地道：“是他！”

指完把手收回来她就委屈地哭了，把头往傅承致怀里埋，像是要缩进蛋壳里，边哭边抱怨：“我都说了喝不下，他……他还非要我喝，还想摸我。我说想回家，他就要我喝白的。爸爸，我好累啊，喝了好多，喝得想吐……”

说到这个“吐”字，她似乎真的有了反应，一阵一阵泛恶心，干呕的欲望涌上来，立刻开始咳嗽。

傅承致给她拍着背，但还是咳得停不下来。

“傅先生，好像不对，令嘉是不是哮喘犯了？”

连妙在旁边看得着急，提醒完，眼泪也快跟着掉下来了，稀里哗啦地把包里的东西全倒地上，手忙脚乱地找药。

好在自从上回在傅承致家犯过病后，连妙一直随身带着缓解哮喘的喷雾，她赶紧从傅承致怀里把人接过来，按着喷了好几分钟，令嘉的咳嗽才稍微舒缓些，但胸腔起伏还是剧烈，气喘得很急。

傅承致给医生打完电话，这才腾出目光，落到令嘉指认的那中年男人身上。

“不是，我以为她说有哮喘是故意推托来着。”中年男人傻了眼，下意识摆手辩解，“不关我的事啊，人是制片人带来的。”

“你怎么往我身上泼脏水！”制片人立刻反驳，“我正常带她出来吃顿饭，谁知道你这么灌。”

“你才是害人精，倒打一耙，你早说清楚、说清楚——”说清楚她背后有人，谁还会这么往人家炮口上撞。

制片人更委屈，他压根不知道令嘉有什么后台。

这会儿又惊又惧，他终于想起来，这丫头能出道就演《我和她的1935》女主角，果然不是好惹的，官方说海选，他竟然信了！

两人当场撕破脸吵了起来。

傅承致的耐性已经到了临界点，好在这时周伍也终于从楼下折返。

他重重一声把抱上来的白酒箱子放在桌上：“傅先生，我买了酒店里最贵的酒，每瓶五百毫升，一共十二瓶。”

傅承致扫了一眼确认过，慢条斯理地开口道：“令嘉被灌成这样，你们也把这箱喝光，很公平吧？”

这是男人进包厢后冲他们说的第一句话。

他语调带着居高临下的矜持低沉，语速缓慢，咬字听上去和内地口音有些区别。

那投资商大着胆子开口发问：“你到底是什么人？”

“这箱喝下去会死人的，我们是法治社会，正在扫黑除恶。我跟你说，资本主义那套在我们这儿行不通……”

医生迟迟没有赶到，傅承致却已经不想在这地方多待一秒，回头唤保镖：“Philip。”

保镖立刻会意，将人制住，拧开瓶盖，捏住他的下巴往嘴里灌。

转头，傅承致冲制片人摊手：“你瞧，舒服的解决方式他不喜欢，非要换粗暴的，你呢？也想要人喂吗？”

制片人完全腿软了，拿起一瓶自己拧开盖儿。

此时医疗团队终于赶到，总算把傅承致的注意力引开了。

他抱着令嘉下了楼，连妙也跟着下去了，只留下两个保镖跟黑面神一样，继续堵在门口监督。

制片人一边喝，一边不住地给陆起抛眼神求助。

陆起头大，硬着头皮小声唤周伍：“周伍，你帮忙说说，喝两瓶算了吧，电影还得拍呢，真闹出人命来也不好收场。”

“放心吧，陆导。”周伍拍拍陆起的背。

“傅先生说他们撤资后的资金缺口他会补上，喝完就叫医生来现场洗胃，喝出人命不至于，就给个小教训。毕竟你瞧瞧，我们家妹妹也差点喝没命了。”

陆起半信半疑，又问：“这傅先生，他到底是什么人？”

这可到了周伍发挥长项的时候了，他打开话匣子使劲儿吹：“那当然是个大人物，我也才跟令嘉小半年，具体的没那么清楚。不过我知道，绘真经济命脉都握在他手里，AM 少东您认识吧，在令嘉面前都恭恭敬敬的。上回常玥抢了个女二号，上赶着来给令嘉道歉。我们妹妹平时就是太低调了，不知道人间险恶、不愿意搞特殊，她要是把今晚出来吃饭的事儿给家里一提，哪里还会出那么多幺蛾子。”

令嘉还不知道自己引起的轩然大波，指完人就完全意识模糊了。

饮酒会造成支气管收缩，像她喝了那么多，哮喘发作简直是再正常不过的一件事。

但令嘉自己并不大清楚这一点，毕竟她从未因饮酒而进过医院。

这是她记忆中，自从十几岁一次高烧后，哮喘发作最严重的一次。

她觉得眼前一片漆黑，像是被人掐住了脖子，又往头上套了个塑料袋一样喘不过气。胸口像被压了一块大石头，四肢冰冷，昏睡中她一个劲儿往脖子那儿挠，想要撕开口子喘气。

有一段时间，她整个胸腔都开始出现哮鸣音，卧室里的医生进进出出，仪器嘀嘀作响。

整座宅子因为她忙成一团。

傅承致没料到近两个月没见面，回到 S 市见的第一面，令嘉就是这样迎接他的。

她面容惨白，毫无活力地躺在床上，只剩下急促而不规律的胸腔起伏。

他在房间内待了几十分钟，说不上来哪里烦乱，也不忍再看，出门到阳台上点了支烟。

傅承致自牛津毕业后就不太常抽烟了。他毕业那年，一位有血缘关系的远房亲属死于肺癌，做过患癌概率的基因检测后，他从此以后就只有在遇到难以决断的事情时才抽两支。当然，完全戒掉对拥有他这样惊人自制力的人来说也不是难事，但傅承致始终认为，要为自己保留一点儿正常人的爱好。

霍普看到他点烟，便完全能解读出他糟糕的心情，跟到阳台上劝慰。

“先生，我想您不必担心，您的医疗团队拥有最好的医生，令嘉小姐会很快好起来的。”

“我不是在为此担心。”傅承致转身，手臂搭在阳台上，眸光闪烁，对着黑夜吐出烟圈，接着道，“我是在想，我对令嘉的关注是不是超过了一开始我给自己界定的范畴。”

就像今晚，他从前再生气也不会用如此低级幼稚的方式解决问题。

傅承致完全有无数更妥当、更合适的办法出气，但在当下，怒火上涌时，唯有以暴制暴才能让他平静。

霍普道：“但感情本身就不是一种可以被精准控制的心理和生理状态，既然您觉得她很可爱，又为什么要控制自己呢？”

"很难讲。"傅承致认真思考了半分钟，说道，"我不喜欢被感情影响，从而失去敏锐的判断。"

"你知道，人有时候交出自己的感情很容易变成弱点，或被挟持，或被反向利用，作为刺向你的利器。我很满意现在的状态，不想再往下深入。"

"您觉得令嘉小姐是这样有攻击性的人吗？"

"倘若我爱她，她不爱我，这就已经足够具有攻击性。"

"恕我直言，先生，我从未有哪一刻像现在这样觉得您懦弱胆怯。"

"我分明是在评估，何来胆怯？"

"您现在不就是因为害怕失败，所以不愿意迈出第一步吗？或者您希望她先爱上您，但显然在您毫不付出的情况下，这种可能性不大，毕竟她是您弟弟的前女友……"

"停下来。"傅承致掐灭烟头，说道，"我只让你答一句，可没让你说教。"

霍普一番插科打诨，至少让傅承致从烦恼中抽身了，他暂时不愿再去深思这个问题。

事实上，他对自己的剖析一直很透彻，也明白自己为什么只对令嘉特殊对待。除去人和人之间莫名其妙的磁场相合，也因为令嘉具有他永远不会拥有的，种种难能可贵的品质。

她像个天真单纯的小孩子，傅承致不希望她被迫为这个世界改变。

这正是他今晚动怒的根本原因。

凌晨两点钟。

病房总算安静下来，医生们退开，吸着氧的令嘉呼吸终于趋于平缓。

她闭眼躺在雪白的枕头上，浓密的睫毛在眼下投出淡淡的阴影，像是睡着了。

傅承致找了把椅子在她身边坐下，拿起用人递来的热毛巾，仔细地给她擦拭额头上的冷汗。

他神情认真，像是对待一件精美的瓷器。

02

令嘉其实睡得很不踏实，躺在被子里一会儿冷一会儿热。

头疼胃也疼，如影随形的窒息感让她无法深眠，又因为酒意而无法完全清醒，只能翻来覆去，在冰火中忍受煎熬。

任谁站在床边都能感受到她并不舒服。

只有用热毛巾擦拭时令嘉能稍微安稳会儿。

用人反反复复换了许多次毛巾，本想傅承致应该马上就会去休息，未承想他竟一直在令嘉床边坐着。

替她擦拭身上时，傅承致便没再坚持亲自动手了。

他移开视线望向窗外，用人便开始给令嘉褪衣服，解开内衣扣方便她呼吸，又给她换上宽松的睡衣。

换到一半，他忽地听到背后传来小声惊呼，忙问道："怎么了？"

"令嘉小姐身上有很多瘀青，怎么会摔得这么厉害……"

傅承致回头，入眼便是令嘉的睡衣下露出的平坦小腹和纤细的腰肢。

她的皮肤很软很白，被热毛巾擦拭后留下短暂蒸腾的红晕，只有腰右侧那儿新浮上来一大块刺眼的瘀青。

可能是刚才在哪儿撞的，或许就在他上楼之前。

而腿上散布的旧伤就很容易猜了，她正在拍的电影是芭蕾舞主题，显然是练习动作时在舞蹈室木地板上摔的。

令嘉无论对待什么事情，常常有种近乎笨拙的努力。

"要上点儿药吗？"用人向雇主请示，"或者，我这就去客房请医生。"

傅承致摇头："不必吵醒他们了，把药箱拿过来。"

药是消肿化瘀的，擦上去或许是疼得厉害，令嘉开始往床中心躲。

她边躲边小声啜泣起来，只给傅承致留下一个后脑勺。

傅承致面无表情地拉着她的被子又把人扯回床边，压低声威胁："安静点儿，不许动。"

也不知道令嘉是听到了还是没听到，傅承致说完这句，她倒真的委委屈屈地抱着被角不挪了，就是哭声也大起来。

"爸爸我冷，我疼。"

好像别的话都不会了，她只知道重复这两句。

她的眼泪顺着眼角流到发根，打湿了鬓发，沾了一两缕在鼻尖。眼看着她又要开始咳嗽，傅承致赶紧帮她把头发拨开，别到耳根，在背脊给她轻拍了两下顺气。

“别哭了。”

令嘉倒真的消停了一会儿。

但只要他的掌心一从她背上移开，她就又开始哼哼。

傅承致无奈至极，只得又把手搭上去再拍两下，这一拍便没能停下来，因为只要他一停下，令嘉就不管不顾闭眼哭起来。

一哭就容易呼吸急促，呼吸一急促就要咳嗽。

傅承致现在已经有了经验，知道令嘉一咳嗽就停不下来，刚刚平复的身体又要犯病。

要不是她已经病成这样，他真的会怀疑令嘉是故意折腾自己。

换作从前，任何人告诉他，他会在谁的病床前像哄孩子一样拍背安抚她一整晚，傅承致绝对冷笑以对。

他对自己的孩子都不见得会有这样的耐性。

人很容易对倾注太多关心的事物投入感情，哪怕是只宠物。

再精明的决策者，也很难在生活的方方面面避开沉没成本效应，正如他对令嘉，付出越来越多的精力后，这个名字在他心中的分量也逐步提升。

傅承致有意识地想要控制这一点，但偏偏，就像此刻，花了一整晚时间，他却并不觉得累，也没觉得是负担。

相反，和令嘉共度的所有时间都令他觉得放松平静。

也许是两个月没见面的缘故，他有了无限大的耐性，也可能因为令嘉确实挺招人疼。

少女柔软卷曲的黑发在枕头上散开，脸庞稚嫩，浓密的眼睫轻垂，鼻尖挺翘，像橱窗里放大版的洋娃娃，苍白的唇色又添几分楚楚可怜，天然会激发雄性的保护欲。

傅承致的好心情保持到他发现令嘉枕头下一堆东西的时候。

他本想给她换个矮些的枕头，哪里料到令嘉枕头底下藏了一堆奇奇怪怪的东西，除了一大沓债权文件还有她的笔记，包括……一把水果刀。

男人的面色立刻黑下来了。

这把水果刀的用途非常明确，显然是用来防身的，而且防的就是他。

其实这堆东西起初每天清晨都会被打扫房间的用人摆回桌上，后来大抵是发现令嘉每晚都要拿回枕头底下枕着睡才有安全感，用人再换床单的时候，干脆也不再动她的东西。

想要他命的人太多，傅承致身边的安全排查精细到令人发指的地步，万万没料到令嘉每天枕着水果刀在隔壁虎视眈眈。

他直接把水果刀扔进了垃圾桶。

还觉得不够，傅承致又扬声唤来屋外的用人，把垃圾收出去扔了，郑重叮嘱："把家里的刀都收到她找不到的地方。"

令嘉直到凌晨六点左右才在一阵剧烈的头疼中醒来。

床头两侧的柜子上都放了医疗仪器，她半梦半醒间一直以为自己身处医院，定睛再看才发现，这是在自己的卧室。

不仅如此，她怀里还紧紧抱着一只男人的胳膊，像是小时候抱着她床头的小跳蛙玩偶一样。

发现自己抱着的是傅承致的胳膊，令嘉脑袋嗡嗡嗡响着空白了半晌，她咽了口唾沫。

男人就坐在她床头边的椅子上，身形半侧，头微微低着，那属于她的视线之外，不知道他在睡觉还是在做其他的事情。

令嘉轻手轻脚地放开他的手臂，悄无声息地翻身，打算装作什么也没发生过一样入睡。

没料到她刚刚定下身形，身后便传来发问："醒了？舒服点儿了吗？"

被抓个正着，令嘉羞窘得简直想钻进地缝里。

但她只一低头，立刻又发现身上的衣服已经被换成睡衣，噌地拥着被子坐起来，指着自己的睡衣："我，我衣服……"

"用人换的。"

令嘉松了一大口气。

她隐约记得昨晚的事，傅承致在电梯里突然出现了，把她带了回来。不管他人怎么坏，这回他是实打实地救了她一次。

"谢谢你，傅先生。"

她低头，想问问他昨晚是不是没睡，但犹豫了两秒，觉得这不是什么好话题，万一傅承致答"是"呢？

于是她改口道："你不是说周二才回来？"

“伦敦的事情提前处理完了。”

傅承致轻描淡写地带过，没提他出了会议室便马不停蹄地登机，飞了十个小时落地后又立马赶到酒店的事。

他转过身，往椅背上一靠，冷静地平视她的眼睛：“你有没有想过，如果我昨天没能及时赶到，你要怎么办？”

令嘉一想到昨天晚上的事情就觉得头疼，那样的饭局她真的不想经历第二次。

她也明白是自己大意了，一时忘记了问自己的人是傅承致，下意识地捏紧被角说道：“伍哥和连妙在楼下等我，我……我以为不会太危险。”

“每个人都要为疏忽付出代价，从错误中得到教训增长经验，但有的代价，需要用一辈子去偿还。”

傅承致穿着半旧的灰色格纹毛衣，手插在裤兜里，自座位上起身，居高临下地看过来：“令嘉，你要记清楚，合约期内，你是我的。因着你的关系发生意外，这在合同条款里属于违约。”

令嘉最讨厌他用这样的语气说话，才皱起眉，又听他接着往下道：“从今天开始，你参加任何群体聚会之前，需要经过我的同意。我会派新的助理到你身边，由她负责你的人身安全。”

“可我已经有助理了。”

“你可以继续把连妙留在身边，新的助理从我这儿领薪水，这并不矛盾。”

借口被驳回，令嘉干脆直言：“我不要。”

那不相当于身边多了一只傅承致的眼睛，她做什么都不自由了？

“你认为我是在跟你商量吗？”傅承致看着她，俊美的脸上、眼里没有任何情绪，只带着不容辩驳的平静。那是习惯了发号施令的气势，任何人在他面前都没有说不的资格。

令嘉却不知道哪儿来的勇气，从床上站起来，站得比他更高，一字一句重新道：“我说，我不要。”

“我可以接受参加聚会前向你报备。”

反正那些酒局饭局她也不想再去。

“但你不觉得派个人到我身边太过分了吗？我又不是你的犯人，凭什么要时时刻刻接受监视？”

"她只保障你的安全。"傅承致强调。

"你说这样的话自己相信吗？"令嘉更生气了，"如果你仅仅满足于这样，那过去的两个月，我在剧组几点开工几点收工，你又是怎么知道的呢？"

她早觉得不对劲，只是找不到证据。

周伍和连妙每次告诉傅承致她的行程，都会跟令嘉说一声，傅承致能这么清楚她的作息，剧组里肯定还有他的眼线。昨晚的事情，让她更加确定了这一点。

她像一只小荷兰兔，穿着雪白的睡衣站在床中间，大眼睛瞪得圆鼓鼓的，壮着胆子冲他龇牙。

傅承致不喜欢妥协，但他更不愿把令嘉逼急了，兔子急了也会咬人。

她现在还敢跟他叫板的模样就很可爱。

"好吧。"他略过她的提问，说道，"看在你大病初愈就这么生龙活虎的分上，只要同样的事情不再发生，我可以同意你的意见。"

"把外套穿好，要看看你的礼物吗？"

03

令嘉回国前，除了卖房，还把银行保险柜里母亲留给她的几套项链首饰一并抵押用来还债。

她都不知道傅承致是怎么找到的，竟然又把这些珠宝都买了回来。

她目瞪口呆地看着梳妆台上一模一样的项链首饰，连装珠宝的盒子都还是她送出去之前的样子。

"你是怎么找到的？拍卖行不是宣称为买主的身份信息保密吗？"

"你在签署合同前可能没有注意，你所抵押的拍卖行是合宜的产业，我只是在他们拍卖之前将东西扣下来了。"

令嘉在原地悄无声息地站了大约一分钟，终于"啪"地合上珠宝盒盖子，转身平静地道："您拿走吧，我不需要你为我做这些。"

傅承致眉头轻皱，似是不解。

"我说过，这是给你的礼物。这是你母亲的遗物，你不开心吗？"

没有人比令嘉更清楚这几套珠宝的价值，她本来就欠傅承致够多钱了，他还要不断加码，把这份债务越摞越高。

尤其每每注视这张与沈之望相似的英俊面孔，令嘉心中便涌动着难以言说的负罪感。

他是之望的哥哥，他也分明不爱她，不断施以这些恩惠又算什么？

她不愿再往这份交易的任何一端增加重量，让天平失衡。她只想回归简单的甲方和乙方，债权人和债务人的关系。

“您究竟期望从我这儿得到什么呢？”令嘉声音轻得几近于无。

她起床时便觉得头疼，现在只觉得更疼了，太阳穴突突跳动，她只得抓紧桌沿稳住身形。

“我感激您在危难中对我和宝恒所有的帮助，但我们之间所有的往来，都如您所言只是一场交易。所以，能不能别再做没用的事情。”她说道，“无论您送我什么样的礼物，我并不会就此爱上您，我没有觉得开心，只觉得不堪重负——”

令嘉话音未落，便见傅承致的手探了过来。

她以为自己要挨打，吓得闭紧了眼睛，谁料傅承致只是动了动她的发丝，帮她整理睡了一夜变得凌乱的头发。

她半晌没听到动静，小心翼翼地睁开眼。

傅承致的五指已经张开，深入她后脑的发间，男人的力量使得她被迫仰头，她的目光撞入他的眼眸。

她下意识瑟缩了一下，不知道该怎样形容那样一双锋利冷淡的眼睛。

没有任何情绪，傅承致只是平静地告诉她：“我对你已经用尽了耐性，所以别惹我生气，令嘉。”

女人和男人力量的差距是天生的。

令嘉动弹不得，无声地挣扎试图甩开他的桎梏，却遭到了更强硬的对待，她被按在梳妆台边，双手手腕被控制，腰紧紧抵着坚硬的桌沿。

她意识到，他的身体正在与她亲密无间地相贴，他们之间只隔着一层薄薄的睡衣，她能清晰地感受到他的肌肤滚烫。

令嘉只得拼命把上身往后仰，试图离他远些，后腰因此被桌面的棱角抵得生疼。

梳妆台也因她与他力量的对抗而使劲摇晃。

梳子连同瓶瓶罐罐的化妆品稀里哗啦地往地上掉，摔得粉碎，直到她余光瞥见珠宝的盒子晃到了桌沿，而傅承致的眸色也越来越深时，她终于不敢再乱动。

令嘉由衷地感到恐惧，此刻她的睡衣已经在挣扎间掉落了一侧在肩头，露出肩胛骨和雪白的胸脯。

而她连抬手整理一下也很艰难。

两人僵持了一秒、两秒、三秒——

她快要被这无力感弄到绝望崩溃了，带着哭腔喊出声："你松开我，你答应了不会碰我的！"

"可你也答应了会听话，不是吗？"

"为什么偏偏是我？"

令嘉终于哭了，因为这该死的屈辱感，眼泪无声地顺着脸庞流下来，她一边哽咽一边质问："我是你弟弟的女朋友，我也学不会忍耐顺从，你明明有那么多钱，大可以去找一堆愿意听话的、爱你的女孩，为什么偏要找我呢？"

"你真的希望我去找别人？"傅承致轻笑起来，压低的喟叹在她耳畔轻轻响起，"真是只小白眼狼。"

"如果你真的这样想，那你对自己的处境一定还没有清晰的认知。"

他冷酷无情地提醒："令嘉，你还没见过那些从高处跌下来的人是怎么生存的吧？没有我，你所感受到的世界会比现在险恶一百倍、一千倍。真正的坏人并不会像我一样喜欢你、帮助你，他们只会践踏你、摧残你，而那时候的你，没有任何力量招架。"

"你瞧，你的眼泪只对我有效。你应当感谢我，而不是得寸进尺。"

傅承致说话时，总算松开束缚她的手腕，指腹一下一下轻柔地替她擦掉泪痕。

随着最后一个字说出口，他在她鼻尖落下轻轻一吻。

令嘉下意识偏头，却还是没能躲开。她只感觉到自己的鼻尖温热酥麻，反应过来后第一时间抬手，又要给他一个耳光。

只是这一次傅承致似乎早有预料，她细嫩的胳膊才扬到半空便被制住了。

"我说过的，我只原谅你第一次。"

"宝贝儿，你还学不会听话，是想接受我的惩罚吗？第二次可就不是抄校规那么简单了。"

他温柔的声音中含着冷厉的警告，令嘉不寒而栗，终于不敢再动弹。

傅承致松开她的手腕，架住她的肩膀将她整个人翻过身，直面桌前化妆镜中的自己。

他把令嘉的长头拨到一边，然后从桌面混乱的化妆品瓶瓶罐罐中找到那只灰色的盒子，取出他自伦敦千里迢迢带回来的项链。

水滴形状的蓝宝石项链纯净神秘，周边细小的碎钻更衬得它光芒璀璨。

在傅承致的操纵下，它悄无声息地落在令嘉好看的锁骨中间。

冰凉而带着沉重的分量，海蓝色的晶体里仿佛流转着生命的光华。

“喜欢吗？”他开口征询。

令嘉却不愿回答。

光洁可鉴的镜面中，她能瞧见傅承致在自己身后，漫不经心地微垂眉眼。

尽管她脸上再怎么写满抗拒和不甘愿，空气中也有种奇怪的暧昧气氛在流动，因为他们之间的距离是那样近，近到他的呼吸就拍打在她的耳畔，一低头，他的嘴角就能触碰她的耳廓。

这样的情境，让她有种荒诞的、不真实的背德感。

她只能用沉默来与令人恐惧的现实对抗。

傅承致却似乎毫不在意她的抵触，自顾自开口回答：“也对。还是太廉价了，纯净度低，也不够漂亮。”

他将项链解下来，像在扔什么垃圾一样，随意地抛回敞开的盒子，扬声唤用人进来把东西拿走。

令嘉的心随着他的动作猛地一颤，那毕竟是她母亲的遗物！

宝石撞在礼盒边缘时，她呼吸一顿，在人进来之前慌忙捡起宝石查看，好在并未磕出裂纹。

傅承致却没打算就此结束，他随意地拿起化妆镜最里侧摆放的圣诞水晶球，在掌心转了一圈。

那是令嘉和沈之望去年圣诞节时在查令街买的，她心都悬到了嗓子眼，伸手抢夺：“你还给我。”

她是那样紧张，倒让傅承致的视线聚焦在水晶球底部的一行刻字上：Ron&Joanlin。

“看来你喜欢的礼物就是这样的。”

真是感人至深的爱情，傅承致看完，面无表情地抬手，将水晶球举到她够不到的地方，然后松开五指。

令嘉没有预料到他会松手，眼睁睁地看着那水晶球直线落地，四分五裂。

清脆的响声过后，水迹连着玻璃碎片溅开。

令嘉彻底愣在原地，连玻璃碎片飞溅扎到她赤着的脚面，鲜血蜿蜒流下来也毫无所觉。

她定定地看了地上近十秒钟，终于抬头，回视傅承致的眼睛。

这次，她漆黑漂亮的大眼睛里没有眼泪，没有愤怒，也没有恐惧，只有一种由内而外产生的深深的疲惫感，她近乎陌生地注视他。

“能请您暂时离开我的房间吗？”她既克制又礼貌地说道，“我想休息一会儿。”

墙上的挂钟指针指到六点半，已经接近冬季，窗外天色还是暗的。

早起的用人已经开始在院子里洒扫，令嘉径直往床边走，只是走到一半，她又回头说道：“傅先生，我现在明白了您身边为什么空无一人。因为您活该这样，您的冷漠残酷让任何人都无法在您身边呼吸和生存。”

傅承致完全气坏了，他直到工作时还余怒未消，晨会上也大发脾气。

视频另一端的大洋彼岸，周二一整天，汇报工作的下属们一个个被训得噤若寒蝉。

最后还是霍普担起顶着压力灭火的重任，为上司攻难克艰、排忧解难。

“先生，恕我直言，把生活中的不愉快带进工作，这不是您的风格。”

“我是老板，我有权决定自己该怎么做。”

“令嘉小姐惹您生气了吗？”

“她何止惹我生气，她简直想要气死我。她是我投资生涯的败笔，从落地到现在做过的最亏本的一笔生意。”

霍普：“……”

能把老板气成这样也算一门本事，他现在倒挺佩服令嘉了，看起来文文弱弱的，内里不可小觑。

“她做了些什么？”

“我在谁的病床前守到过天亮吗？我为谁费心准备过礼物吗？她曲解我的任何善意，在我面前一遍又一遍地提那个该死的私生子，我的任何行为在她眼中都是有所图谋，不值一提。”

确实如他所言。

霍普在心中默哀两秒钟，连已经过世的老傅总都没享受过这样的待遇。

“先生，你或许可以把对我说的这些话，也对令嘉重复一遍，她是位善解人意的小姐，一定能理解您的苦心。”

“我认为我已经表达得足够清楚。”傅承致转过办公椅摊手，“只是她心里完全被那个死人填满了而已，没有空位，我怎么能进去。”

原来是男人的妒忌啊。

霍普突然意会，轻咳两声建议道：“我认为您对待感情需要多一点儿耐性，就如您对待生意一般。”

待到傅承致调整好心情，再回到家时，被用人告知了令嘉已经收拾行李外出拍戏的消息。

他走进卧室，梳妆台边的一片狼藉已经被收拾过了，地面干净得找不到一丝玻璃碎片存在过的痕迹。

就连枕头下的文件，也都被她摆到了窗边的桌面上。

“什么时候走的？”傅承致回头问。

用人站出来说道：“中午十二点，房间也是令嘉小姐自己整理好的。”

“她的伤口呢？”他又问。

用人神情有一瞬的疑惑，没听懂。

傅承致重复：“我说，她的脚流血了，处理了吗？”

众人面面相觑，争着答道：“可能……应该处理过了，毕竟她走的时候穿的是运动跑鞋。”

用人怕他再往下问，忙接着道：“对了先生，令嘉小姐在收拾行李时找到这件西服，让我转交给您。”

用人从衣帽间取出挂在最前排的，装在防尘袋里的傅承致的外套。

西服是令嘉结束《我和她的1935》试镜那个大雨滂沱的夜晚，傅承致为她披上的那一件衣服。

令嘉亲手洗干净的，之后一直忘了还。

04

另一边，令嘉回到剧组，陆起再三确认过她的身体没有问题后，又开始了紧锣密鼓的拍摄。

老城区的影视基地不大，十几个剧组驻扎在这边，人员混杂，每次拍摄前都要清场。毕竟剧组耽误的每个小时都是在燃烧经费，只得抓紧时间过完镜头，难度很大。

她归组的第一个下午就这样战战兢兢、稀里糊涂地过去了。

很奇怪，那晚的事情谁也没有再提，风平浪静到仿佛什么也没发生过。

令嘉想来想去，还是觉得不对劲。

第二天一早拍摄的间隙，她抽空小声问连妙："妙妙姐，那晚我喝醉了之后，发生了什么吗？我记得傅承致的人把投资商打了一顿，怎么大家都好像失忆了，没人提要撤资吗？"

连妙："你的记忆只到这儿啊，回到包厢你还指认人来着，连这也没印象了吗？"

"我指认谁了？"令嘉比她还诧异。

连妙看她是真的断片了，将当天的场景对她美化了一番。

"就是灌你酒的人啊……为了教育他们，傅先生也叫他俩自个儿灌了几瓶，怕出意外，还叫医生在现场守着催吐来着。"

"嚯！"令嘉捂嘴，小声追问，"制片人也被灌了？那他今早还笑着跟我打招呼？"

"这不是他们有错在先嘛。"连妙安慰道。

当然，最主要的原因，还是酒醒后他们搞清楚了，傅承致是得罪不起的人。

在这个圈子里生存的头条法则，就是必须长眼色。

别管心里怎么想，出了门该递笑脸还得递笑脸，该哈腰还得哈腰，该演还得演，硬碰硬吃亏的是自己。没有后台没有靠山的小演员，会踩她们的，同样还是这批人。连妙这会儿倒是庆幸令嘉提前找了个靠谱的人谈恋爱了。

令嘉一时呆怔，她没想到傅承致会这么为自己出气。

连妙看她颇受冲击的样子，有点儿奇怪："回家后，傅先生一个字也没跟你提这事儿吗？"

她醒来后，两人相处还不到一个小时，全程只顾着讨价还价，一个在威胁，一个在固执地争执。

令嘉低头，如实道："他只说以后不准我再参加类似的饭局，任何聚会参加前要征得他的同意。”

大佬掌控欲挺强的，连妙一时不知该说什么，安慰地拍了拍她的肩。

“其实这样也不错，令嘉，至少你以后都不需要掺和这些乌七八糟的事情，消耗精力和表演天分，可以专心拍电影了。”

“我不是在抱怨，我只是觉得……”她觉得害怕。

令嘉能感觉自己的人生在朝一个不能掌控的方向的轨道边缘滑去。

而她对始作俑者傅承致的感受越来越矛盾复杂。

他动手拉了破产边缘的宝恒一把，见证过令嘉人生的最低谷，在她蹲在街头崩溃痛哭的时候，给了她一件外套。那时候，她是真的将傅承致当作朋友，也是真的对他感激备至。

如果那天没有翻开之望的日记本，知道他的伪善欺骗、别有用心，他们或许能一直好好相处下去。

但一切没有如果，摘下面具的傅承致甚至不屑再伪装自己，他赤裸而完整地将他的目的、野心和性格中的无情冷酷，一一在她面前展露。

他不是一个好人，强迫她、威胁她，甚至砸碎了之望的遗物。但她又无法否认，也是他一次次帮助她从危机中脱身。

他做这些的理由是什么？爱吗？

令嘉没有天真到以为自己有这样大的魅力，能将一个冷酷无情、没有丝毫同情心的银行家变得充满柔情和温度。

他或许真的因种种原因对她产生了一点点兴趣，但绝不可能是爱，他对任何人都没有爱，也必然不会爱上她。

这笔交易只是他心血来潮、一时兴起的产物，傅承致给出的筹码相较他庞大的身家来说不过是微不足道的一笔，倘若令嘉真的因此降低戒备，陷入他的粉色泥潭，未来要赔上的，就是自己的幸福人生。

她感激他，讨厌他，但最重要的一点，她必须时刻保持头脑清醒，才能时刻提防，不再被他第二次欺骗。

令嘉还没从思绪中回神，连妙的手机闹铃声忽然响起。

“令嘉，你到点儿吃药了。”

连妙才把分装在格子里的药物拿出来，令嘉就一阵头疼。

这些药有效是有效，就是副作用挺大，她每次吃完都觉得胃疼发慌，心脏火烧火燎的，还发困，拍戏很难进入状态。

“妙妙姐，要不你还装回去，等今天的戏份都拍完了，晚上我再吃。”

“但医生说了得早晚服用，把病情控制稳定了才能停，你总不能睡前补吃双倍的量吧，哎……”

连妙话音没落已经轮到补拍令嘉的镜头，她连口水也没喝，又一路小跑着上场。

傅承致在周四晚间便返回伦敦，之后很长一段时间没再打电话过来，跟前段时间在小镇上的通话频率相比可说是天壤之别。

连周伍这样的直男都发现了端倪，某天下戏接令嘉回酒店时担忧地问她：“妹妹，你不会是和傅先生吵架了吧？要分手了吗？”

“没有。”

暂时分不了，毕竟签了合同呢。

“那你们俩怎么连一通电话都不打？情侣之间这样很消耗感情的。”周伍用过来人的身份劝她，“妹妹，哥觉得傅先生其实挺把你放在心上的，你瞧，在镇上的时候就一直是他给你打电话，今早还关心你有没有吃药。你也给他打一次嘛，两个人冷战，总要有人先给对方台阶下。”

令嘉没办法张口辩驳周伍的一通瞎分析，只能找借口说：“我不想。”

“他故意把我前男友的遗物砸了。”

“啊，傅先生看着挺绅士的一个人，他还能干这事儿？”

令嘉心想，人不可貌相，你不知道的还多着呢。

周伍打着方向盘，心里骂完又感慨。

“不过妹妹啊，站在傅先生的立场上想一想也能理解，他可能就是生气你天天睹物思人，只惦记前男友不关心他，有点儿气急败坏，说不定他也觉得委屈呢。当然，不管咋样，砸东西肯定是不对的……”

气急败坏？令嘉仔细回忆了那天的场面，她确定当时的傅承致眼中没有这种情绪，有的只是漫不经心和冷然。

他的神情像是猫进食前把玩老鼠，他只想要捉弄她、掌控她、征服她。

至于委屈，那就更不可能了。

她简直都想象不到这两个字能和傅承致搭上一点儿边。

谁也没料到，令嘉心里还没腹诽完，周伍的手机便响了。

他接通便惊喜地道："是傅先生呀！"

他边说边从后视镜里观察令嘉的表情："好，好的，您要我转达给妹妹什么话？啊？哦……好的，我会如实转达。"

挂了电话，周伍彻底闭嘴不再劝她了。

这下倒是令嘉开始好奇："他说了什么？"

"他说，从今天开始，希望你在剧组按时吃药，每晚按时给他打电话，如果没有，他不介意给你换组能忠实履行监督职能的经纪人和助理。"

周伍转达这番话的神情像吃了块过期三年的饼干。

令嘉不知道为什么突然想笑，忍俊不禁地发问："你看吧伍哥，我就说了，他是不是很讨人厌？"

周伍沉重点头："是很讨厌。"

令嘉当晚回去就开始发愁。

离他回伦敦都快一个月了，"傅地魔"不知道哪根筋又扭上了，突然心血来潮要她每晚打电话。

令嘉实在无法理解，他们又没有共同话题，面对面还能大眼瞪小眼，隔着电话难道要比谁沉默的时间更长吗？

但她没有置喙的余地，毕竟搞不好就要连累无辜的助理和经纪人。当天晚上洗完澡，令嘉还是不情不愿地拨出了这通越洋电话。

傅承致当然不是心血来潮。

一针见血地揣摩人心是他经年累月历练出的本事，一个月的时间，差不多刚好够令嘉想通消气，不至于完全忘记他的存在，也大概率不再完全排斥与他通话。

电话才接通，他便来了一记直球。

"我很抱歉，令嘉，那天摔坏了你的东西。"

令嘉打电话之前想了很久，猜测电话里的傅承致会如何如何冷漠，又要怎么命令、威胁自己，以满足他的掌控欲。她什么都料到了，唯独没料到他会道歉，一时举着话筒愣在原地。

他的声音听起来很真挚："我那天只是为你曲解我的善意感到生气，毕竟，我没有为任何人那样费心地准备过礼物。”

令嘉完全不知道该说什么了，这样的傅承致比起横眉冷对地命令她的时候，还要难以招架。

她嗫嚅半晌，终于开口回应：“我也很抱歉。为我的莽撞，无论如何，我不应该对您口出恶言。”

令嘉当时看着地上的碎片，大脑完全停转，人都快要窒息了，脱口就说出她这辈子都没讲过的狠毒的话。

她事后几次想起，也觉得自己戳人伤疤的行为少条失教，卑劣莽撞。

“没关系。”傅承致故作大度坦然，“事实上，你说得没错，有不少人这样评价我，我早已经习惯了。”

令嘉闻言，再联想到他前一天帮自己在饭局上出气，在她病床前坐了大半夜，此时心中更生出一丝歉疚。

傅承致完全能预料她此刻的沉默是怎么回事，接着放轻声线，柔声劝慰：“既然大家都有不对，那就让我们忘记那天的不愉快，把这件事情一笔勾销，可以吗？”

令嘉想了几秒。

脑海中有一瞬闪现傅承致把她压在梳妆台上，吻她、给她戴项链又解下来扔掉的情景，她当下是真觉得羞愤屈辱，那些也要一笔勾销吗？

回到现实，傅承致的声音就在耳畔，充满诚意。

她想了想，闭眼鼓起勇气道：“傅先生……”

“什么？”

令嘉咬唇：“我可以跟您商量一件事情吗？”

“你说吧。”

“如果我能提前还清债务，我们的合同可不可以提前终止作废？”

傅承致的笑意僵在唇畔。

他考虑片刻，不愿破坏此刻的氛围，答应了令嘉的要求：“当然。”

反正，令嘉一时也不可能还上。

小孩子都是天真的，总要让她对未来充满期待。

生活不是游戏，只有等令嘉找遍所有的渠道，才会发现短期内想要在现实世界借到或挣够这笔钱，是比登天还要困难的事。

第十章

你是在担心我吗，令嘉？

01

《水塔天鹅》剧组结束拍摄时，S 市已经进入隆冬了。

他们在一个大雪天宣布影片杀青，开了场杀青宴。

参加聚会前，令嘉遵守承诺先向傅承致提了这件事。

没有多说，傅承致便点头答应了，只是隔着电话叮嘱她不能喝酒。

在剧组的最后一个月里，或许是由于傅承致那天答应了令嘉的请求，给了她一丝希望，也或许是 S 市和伦敦距离太远，傅承致变得好说话许多，两人在电话里的交流逐渐顺畅松弛，虽然还是没能回到之前的好状态，但总算不再针锋相对了。

令嘉经历了上次差点儿喝没命的事情，不必傅承致叮嘱，短期内她都不想闻见酒味了。

她本来还想着要找个借口避避，谁料杀青宴上压根没有出现投资商和制片人的身影，剩下的人敬酒，也都主动为令嘉备了茶水。

令嘉是个新人，在北方小镇拍戏那两个月，剧组还偶尔会有资深老人对她大小声，或直呼她的姓名。

自回到 S 市，经历那场陪酒风波后，剧组不知道听了什么传言，大家似乎都默认了她有个强硬的后台，个个对她礼貌有加，连她身边人周伍、连妙的盒饭都升了级。

她再糊涂，也不至于不明白这是沾了谁的光。

倒是陆起导演喝得烂醉，拉着令嘉，又哭又笑地唠叨了一整晚。

毕竟是他倾注全部心血拍了好几个月的电影，从酝酿想法到写剧本、画分镜，再到杀青，也跟生个孩子差不多了。而且片子剪好后未来还会送去各大电影节参展，陆起对《水塔天鹅》寄予了太多的期望，感慨也是必然的。

倒是令嘉一时间还没有真实感。

她在这个角色里沉浸得太久，几个月来没日没夜地练舞、表演，已经有了条件反射。一进到剧组熟悉的环境，就像穿上一层皮，真正变成了影片中那个疯狂燃烧自己的余乔，她需要一些时间才能完全把自己剥离出来。

不过，她倒是把导演最后夸奖自己的话记得清清楚楚。

“令嘉啊，你刚来试镜那天，我是真没觉得你能演好这个角色。但是现在我挺庆幸的，幸好当时选择了你。你是个好演员，用脑子演戏，聪明、有灵气，你一定要在这条路上坚持下去，好好演，我真的很希望，《我和她的1935》和《水塔天鹅》只是你征程的起点。”

令嘉也希望是这样。

她认真剖析了自己从入行到现在的表现，第一个角色元五，她完全是本色出演，懵懵懂懂靠保姆式的导演把控整部影片。余乔却不行，无论跟导演聊多少遍，核心还是只能靠她自己领悟。

这个角色给了令嘉对现实前所未有的结合感，作为一个拥有梦想却又在淤泥中深陷的人，她们几乎有着巨大且等重的负担及渴望，她第一次开始思考，也是第一次放下自己融入这样充满矛盾、冲突的角色里。

和陆导一样，令嘉也觉得自己幸运。

幸运地接到了余乔这个角色，这部电影令她完全脱胎换骨，而角色的反向启发，也会在今后的日子里，更深程度地教会她忍耐生活。

杀青宴结束当晚，令嘉便到酒店收拾行李，回了宅子。

把写满备注的剧本塞进卧室书柜里，和《我和她的1935》的剧本放在一起，令嘉心满意足地打开手机短信查看，她现在的账户上，两部电影合计到账三百一十万元。

脚步虽小，但也是进步。

因为芭蕾舞女演员角色的特殊性，为了控制体重保证上镜效果，令嘉在《水塔天鹅》剧组吃了近四个月寡淡无味的菜叶子，比拍《我和她的1935》时期对身材管控的要求严苛了不止一倍。尽管体重没变，但体脂率降低，体能也在舞蹈训练中得到大幅度提升，最直观的感受是，令嘉觉得自己穿紧身的裙子比从前好看了，因为线条流畅漂亮，充满力量感，连走路都觉得带风。

电影杀青第二天，令嘉去疗养院探望父亲回来，又拿到了周伍递来的新剧本。

这就是席霖所谓的补偿，AM和国内几家知名影视公司联合打造的大投资影片——《暗刺》。

这也是部民国片，包含谍战元素，描绘纷乱的内战中，权力交替时刻的历史风云。

电影剧本情节双线进行，共有三对男女主角，除令嘉之外，已经定下的另外几位主演无一不是国内顶级大咖，超强卡司，王牌导演，足以看出席霖道歉的诚意。

令嘉却感到不安，跟周伍商量："不好吧，我丢的只是个女二号，我不想占他便宜。"

不用说也知道，席霖是看在谁的面子上，才会把这个重要的角色赔给她。

周伍却道："妹妹，这个角色是《暗刺》的导演亲自看过《我和她的1935》内部版的粗剪后，才决定给你的。无论是导演还是席总，他们本质上都是生意人，都是为了电影考虑，如果你的实力不过关，他们不可能让你毁了这部片子。"

话是这么说，令嘉仍旧没办法心安理得，她低头犹豫。

周伍直截了当地往下说道："你是没有信心，怕被其他主演比下去吗？"

见令嘉仍旧不语，连妙劝道："令嘉，你听我说，大不了就欠席总一个人情。在这个圈子里，只要你不断朝上走，有了价值，人情早晚能还上。但每一次犹豫失去的可能就是至关重要的爬起来的机会，如果几年后你仍然寂寂无名，别说还债，连他们都会后悔曾经差点儿把这个角色给了你。"

令嘉最终被说服了。

真实的世界与她在象牙塔里学会的生存法则差距太大，在这个圈子里，每个人都在竭尽全力迫切地争取往上爬的空间，她想要迅速赚到这笔钱，首先便要把握一切能把握的机会，自己既没偷也没有抢，角色都递到跟前来了，怎么还能后退？

她当晚便读完了发到自己手里的剧本。

令嘉所要饰演的角色名叫小冬，化名苏怡，表面身份是医生，实则是位身手了得的特工。

苏怡这个角色有许多打戏。

导演选择她的前提之一，正是因为令嘉为《公路俱乐部》那个失去的女二号做了大量的打戏训练，还有充分的体能和舞蹈基础，镜头能拍出美感。

就在《暗刺》的筹拍阶段，《我和她的 1935》的正式剪辑版本也终于剪出来送审。

虽然令嘉还没能看到《我和她的1935》的完成片，但电影初期宣传已经开始，预告片和一支同名主题曲MV在网上也已流传开了。

1935年，汽笛的长鸣声中，元五站在甲板上的第一次出场便十分惊艳。

她头戴大宽檐帽，耳挂珍珠耳环，法式红唇和长白手套格外醒目，歪头朝镜头看过来，端庄、温婉、高贵，一颦一笑，灵气几乎要溢出屏幕。

这段预告片的剪辑从节奏到逻辑都无可挑剔。

凭着磅礴惊艳的画面感和饱和唯美的色调，每一帧画面都紧抓人的眼睛。

当短短不到两分钟的短片临近结束，镜头一转，飞机舷梯上，出现了元五身穿长旗袍，拎着行李箱只身离开的单薄瘦弱的背影，静默的表现力叫人无声流泪。

令嘉的微博粉丝之前小半年没破五万，预告片发出一晚上涨到了二十万。

“我发誓，这段预告片我只看了十遍！”

“大小姐还没流泪我就哭了，台词真的很棒，完全看不出来非科班出身。”

“何导掌镜果然画面绝美，演员演技炸裂，期待覃飞新电影！”

“好羡慕覃飞，迫不及待想看电影成片了，这次的新人算是何导近十年来拍的电影中最年轻，脸蛋最漂亮的女主角了吧。”

“大小姐在摄影师镜头里动态的美感比静态的海报要鲜活一百倍。”

“感染力都很强，完全看到泪流满面。”

电影宣传时间比预计的开始得早一些，令嘉刚开始还保持着兴奋，目光越过热门的一堆溢美之词继续朝下看。

“这妹妹背景好强，刚出道就连接《我和她的1935》和《水塔天鹅》两部大片，并且还都是女主角。”

“官方还粉饰是海选，单枪匹马横空出世抢了常玥角色，没有后台鬼才信。”

“不仅抢角，还擅炒和覃飞的CP，覃飞因为她的背景，只能吃了这个哑巴亏，我只能说，天降紫微星牛啊。”

……

好吧，伍哥说得果然没错。

令嘉退出账号，把微博APP拉进分类的小框里看不见的地方，又把手机塞进抽屉，才把被子拉上来盖好，望着天花板发呆。

她早前的开心兴奋，已经蒙上了一层失落的阴影。

她其实都明白，把自己放在台前，就需要做好接受所有声音的准备。令嘉并非没办法接受负面评论，任何人都需要建议和批评获得进步，但这样无中生有、凭空捏造的谣言，显然没办法为她的进步提供任何帮助。

一下子从以前的真空环境中跨入声音嘈杂的娱乐圈，她显然还需要一些时间适应，这个世界就是存在不可捉摸的恶意和平白无故的不友好。

无论如何，只有实力才能屏蔽一切杂音。

《暗刺》还有半个月开机，在进剧组之前，令嘉有许多事情要忙碌，行程排得非常满。

首先便是《我和她的1935》已经定档，为配合宣发团队，她有几次采访需要录制，还要拍几组杂志硬照。

等到了《暗刺》拍摄后期，她的戏份拍得差不多，还要配合《我和她的1935》出品方的宣传、点映、路演。

S市这周风刮得特别大，这天清早，令嘉在窗外呼啸的寒风中醒来时，同时得知了一个不算好的消息——傅承致回来了。

“这么突然？”令嘉惊诧。

“先生是从纽约直接飞过来的，我们也没能提前收到消息，他凌晨才进家门，刚睡下没几个小时。”

没等用人说完，令嘉赶紧往楼上跑，跑回卧室换衣服。

这座宅子又大又空，傅承致不在的时候，她都是随意穿着睡衣到处晃荡的。

令嘉今天要去参加一档辩论综艺节目做飞行嘉宾，从早到晚大概需要录制九个小时。

这是康纳给她争取的资源，一集六万块，从价格上讲，这可比她拍戏挣钱多了，毕竟在《水塔天鹅》剧组待了近四个月，令嘉总共挣了一百多万。

妆发造型都可以到现场再弄，因此令嘉只穿了毛衣和保暖的乳白色羊绒外套，还准备了帽子和围巾，怕回来的时候太晚冻着了。

她下楼时，周伍还没到，霍普却已经坐在客厅等候多时。

他的神情比平时凝重许多，但见令嘉下来，还是勉强笑着跟她打了招呼。

“霍普，发生什么事了吗？”忍到吃早餐时，令嘉终于开口问道。她平日从不打听傅承致的事儿，但“傅地魔”这次突然反常地从纽约回国，平日沉稳的霍普也是一副坐立不安的模样，她一时没忍住便问出了口。

“确实发生了一些事。”霍普顿了两秒，没有选择对令嘉隐瞒，“您看今早的新闻了吗？美股在一个小时前又发生了暴跌熔断，这是不到十天时间内的第四次熔断，道琼斯指数已经跌破两万点。这是一次全球性的金融动荡，合宜也没办法独善其身。”

令嘉闻言，握叉子的手僵在半空。

她一直与世隔绝般待在剧组里，没有关注新闻，出来后也忙成一团，前两天看新闻报道，脑子里倒是有念头一闪而逝，但她没想到竟然还真和傅承致扯上了关系。

“很严重吗？”她小心翼翼地问。

“是的，老板这次损失惨重。过去的二十四小时是市场赔得最多的一天，傅在北美的投资公司正遭遇生存威胁。”

霍普这个大秘的用词是损失惨重，可想而知傅承致到底赔了多少。

令嘉心下巨震：“那他怎么不继续在纽约力挽狂澜，还连夜跑回国了？”

“你是在担心我吗，令嘉？”

声音从背后传来，令嘉猛地回头。

傅承致不紧不慢地从楼梯上下来，显然刚刚洗过澡。

他黑发垂落额前，穿着休闲舒适的家居服，手里拿了块毛巾擦头发，说话时，嘴角甚至露出了轻笑。

令嘉没有和他斗嘴，只是联想到自己家骤然破产的事，难免同情。

“你赔了那么多钱，怎么还能笑得出来呢？”

傅承致把毛巾搭在椅背上，在她对面坐下来。用人很快送上早餐和牛奶。

他拿起叉子切肉时，才跟令嘉解释：“既然市场的浪潮来了，翻船也是不可避免的事，不如让自己在水中漂流得愉快些。”

“你指的是‘随波逐流’吗？”

傅承致抬手打了个响指：“就是这个意思。”

令嘉从未听过这番论调，傅承致面对危机和挫折的态度，比她豁达得多。

半年前她家破产，沈之望去世时，她消沉了很久，也哭得很惨，自伤自怜了好久。换作她是傅承致，遭遇这样的危机，现在估计已经焦虑得吃不下睡不着了。

“这样的危机，你经历过很多次吗？”令嘉又问。

傅承致比她大七八岁，说不定这样的危机遭遇得多了，所以现在才能这么淡定。

“令嘉，美股引入熔断机制三十二年以来，只在 1997 年 10 月 27 日熔断过一次。但凡再多几回，北美合宜都不能好好活到现在。”

令嘉还是感到不可思议：“你就真的一点儿也不着急？”

傅承致进食的动作终于停下来，漆黑的眼睛凝视她：“当然会着急，但那没用，不是吗？”

“在过去的一周，我每天喝六杯咖啡，接一百来通电话，四十多个小时不能睡觉，只能看着窗外，用一分一秒的时间思考解决方案，纽约的高楼窗外全是锁城的灰色雾霾，我真的看够了。”他说到这儿又笑起来。

令嘉听着这段话都能感觉到压抑，她完全没办法像他一样轻松起来。

“那你找到解决方案了吗？”

傅承致摊手：“没有任何办法，只能检讨认赔，低价清仓，自己出场。”

“可这样不是逃跑吗？”

傅承致摇头：“保留性命，养精蓄锐，才有重返战场的机会。因为害怕外界嘲笑就继续待在场内，直到赔光底裤才肯认输，这是最愚蠢的做法。”

02

乘了长途航班，又只睡了几个小时就起床，但傅承致看上去神采奕奕，眼神也并不颓靡消沉。

令嘉：“你这么离开纽约回国了，没有关系吗？”

傅承致并不在乎：“我已经把应该处理的投资组合打包出售，只等现金回流。纽约目前没什么事等着我去做。我雇的基金经理和下属们要是没事做，就只能等着被解雇了。”

令嘉低头，若有所思。

傅承致开口问道：“你在想什么？”

令嘉垂眸，声音不可避免地流露出沮丧：“如果我能像你一样聪明，有这样的果敢和魄力，宝恒也许不会走到今天，我爸爸也可能不会苦苦支撑到最后中风入院。”

“你想太多了，令嘉。”傅承致坦然开口，“我之所以是今天的我，并不是因为单纯的聪明或天赋异禀，而是因为从出生起，我接受的就是继承人教育。我学的足够多，经历的也足够多，我在成长过程中见证过无数人的起落。跌入谷底并不代表完全失败，只有心态崩塌放弃自己的人，才会真正一无所有，全军覆没。很显然，这一点你做得已经足够好了，完全不必把时间花来抱怨自己。你父亲应该庆幸，他为你构建的环境，培养了你美好的品格。”

家里出事以后，令嘉听了太多旁人的遗憾和惋惜。

在旁人看来，正是因为父亲的溺爱放纵，才导致他晚年独木难支，后继无人。她还是第一次听到“傅地魔”这样的说法。

令嘉眼睛眨了眨，许久才小声道：“谢谢。”

傅承致已经吃饱了，他放下刀叉询问令嘉：“等会儿要打场网球吗？”

虽然这是他们的合同内容，但令嘉确实有行程，只得解释：“时间已经来不及了。”

“你今天的行程是什么？”

令嘉预感不太妙，但还是如实回答：“去录一档辩论综艺节目，上午十点钟开始，要到晚上七点才能结束。”

果然，下一秒傅承致开口道：“听起来很有趣。”他迅速做出决定，“那我今天就去看你录制节目吧。”

令嘉紧张起来，赶紧解释，妄图打消大佬的心血来潮。

“录制要持续一整天，观众会累会饿，还不能随便走动，不可以随便上厕所，而且观众席需要提前报名，座位也应该都满了……”

她说到这儿就后悔了，因为傅承致立刻打了个响指，霍普应声拿出手机安排。

傅承致示意用人上前收走餐盘，同时道：“反正我这一天也没什么事要做。”

虽然她确实不是什么有名气的演员，但何导挑选的新人一向自带关注度。

此前令嘉一直十分低调地在剧组里拍戏，没有被媒体拍到过，正值电影宣传期间，更应当尽量避免出现绯闻给宣传带来不必要的麻烦。

但她又阻止不了傅承致的想法，只能在行车途中跟他说：“公众场合我们得保持距离，要是被拍到会被媒体瞎写的。”

傅承致眉头微挑："你可真麻烦。"

话虽如此，但看着他的神情，令嘉还是知道"傅地魔"这算是同意了，终于放了心。

《你可真会说》是一档以辩论为主题的说话竞赛节目，除三位常驻导师，每期还会请两位明星嘉宾坐在观察席。

除了令嘉，另一位被邀请的主咖嘉宾正是康纳一姐，祝梦之。

公司的想法是让祝梦之带带小师妹。但这馊主意也不知道是谁出的，用脚指头想都明白，现在公司风传令嘉是培养起来取代一姐位置的，祝梦之不给她使绊子已经是仁慈，自然不可能对令嘉有好脸色，从来到摄影棚后，祝梦之就没跟她讲过一句话。

比如现在，两人坐在同一块化妆镜前，房间里气氛沉闷得可怕。

令嘉咽了口唾沫，听着身后一姐的助理与工作人员大声沟通讨论。

原因是导演组编剧临时修改台本，而祝梦之的团队无法接受他们的修改，开场录制便发生了僵持。

《你可真会说》本就是一场辩论综艺节目，为了保证收视和节目水平，导演对编剧和台本的要求极高。导演几次来沟通，祝梦之助理的态度一直十分坚决，不肯让步，他们也需要为艺人的形象负责，避免任何可能出现的舆论影响。

令嘉化完妆已经等了一会儿了。

造型师给她扎了个双马尾，盘起两个小花苞一样的鬏鬏，显得年轻俏皮。

令嘉第一次尝试这样的造型，好看是好看，但被梳得过紧的头发，抓得令嘉头皮发痒发麻，她坐立不安，极力忍住伸手挠头的欲望，内心盼望着一姐和节目组的谈判快点儿结束。

没料她的动作被一姐看在眼里，竟被视作不耐烦的挑衅。

祝梦之对着镜子，朝令嘉说出她进化妆间后的第一句话："你挑什么眉？觉得我耽误你上台了？"

一姐说话的样子很冷漠。

面对这口从天而降的大锅，令嘉对着镜子反应了两秒，才意识到对方是在跟自己对话。

大小姐一脸蒙，小声解释："头发扎得太紧了，我的面部肌肉刚刚一时没有受我控制。"

"让你不愉快我很抱歉，但它真是自己要动的，我发誓。"令嘉当真举起两根指头。

祝梦之定定地看了她两秒，似乎要确认她是不是撒谎，片刻后垂下眼眸继续看台本。

唉！令嘉有点儿沮丧。

如果说她最不能适应娱乐圈什么，除了那些乌七八糟的规则，就是人和人之间的交往模式。

她完全能理解祝梦之为什么排斥她，但真的这样被人讨厌时，还是会觉得不自在。毕竟令嘉从前在她的社交圈算是备受欢迎的小可爱。

时间早已经超过计划开始录制的十点，令嘉再也坐不住了，她从快要升级的争吵中脱身，借口上洗手间，出了化妆间出去透透气。

前台主持人已经上台，动员观众，开始提前录制大家的笑声和掌声。

这几乎是录制室内综艺节目都会使用的办法，因为录制时间过长，害怕出现后期观众疲软打瞌睡之类的镜头，只能提前录好欢呼鼓掌，后期剪辑来来回回用，增强节目效果。

但可惜，今天最前排来了位不太配合的男观众。

"第一排那位英俊帅气的男观众，我们的笑声和动作再兴奋一点儿好不好？"

虽然清楚对方点到的就是自己，但傅承致实在没办法对着一台没有感情的摄像机鼓掌和傻笑。

来之前，他就想着当个普普通通的观众，没想到还有那么多要配合的环节。

眉头刚皱起来，傅承致就看到左边音响组幕布后露出半个脑袋，正是偷笑到差点儿看不见眼睛的令嘉。

好吧，是他自己要来的。

傅承致硬着头皮把手举过头顶，跟大家一起兴奋鼓掌。

不料这位该死的主持人还不满足，他抬手示意观众们停下来，举着话筒继续动员："还是刚刚那位大帅哥，我们观众的鼓掌节奏应该保持一致，动作再快一点儿可以吗？"

观众已经开始有意见了，伸长了脖子往前排看帅哥，试图找出“罪魁祸首”。

“谁呀？这么捣蛋，耽误大家时间。”

“都因为你，节目没办法开始了，配合一点儿有什么难的，真是的，什么人都有。”

……

令嘉差点儿笑抽，幸灾乐祸地低头给傅承致发消息：“傅先生，您看吧，我都说了不要来的。”

傅承致等录完鼓掌这段，又录了哈哈傻笑的场面，中场休息时才从兜里拿出手机。

不料隔壁那男观众头探过来，勾上他的背压低声跟他套近乎：“兄弟，牛呀，我们的手机都被收了，你这怎么夹带进来的？等会儿偷偷地多拍两张照片，出去了传给我呗？”

傅承致忍到这时，脸终于黑了。

他有洁癖，平日很注重与人的社交距离，没几个人敢像这样上来直接攀他胳膊。

令嘉只远远地看见他从兜里抽出帕子，隔着布料把男人搭在他肩膀上的胳膊推了下去，面无表情地说了句什么，才低头给她回消息。

“体验计划之外的人生也算趣事。”

死鸭子嘴硬，哈哈哈。

还看什么综艺节目啊，令嘉觉得自己现在就笑饱了。

谢天谢地，延误了半个小时以后，节目终于以两方各退一步为结果，开始了录制。

带着温度的镁光灯的光线落在身上，令嘉这会儿脱了大衣倒也不觉得冷了，皮肤还有点儿灼热。

虽然并不是主咖，但因为令嘉的新电影放出的预告片在微博上热度正高，节目组还是给了她不少发言机会和镜头。

在这档大热的辩论综艺节目里，无论是导师还是主持人，语言逻辑、说话水平都很强。选手们更是不乏名校出身，业务过硬，笑闹中不乏深度的讨论。

令嘉上节目之前为了准备自己的发言，倒是特意看了前面几期节目，但真到这儿录了，她又发现节目组很会选辩题。

选手的辩论想要真诚打动人心，首先要把自己的三观和灵魂向观众真诚展示。

令嘉的本科专业是哲学，从某种意义上说，与辩论倒是存在一点儿共通之处，两者都需要严密的逻辑和论证。所以虽然节目组为她准备了内容，但令嘉还是拒绝了那份并不符合她的观点、本身也平平无奇的发言稿，她想尽量为自己产出的内容负责。

不过让令嘉万万没有想到的是，节目录制开始一个多小时后，她竟然在上场的新一季选手中瞧见了一张颇为熟悉的男性面孔。

这人像是她在朋友聚会上有过一面之缘的数学系学长，和她同是剑桥的学生。

果然，接下来主持人的介绍，验证了令嘉的记忆。

学长名叫肖瑜，是剑桥辩论社为数不多的华裔成员。

令嘉之所以还对他有些印象，是因为这人智商高在留学生圈里是出了名的，据说他能用半分钟时间记住一副扑克牌的顺序，十七岁进入剑桥，现在已经在攻读博士学位。

肖瑜进入摄影棚时看见令嘉也很意外，节目开录之前一直没有对外公布嘉宾，他只听说令嘉接拍了何润止导演的新电影，却没想到两人还能在同一档综艺节目遇上。

主持人介绍他的间隙，肖瑜从候战区站上辩论台，特意先和令嘉颔首示意，算是打过招呼，然后才拿起话筒补充自己从海选到进入初赛的心得。

令嘉在座位上动了动。

她喝了口水，不由得有点儿紧张，不知道肖瑜的动作刚刚有没有被摄像头拍到。

短短两分钟过后就是嘉宾和导师的互动环节，轮到令嘉时，她按节目组给出的卡片提问："为什么想要参加这档节目呢？"

肖瑜沉吟两秒后，礼貌地答道："因为想要尝试一次常规之外的人生。"

"我很喜欢一句话，翻译过来是：去一个很偏的地方，偏到可以让你在晚上看到完美的星空，包括银河带。"

他紧接着微笑补充，跟令嘉互动："就像你的选择一样。"

最后一句才出口，现场顿时炸锅。

令嘉心都提到嗓子眼了，只听主持人问他们："咦，听上去你们之前好像认识？"

在肖瑜开口前的那一刻，令嘉脑袋空白了 0.01 秒。

她迅速反应后，赶紧撑起笑容解释："我们都在伦敦上学，有共同认识的朋友。"

话音落下，她左手边的祝梦之便侧过脸来多看了她一眼，或许是坐得太近感受到了她的紧张。

令嘉无辜地看回去。

这话虽然含糊，但是倒也没撒谎。

重点是肖瑜意会了她的潜台词，令嘉刻意模糊了自己的个人信息，虽然疑惑，但肖瑜倒也没接着再往下深聊，只附和了她的回答。

好在令嘉非科班出身，只身回国进入娱乐圈做演员拍电影，和肖瑜剑桥数学系博士选择参加一档辩论节目一样，都算是离经叛道、偏离人生正轨的选择，因此他之前的说法倒也没什么差错。

而且令嘉作为嘉宾手握五分之一投票权，肖瑜在比赛前率先坦承和令嘉这层互相认识的关系，是非常坦荡的做法。

自己将可能的攻击点提前曝光，这样一来，令嘉投票势必更公正慎重，赢下比赛也才真正无可争议。

比赛一开场，肖瑜便以绝佳的表现毫无争议地控住了全场。

面对车轮战，他旁征博引，各类专业知识信手拈来。最可怕的一点，是肖瑜拥有强大的逻辑思维、记忆力和语言组织能力，能准确收集对手的所有失误，在下一次发言时逐条击破。

节目开始录制的第五个小时，台下观战的选手便给他送了个"终结者"的称号。

他几乎以碾压的优势在车轮战中获得全胜的最高积分，登上选手排行榜首位。

节目录到这儿，总算迎来休息时间。

令嘉早就坐不住了，在镜头底下保持仪态，保持肩背挺拔的劳累程度不亚于写十几个小时论文。

除此之外，她还得提防台本之外有人突然提到自己，作为综艺新人她得时刻保持适度紧张状态，以便随时给出有内容的临场反应。

皮肤已被录音棚的镁光灯烤得水分全失，她中途几次把视线移到观众席，发现傅承致倒是非常有定力。

他摊开长腿，像坐在自己家沙发上一样，手肘搭在椅子两侧扶手上，十指交叉，状态看上去十分松弛。

他不似旁的观众仿佛受罪，不住地往厕所跑，他到现在仍然神采奕奕，好像这节目是专门表演给他看的。

她不知道，作为合宜总裁的傅承致大大小小的会议经常一开几个小时，有时甚至一整天还结束不了。

这种不必思考，不必绷紧，只需要带耳朵和眼睛的娱乐场合，别说五个小时，就算十个小时对傅承致来讲也完全只能算娱乐放松。

令嘉打算回后台补妆休息会儿，刚走出摄像范围，便在道具墙后迎上了走过来的肖瑜。

此刻周边没有其他人，令嘉也就主动和他打了招呼，顺便三言两语解释了一下自己刚刚在台上没有坦承自己信息的原因。

“我是休学回国的，目前也不知道还能不能再回到学校去。”

令嘉说到这儿，很不好意思。

面对这位优秀的校友，她腼腆又羞愧：“我不想被人骂借着母校营销自己，其实都没毕业，幸好公司也答应我不会对外公布这些，所以……”

肖瑜立刻意会，点点头：“放心，明白了，我也会替你保密的。”

见令嘉低下头，肖瑜补上一句安慰的话：“其实我完全赞同你的做法，这样挺好的。学校的标签既是光环，也会是阻碍。等你拥有了足够的实力和作品，标签才更能为你锦上添花。”

令嘉真心诚意地道了谢。

正道别回化妆间时，肖瑜突然又叫住她：“师妹。”

她回头，只见肖瑜身穿西服挺拔地站在原地，似乎是在组织措辞。男人刚刚在台上滔滔不绝，此刻却显得有些踌躇。

令嘉本就聪敏，已经意会，问道：“你也听说了我家里的事吗？”

肖瑜点头。

“我向许诸打听过你的情况，但自你回国后，她就和你失去了联系。大家都很关心你，或许你不愿意对人倾诉，但无论如何，如果有需要帮忙的地方，可以随时找我，我一定尽我所能。”

许诸就是他们共同认识的朋友。

她和肖瑜从前在剑桥其实没有过多交集，令嘉未必真的会向他寻求帮助，但时隔这么久还有人记得，尽管只是一句言语上的理解和鼓励，她也十分感动。

“我应该向许诸道歉的。”令嘉愧疚地说道，“当时家里事情发生得太突然，我需要一些时间消化，就刻意断绝了与大家的联系。后来回国又匆匆换了号码，也就没顾上，害得大家担心了。”

肖瑜摇头，轻声道：“别这样想，我相信真正的朋友都不会怪罪你，他们都只会为你的坚强振作高兴。”

从离开剑桥到现在，令嘉还没怎么和从前认识的朋友谈过自己的遭遇。他们又往下聊了几句。

作为一个会讲话而且充满同情心的人，肖瑜几乎每句安慰的话都能讲进她的心坎里。令嘉眼泪都快感动得掉出来了，但是又怕把妆面弄花，只能眨眼睛强忍着。

男人适时递上纸巾。

她泪眼蒙眬，刚刚伸手接过正要道谢，被人一声唤住：“令嘉。”

令嘉闻声手一颤，抬眼望过去。

傅承致不知什么时候来了后台，远远地站在那儿，目光从她的面孔移到她与男人相接的手上。

明明自己什么也没做，但在他的视线中，令嘉莫名感觉手背发烫，如芒在背。

“过来。”傅承致的手插在西裤兜里，又一次开口。

令嘉不想在大庭广众之下跟傅承致起冲突，蹙着眉头收回手，把接过来的纸巾塞进口袋。和肖瑜说过一声后，她拔腿朝前走，错身时，却被肖瑜带了一下手腕：“等等。”

触碰很短暂便松开了。

肖瑜敏锐地察觉到了令嘉方才的不情愿，悄无声息地看了后方的傅承致一眼，征询令嘉：“需要帮助吗？”

肖瑜是知道令嘉有个青梅竹马的男朋友的，他在今年六月刚去世。

两人的感情之深众人有目共睹，因此，男人绝不可能是令嘉的新伴侣，但他用不可辩驳的口吻对她发号施令。对方气场强硬，目光平静，有种说不出的侵略性，好像令嘉是他的私人所有物一样，让肖瑜下意识觉得不舒服。

傅承致已经等得不耐烦，他的眉尾挑了挑，是个烦躁的小动作。

令嘉心头一跳。

无论如何，她不愿将自己和傅承致的关系在别人面前摊开展示，微笑着拒绝了肖瑜的好意，在他的目送下朝傅承致走去。

才走近，令嘉的笑容便垮掉了，她有点儿生气，压低声音道："我们不是约好公众场合保持距离吗？你这样来后台找我，会被工作人员看见的。"

傅承致耸肩："我以为你提出的保持距离，应当对所有异性一视同仁，原来这条规则是专门为我设置的吗？"

令嘉气急跺脚："那怎么能一样，我跟他们又没——"

她说到这儿意识到自己说错了话，声音戛然而止。

傅承致却饶有兴趣地问："又没什么？"

令嘉气鼓鼓地瞪他："又没签合同！"

03

节目又录了三个小时，工作总算结束。

带着疲惫回到后台换衣服卸妆时，令嘉顺手用衣袖抹开被雾气充盈的玻璃，从窗内看出去，忽然发现外面下雪了。

这是 S 市今年落下的第一场雪，雪花纷纷扬扬从夜空飘落，落在大楼外的车顶和树梢上。

走出电视台大楼，潮湿的空气温度骤降，好在令嘉早上穿得厚，才将大衣裹紧，手机便响起来。

是傅承致的司机在问她的位置。

雪花落在她的肩头和睫毛上，令嘉伸手去接，雪粒很快在掌心融化成水。

连轴转了小半年，令嘉这会儿猛然意识到，变成艺人以后，出入都由保姆车接送，她已经很久没有自己的时间了。

上了车，她趴在车窗上一直往外看。

傅承致正想问问她在看什么，令嘉突然自己开口感慨："好想吃汤圆啊。"

傅承致建议："你可以现在给厨房打电话。"

"多麻烦，他们都已经下班了。"

令嘉告诉司机在前面大型超市的临时停车位上稍等。

车还没停稳，她便迫不及待地把帽子戴上，将围巾裹了几圈低头埋住脸，推门就要下车去。

傅承致握住把手提醒："令嘉，我今天只带了司机。"言下之意就是没有保镖不安全。

他鲜少会无故更改既定行程，或做计划之外的事情，因为那样意味着过程或结果可能充满意外和不确定性。

令嘉听懂了，点头："我知道啊。但我又没让你跟我一起下车，你在这儿稍等一会儿，我就去买包速冻汤圆。"

在车上犹豫了两秒，傅承致还是选择跟上令嘉。

令嘉回头："你也想逛超市啊。"

"不想。"

傅承致否认。

初雪落到地上就化成了水，他尽量避开地上的水洼，但还是有泥点飞溅到他的皮鞋上，他的眉头皱起便再没松开过。

"我没有逛超市的时间，也不喜欢超市。"

"你不觉得穿行在琳琅满目的货架中间，会有触手可及的快乐吗？"

"花大量时间去做没有意义的选择，我会有浪费生命的焦虑感。"

"你可真扫兴。"

令嘉直言，说话间，嫌弃地把傅承致从左侧拽到她右手边的盲道上。

黄色的盲道在人行道中间凸起，没有泥水，比地砖干净。

傅承致看她一眼，问道："厨房可以给你做更低卡的食物，你不是在控制卡路里吗，为什么一定要来超市？"

令嘉沉默了两秒，说道："今天下雪了。"

傅承致没弄懂下雪和吃汤圆有什么必然联系，他正回忆自己印象模糊的节气饮食表，又听令嘉怀念地说道："我出生的时候也是个雪天。"

傅承致猛地记起令嘉的生日是腊八，换成国际通用历法，就是今天。

霍普这个失职的助理，竟然完全没有提醒过他这件事。

令嘉看出他要开口，提前打断道："我从来不过生日的，所以也不需要礼物。"

傅承致知道，令嘉的生母在她出生后几个小时便离开了人世。

"所以你这天通常就吃汤圆吗？"

令嘉点头："这是我爸爸想的办法。"

风从耳边呼啸而过，昏黄的路灯下蒙了一层冬天的雾，朦朦胧胧的，光线晕开后仿佛也带了一点儿温度，照亮了她雪白的绒线帽下安静的眉眼，那纤长的睫毛微垂，鼻尖微微发红。

少女身材纤瘦，像是随时能被风吹走，背脊却永远挺得笔直，充满生机与活力。她专注地盯着自己白色的小羊皮鞋，一步步踩在地砖线格上，不知道在思考什么。

傅承致忽然有点儿想摸摸她的头。不过，他一向很能克制自己的欲望，最终只是指尖动了动，便将冲动忍了下去。

进了超市的令嘉，好像换了个人，立刻就快乐起来。

令嘉都不记得自己多久没逛过超市了，不，应该说她都记不清楚自己多久没有除去必要开支以外的花销了。

她从前的解压方式除了吃高热量食物，另外一项就是购物，可惜现在没什么钱，有钱也要留着还债。

短暂的感慨过后，她开始兴奋地在五颜六色的货架中穿行，不一定要买什么，只要看见那些崭新漂亮的包装袋，橱窗里新出炉的烤肉面包，促销柜旁热情招呼的超市员工……就能感受到平凡生活的快乐。

傅承致不知道令嘉的目的地在哪儿，只能落后一步，跟着她乱转。

连逛了十几分钟，她的脚步才渐渐缓下来，朝冷柜的方向靠近。

男人松了口气，刚刚跟着放慢脚步，谁料她不知突然看到什么，又一路小跑起来。

晚间商品打折，生鲜区格外拥挤，傅承致避过迎面而来的小推车和老头老太太，速度不可避免地慢下来。

他怕跟丢了，只能扬声喊她："令嘉。"

令嘉闻声回头。

她已经停下脚步，指着一旁和她差不多高的人形立牌和墙面上大幅宣传海报给傅承致看，露出雪白的牙齿笑起来。

那是《我和她的 1935》的宣传海报，立牌就是令嘉自己的形象。

她站在 1 ∶ 1 制作的立牌旁边，远远地看去像对孪生姐妹。

"快，给我拍张照吧。"

她把手机扔给傅承致，像个孩子一样，炫耀的快乐简单又纯粹。

傅承致按照她的要求拍完，令嘉接过手机查看，神情十分失望。

"你都没学过怎么拍人像吗？"

傅承致背起手跟在令嘉身后，在冷柜间穿行，闻言很是不悦。

"你不应当对人抱有十项全能的期待，拍摄是记者和摄影师的工作。"

令嘉刚想动手删了这两张拍摄不佳、光影也糟糕的照片，迎面而来的路人中，忽然有人在擦肩而过时激动地唤住她。

"呀，令嘉？你是令嘉吧！就是《我和她的 1935》里那个明星？"

这是个十六七岁的女孩儿，她一喊出声周边就有人听到了，诧异地回头张望。

令嘉赶紧抬手比了个"噤声"的动作。

女孩果然压低声道："我看了很多遍电影的预告片，真的好棒啊！"

"谢谢你啊。"

这是令嘉第一次走在街上被人认出来。

她都没想到电影还没上映，自己裹得只剩眼睛鼻子了，竟然还有陌生人能叫出自己的名字。

女孩举着手机，有些不好意思地提出请求："我还是第一次在路上遇见明星，能跟你合张影吗？"她双手合十，"拜托拜托。"

令嘉抬眸看了一眼几步之外的傅承致，他在听到女孩喊出声后，便停在原地没再朝前走了，远远地跟她保持着距离，还算遵守承诺。

令嘉有点儿为难，因为周伍再三强调过没化妆的时候不能跟路人合影。

面对女孩的请求，她只能说："我今天晚上已经卸过妆了，不然给你签个名？”

女孩明白女明星素颜不能随便拍，点点头，立刻从购物车里翻出新买的速写本，翻开第一页。

令嘉：“……”

周伍还说，艺人不能在空白的纸张上签名。

她非常不好意思地说：“我们还是合照吧。”

权衡了一下，她还是觉得白纸签名流传出去的危害比素颜照大些。

令嘉其实并不怎么畏惧高清镜头，毕竟她从小没吃过苦，营养均衡，保养也好，二十岁的脸上都是吹弹可破的胶原蛋白，没有瑕疵、纹路，最近休息得好，也没有黑眼圈。

移动几步到旁边无人的货架旁，她将围巾拉到下巴处，一张无懈可击的面容就在镜头下显露出来。

女孩近距离盯着她的雪腮出了神，令嘉疑惑提醒：“怎么了？”

女孩这才回神，匆匆连按几下快门，兴奋地感谢她。

“不用谢。”令嘉微笑摇头，顺便礼貌地营销，“上映的时候要多多支持电影啊。”

她心情愉快地和女孩告了别，把围巾又多围了一圈才继续前往售卖汤圆的冷柜那边。

令嘉没有注意到，她才走傅承致的司机便从货架后出来，叫住那个女孩。

“抱歉，能请您出示一下刚刚拍摄的照片吗？我的老板认为他刚刚可能暴露在你的镜头下，假使您上传的照片中出现他的肖像，您可能会收到我方寄出的律师函，依法追责。”

女孩护住手机，警惕地道：“你的老板是谁？我只是和令嘉拍了合照，她自己同意的。”

男人身形高大健硕，面容严肃，穿着西服，给人的压迫感极强。

他不为所动：“我指的是更早之前的那一部分，如果您拒不配合，我只能请律师来和你谈。”

女孩到底年纪小，心眼再多，面对这样的彪形大汉，短短两句便被震慑住，不情不愿地交出手机。

司机滑开手机，手机桌面就是影帝覃飞的侧脸写真。

令嘉没有注意到，女孩儿其实是从超市上楼的扶梯那儿便开始跟上了她。

照片中不乏她跟傅承致走得很近交谈的背影，甚至拍到了男人在海报前替她拍照的情形，直到跟到冷柜这儿，快接近收银台了，她才上前制造巧遇。

司机仔细将手机可能储存或上传的备份通通检查一遍，删除得只剩她跟令嘉的合影，才将手机归还。

“谢谢你的配合。不过我还是得再次提醒，倘若您事后使用任何软件、任何方式试图恢复照片上传，我方都将在第一时间对您进行追责。”

令嘉是完全不知道这些小插曲的，她直到拎着汤圆走出超市，才见司机小跑着跟上来，在老板身边附耳说了什么。

傅承致点头，然后吩咐他去开车。

她奇怪地问：“他什么时候跟在后面的？不是在车上等吗？”

傅承致慢条斯理地从大衣口袋中取出手套戴上，头也不抬地道：“他要是能让你发现行踪，我早死过十次八次了。”

《暗刺》邮轮上的戏份，是在S市的影视基地，用了整个足球场那样大的水池搭建轮船模型拍摄。所有的码头、海面特效、海水景色，会在后期用电脑制作，承包给国际顶尖的特效公司完成。

电影开机那天，令嘉一连见了五位影视界大咖，个个都有拿得出手的奖项傍身。包括她的搭档丹棠，刚满二十二岁，作为新生代公认最具潜力的演员，在过去的几个月，凭借一部悬疑片获得国内主流媒体认可，拿下最具影响的青城奖最佳男主角，成为青城奖有史以来最年轻的影帝。

他们在电影中会扮演一对短暂相爱后便经历生离死别的情侣。

值得一提的是，常玥这次在电影中也有戏份，她扮演一位被刺杀的政要的妻子，严格来说算是女二号。

毕竟这是AM投资的电影，常玥在电影中获得角色也很正常。

不过，最后一位被确定的女主角竟然是名不见经传的令嘉，而AM自己旗下的常玥只能降咖为她配戏，这就让人好奇内情了。

官博宣布电影阵容后一连几天，网上掀起了一阵腥风血雨。

网友们纷纷揣测令嘉的资本背景和身份，流传好几种说法，每种都被编造得有鼻子有眼。

毕竟令嘉第一部电影都还没上映，却连拍三部都是担任女主角，其中两部还都是与名导、实力演员们合作，还让常玥这样的咖位做配角，争议就更不可避免了。

没有看到她的实力，大部分人通常更愿意将其幸运归结为有后台有背景。

当然，撕得最狠的还是常玥的粉丝。

在他们眼里，令嘉先抢《我和她的1935》的女主角，又在《暗刺》中让常玥给她配戏，简直是盯准了常玥一个人的羊毛使劲薅，天生来给他们姐姐添堵的。

周伍害怕令嘉看到评论影响心情，干脆把她的微博账号没收了。

令嘉倒也不在意，这些天她只登录过微博一次。

在看到被赞到最高热度的评论中那句义愤填膺的“强捧灰飞烟灭”后，便迫不及待地退了出来。

不过随着《我和她的1935》的预告片几次登上播放日榜，她的名字越来越多地出现在媒体报道中。

令嘉也有了自己的粉丝，各种后援会和粉丝群初具规模。

连妙负责打理这部分事宜，有时看完评论后，也会把网上一些正面的动态向令嘉转述。

比如，因她在《我和她的1935》中扮演的角色元可颐是位富家千金，粉丝们亲切地给她取了个“大小姐”的昵称。

令嘉听到的时候格外诧异，因为这和从前别人对她的称呼，竟然阴差阳错地重合了。

不过，这点儿微薄的快乐都没能保持到半个小时后的拍摄。

令嘉的担忧成真了，《暗刺》绝对是她待过的最可怕的剧组。

其他几位主要演员的表现太过优秀，相比之下，她甚至有点儿自惭形秽。

毕竟从小到大她在学业上都是优等生，换了个行业，现在突然成了全班最差的，不可能没有压力。

在前两部影片中，导演能给她很多的建议和时间，让她去培养、酝酿情绪，挖掘角色的深度，也会给她更多的容错率，一组镜头不成，就再来一组。

而《暗刺》则不同，她只是三组主角中的一位，资历最浅，经验最少，这位来自香港的脾气暴躁的导演可不会照顾令嘉的状态是否调整到最佳，也不可能让整个剧组将就她的进度，只要别人准备就绪，电影就必须接着往下拍。

这本身就是一部为了卖座的大投资商业片，导演必须考虑电影的商业成本、口碑和回报率。他更倾向于把电影的卖点和高光镜头交给实力足够不需要调教的演员挑大梁。

令嘉要是表现不好，后期多剪几刀，只留下打戏和脸蛋，也不算吃亏。

令嘉要是不想自己的戏份被剪掉，不想自己的表演成为电影中的败笔，就必须拿出配得上她的幸运的实力，面对每一个镜头都全力以赴，用她的理解征服观众，让这个角色经得起推敲和考验。

她晚上回到酒店，常常因为吊威亚浑身酸疼，累得胳膊都抬不起来，一边哭一边让连妙给她抹药酒，但还得趴在床上给第二天要拍的戏份做注解，反复推敲影片中人物的表情和动作。

从前的学业压力令嘉至少还能用吃甜品、购物来缓解，现在她不仅得保持身材，还啥也买不起。简直是地狱般的噩梦。

好在和她搭戏的丹棠是个乐于助人的小天使，搭戏的时候，他给了令嘉很多自己拍戏的切身体验和建议、帮助，让人好感倍增。

丹棠和沈之望在气质和性格上很接近。

他生了一张初恋脸，温暖而纯粹，充满少年感，干净得像一阵风，而且人品很好，乐于助人，内敛又不浮躁。

他们又是同龄人，对方不遗余力地释放善意，在这样的情况下，令嘉不和他做朋友，简直是让人困惑的事。

戏里戏外，他们的关系进展飞快。

当然，傅承致的电话也很快来了。

“令嘉，我得提醒你，我只是放你去拍戏，合同期内，电影之外，你得同任何异性保持合适的安全距离。”

令嘉趴在床上举着电话，在剧本上写写画画，听见“傅地魔”的提示并不意外。

“我就知道，你又往剧组派了眼线，看来你很喜欢这样的掌控感。”

傅承致眉头轻挑：“所以你是在故意试探我？”

“当然不是。丹棠他人很好，我们只是普通朋友，你还能阻止我正常社交不成？”

04

傅承致这次在国内待了这么久，连令嘉也颇为奇怪。

她有点儿怀疑前段时间北美市场的惨败傅承致只是表面上若无其事，实则已经遭受心理重创，所以才在国内躲避休养。

不然一个成天忙得只有几个小时睡眠时间的人，怎么能突然如此悠闲？

城市另一端的傅承致，要是知道他苦心孤诣的布局铺垫被令嘉当作存在心理阴影，估计要被她的可爱逗笑。北美合宜遭此重创，自然不可能只有外界媒体的唱衰此起彼伏，内部也必然会生出风波。

傅承致本身就是必须将一切掌控在手心的铁血掌权者，这点从他执掌合宜后的种种举动便能窥知一二。

如此强势的好处在于，在他的指挥下，合宜像一台严丝合缝的庞大机甲，各部分各司其职，配合精密，只有一个权力核心，所有的力量汇聚只能往一个方向前进。

坏处就是，长期压制下，有人一找到缝隙就会开始拼命作祟。

这也是无可避免的，任何集团发展庞大到外部危机轻易不能将它瓦解时，内部自然会形成各种各样的圈子。对许多元老高层而言，小圈子的利益往往凌驾于集体利益之上，倾轧斗争也随之而来。

傅承致深谙掌权者心术，所以他先放出了一部分权力稳定局面，给眼下的暗潮涌动留出弹性空间。人性原本如此，如果这个流程不走，一味压制不好的声音，经年累月会引起更大的反弹。

将一块肉扔出去，诱惑会从内而外瓦解合宜现在所有暂时形成联盟反对他的派系，等厮杀结束，届时他再顺理成章出场收拾局面，以退为进，一劳永逸。

要做好一位船长并不容易，这是他二十四岁那年第一次失败时学到的经验。

当然，暂时从伦敦消失，并不代表他真的无所事事。

除了要监控合宜总部的事态是否在计划内进行，傅承致在S市也挺忙的，他最近并购了一家潜力不错的科技互联网公司，同时又盯上了与它同类型的最大的竞争对手企业，打算双管齐下，做两手准备。

谁料这家企业的创始人显然不怎么识抬举，不大愿意接受傅承致抛出的橄榄枝。

结束和令嘉的通话后，傅承致从落地窗前转回身，在椅子上落座，摊开腿，微笑着询问谈判桌对面三十来岁的负责人。

“时间差不多了，我们已经给出了最优厚的条件，同时答应保留你的团队，你们的决定呢？是否已经商量妥当了呢？”

男人低头片刻，抬眸对上他的眼睛：“抱歉，我们没办法接受并购。”

傅承致的手肘搭在椅子两侧，偏头问他：“给我一个理由。”

“我想您明白的，我们公司目前的结构很稳固，发展态势良好，我没理由卖了它。我很感激贵公司的赏识，但是抱歉。”男人说罢，起身带着团队便要离开。

傅承致耸肩，面对他的背影道：“我原以为你是个聪明人，没有人不想往上走的，不是吗？”

男人似是再也无法忍住愤怒，回头讥讽：“您说得对，但我刚刚接到消息，你们同时买下了塞科，连孩子都不会需要重复的玩具！”

“确实，您开出的价格足够优厚，但在我看来，贵公司缺乏最基础的诚意。我不可能把顽石交到你这样的人手上，你不关心它的前景，不关心它的股东和员工，你只在乎利益。只要未来塞科表现出比我们更亮眼的成绩，你们会毫不犹豫地将顽石拆解，变成塞科的垫脚石，我绝不可能做出错误的选择，让自己悔恨终身。”

傅承致微笑着静静地听他说完这一切，直到男人的手触碰到会议室门把手时，才不紧不慢地开口：“你确定自己此刻做出的抉择是正确的吗？”

“当然。”男人斩钉截铁地回答。

“好吧，我尊重你的决定。但在我看来，你的判断完全偏离了正确的方向呢。”

傅承致拿起座机，温和地吩咐助理：“替我送客人下楼。”

把人送出电梯间后，霍普试图尽最后的努力劝解对方，但顽石的负责人仍然拒绝了他的好意。

目送他的背影远去，霍普神情难辨，心里叹气。

显然，这顽石的创始人过于理想化和天真了，他在刚刚错失了最后的机会。

在“恶龙”的字典里，顺我者昌，逆我者亡。商场上的厮杀从来都是残酷到没有余地可言，傅承致既然已经买下了塞科，对手顽石又不肯投诚，那么等待它的结局势必只剩一种可能。

傅承致不会让自己的十几亿投资落空，也不会喜欢和人分享市场。

《暗刺》拍摄开始后不久，《我和她的 1935》终于迎来了首映礼。

按照合同约定，剧组会在春节假期前后留出空当，其间让令嘉参加路演和首映，以及各种宣传活动。

首映定在腊月二十四，小年夜这天。

这是令嘉的第一部电影首映，说不紧张根本不可能。从头天试装、挑选礼服开始，令嘉就手脚冰凉，心跳失频，这种情绪在第二天一早醒来时更是达到顶峰。

化妆和换衣服持续了两三个小时。

令嘉今天的战袍就是一条抹胸束腰长裙，细碎的钻石藏在金色纱摆间，随着行动闪烁，朦胧婉约，若隐若现。

她一米七的个子和仪态完全能把裙子撑得很好，肩颈纤细挺直，皮肤白嫩，锁骨分明，非常惊艳。

冷是冷了点儿……但女明星穿礼服可不能分四季，时时刻刻光彩照人是她应该做到的。这会儿还不上台，令嘉就在外头裹了件大衣保暖，拉着连妙的手依然觉得紧张。

连妙安慰了她一大早，已经口干舌燥，这会儿想去喝口水，令嘉还是不肯松手，她可怜巴巴地道：“妙妙姐，我陪你去喝吧。”

连妙低头叹了口气：“你就老老实实地坐一会儿，后台乱哄哄的，要是被人撞上留个印儿，或者挂到抽丝，这十多万的裙子就只能买下来了。”

是的，裙子还是何导老婆帮忙向品牌方借的。

今时不同往日，从前在各大高定买裙子从不手软的令嘉，现在穿条当季新款还得几经辗转找品牌方借。

“道理我都懂，但我还是好紧张。”

这几乎称得上是她这辈子顶顶重要的时刻。

她即将第一次踏上红毯，第一次置身于那么多的镜头之下。

最重要的是，连令嘉自己都没看过《我和她的 1935》片子最终剪辑版本。

令嘉不仅忐忑于自己的表现，也忐忑于外界对自己的评价，这些都决定了她人生能否就此迎来转折。

首映会场很大，足以容纳上千人。

前排 VIP 票区坐的全是媒体人和重要的电影人，还邀请了国际一流的交响乐团现场演奏电影主题曲。

时间距开场越来越近，令嘉深吸几口气，又吐出，为了缓解自己紧张的情绪，开始天马行空地胡思乱想。不知道傅承致会不会到场，反正她是信守当初的承诺，把票提前两个星期递给霍普了。

两张票，还多出了一张送给霍普自己看。

那可是何导分给主演们，邀请自己家人和朋友的内部前排 VVIP 贵宾席。

可惜爸爸不能来，这是令嘉感到最遗憾的一件事。

她从小到大所有的比赛、演出活动，令父从未缺席过，偏偏最盛大的这一次，他却无法来到现场见证。

这次走红毯，令嘉是和覃飞结伴出场的。

令嘉一只手挽着覃飞的胳膊，一只手拎着裙子。

不能被拍到表情管理失控的照片，所以她昨晚被周伍提前用手机拍照的闪光灯训练了一整晚，确保她在强光下也能保持微笑，优雅地眨眼。

外头的温度只有五六摄氏度，但好在忍过开头四五分钟，就能进到场馆内。

场馆里开了空调，尽管还是冷，但至少不用咬着后槽牙强忍打哆嗦了。

忍过开场的层层流程，又听完乐团的表演，会场的灯光终于暗下来，电影开场了。开场白响起，那是《我的旧城》原著开头的经典段落。

精良剪辑快速闪现的年代旧影中，这段旁白由张格曼本人缓缓道来。

在汽笛的长鸣和码头充满烟火气的喧嚷中，大船停泊。

荧幕黑了一秒钟，映出片名——《我和她的 1935》。

两个小时的影片长度，无论运镜还是取景，无论技巧还是留白，都做到了极致。大时代背景和普通人的悲欢离合在何导的调度下有秩序地展开，艺术性和观赏性同样突出。

何导功底深厚，他熟悉一部电影所有的叙事方式，也对任何一种方式都运用自如，但最后选择用最平实温和的镜头，挖掘人类最深刻最复杂的情感，而在其中，两位主演的表现也可圈可点。

覃飞已经拿下影帝就不说了，令嘉这个新人的表现格外叫人惊喜。

她的表演细腻，灵气十足，不仅赋予了元五丰满的血肉，也将这个角色演绎到淋漓尽致的程度。

许多片子往往是预告片比正片精彩，但《我和她的1935》的预告片，剪辑的并不是令嘉在电影中最高光的时刻。

全片一百二十分钟，她奉献了太多令人惊艳、值得人铭记的镜头。

出场时摘帽的惊艳一瞥，一眼误了张伯卿终生。

分别前夕的舞会，军官坐在钢琴前弹奏，他盛满爱意的目光自始至终追随着元五在舞池中旋转翻飞的裙裾。

当元五最后一次回头时，发现他已经随着队伍开拔上前线，她内心充满难以言说的惆怅。

电影即将结束时，她与丈夫在飞机轰炸过后的残垣断壁中意外重逢。

历史的车轮残酷无情，偏偏有时又格外仁慈，它将所有的巧合与错过糅合，给每个人以不一样的结局和命运。

电影片尾开始闪现，鸣谢创作团队。

过了好一会儿，台下才响起经久不息的掌声。

整个首映礼的观影过程，观影席上的观众都十分专注。

观众笑中带泪，但都在最后释然。

一部电影的成功与否，看首映通常便能窥知端倪，何导廉颇未老，为电影史又奉献了一部佳作。即便是张格曼最忠实的粉丝，相信也很难从何导的还原和再创作中挑出毛病来。

而令嘉也到这会儿才发现，“傅地魔”和霍普不知道什么时候入的场，赫然坐在VVIP观影席上。

她在心里轻哼一声。

看电影都不知道赶早，对艺术没有一点儿敬畏心，半路进来能看全吗？

这会儿电影放完，像是尘埃落定，令嘉冰凉的掌心终于恢复温暖。

虽然在看的过程中，她还是能找到几个自己不够满意，再来一次可以表现得更好的镜头，但电影的艺术性就在于此，总是充满了遗憾。

她给自己的表现打了七十五分。

无论电影后续口碑和票房如何，作为处女作，至少她已经全力以赴，无愧于心。

05

宣传活动持续到腊月二十九才结束。

《我和她的1935》会在大年初一正式上映，巧的是，同期上映的还有令嘉当时差点儿拿到女四号，但最终又失之交臂的《旧金山大逃亡3》。

不仅如此，这次挤在春节档扎堆上映的片子还挺多，宣发竞争一部比一部激烈，前后夹击。

虽然影评人们的口碑不错，但《我和她的1935》毕竟不属于市场喜欢的商业片，电影最后能斩获多少票房，完全只能听天由命。

大街小巷春节的气息已经很浓厚了，可惜傅承致家里除了用人在院子外面挂了两个灯笼，毫无过节气氛。

令嘉终于结束路演回到S市，当天下午吃饭时跟傅承致打招呼：“我明天要去疗养院跟我爸爸过除夕。”

傅承致点头，示意自己听见了。

令嘉有点儿诧异“傅地魔”的爽快：“你连春节也不打算回伦敦或者苏黎世跟家人一起过吗？”

“我母亲独居惯了，不喜欢被人打扰，至于伦敦——”傅承致切牛排的刀子顿了两秒，笑起来，“我猜我不回去，对他们来说才像过年，让大家再快乐几天吧。”

餐厅的壁灯光打在他侧脸上，一半俊美，一半在阴影中，他看上去格外孤寂，形单影只。

令嘉不知想到什么，突然开口：“之望也这样。在伦敦不论什么节日，用人们每次帮他布置装饰好公寓，都会各自回自己家，只剩他一个人过。”

直到进入剑桥的第一年，除夕令嘉没有回国，令父亲自飞到伦敦来。

那晚，她第一次把之望介绍给爸爸，爸爸送了他一件白色羊毛衫做礼物，他穿起来很帅。

傅承致眼神沉了一下，但最终没有开口打断她。

当然，令嘉也没再接着往下说。

她不指望靠三言两语就能改变傅承致对沈之望的厌恶，只是想替他说句话而已。

傅承致和他真不愧是血缘兄弟，两人对稀薄的亲情体验都如此之深。

这样看来，他更不应该从骨子里厌恶和他有着相同遭遇的沈之望。

毕竟作为一个失去母亲的无辜的孩子，之望从踏上伦敦的土地那天起直至去世，都没得到过一点儿真正的关怀。他没有做错任何事，也没有抱怨遭遇的不公，反而挣扎着努力活成了一个心怀感恩的人。

晚餐结束。

令嘉回到卧室，拿上提前准备好在疗养院过夜的洗漱用品和换洗衣物下楼时，意外地发现，傅承致竟然没有运动也没回书房，还在客厅。

他剥了个橘子，悠闲地在看电视。

令嘉顺着他的视线瞧去，才发现是她参与录制的那期《你可真会说》到时间播了。

毕竟是第一次上节目，令嘉表现得还是有点儿害羞，节目给了她很多镜头，笑点频出。

客厅还有往来的用人，隔着电视机屏幕，有点儿公开处刑的意思。

令嘉开始不自在了。

她的目光到处搜寻遥控器，有点儿纳闷地压低声音说道："你不是在现场看过一遍了吗？怎么又看？"

"现场和剪辑修饰过的版本差别很大，做节目果然很考验包装能力。"

随着傅承致的话音落下，令嘉也终于在他背后的沙发枕上发现了遥控器。

男人看得很专注。

令嘉当即悄悄将手探过去，打算把遥控器拿到手，商量一下给"傅地魔"换个台，告诉他有意思的节目可多了。

不料她指尖才刚触到遥控器，傅承致仿佛后脑长了眼睛，第一时间反手抓住令嘉的手腕，侧过脸仰头看她："干吗？"

他力道很大，令嘉被惯性带了一下摔进沙发，差点儿撞到他脸上，被吓了一跳，急急忙忙弹开。

"我就拿个遥控器而已。"

傅承致这才松手，把令嘉手里的遥控器收过来，换成几瓣橘子。

“你刚刚又没说话，我不习惯被人绕到我后边。”

他放松语气，这句算是解释。

令嘉将橘子扔回他怀里，才不稀罕吃他的。

傅承致倒也没恼，问：“你打算在疗养院住两晚吗？”

“嗯。”

“那边有房间？”

“睡套房里的沙发。”

“等你父亲睡了，我叫司机去接你。”

令嘉摇头：“我想多陪陪我爸爸。”

傅承致可不喜欢被安排，他又回头看了令嘉两秒，直言：“我最近是不是对你太纵容了，令嘉？”

令嘉听到他直呼自己的名字，心里咯噔一声，当即警铃大作，不知道他又要命令自己做什么。

其实她也有点儿心虚，毕竟是签了合同的。往日傅承致没回国也就算了，但在过去这个月里，对方可是一直待在S市，是她又拍戏又宣传，休息时间还要探望爸爸。

令嘉刚刚在底线边缘犹豫改口，傅承致已经站起来，活动了一下肩颈，叫用人取来网球拍。

“打场网球吧。”

大灯一开，院子里的网球场被照亮了。蓝绿色的塑胶场映出令嘉的影子，亮得好似白昼。令嘉穿的本身就是宽松的运动服，便也没上楼换，只脱了大衣开始热身。

露天网球场很冷，呼出的二氧化碳到了空气中便成了雾，又很快消散。

令嘉摩拳擦掌。

她这个月吊了好多次威亚，练习了不少打戏，体能进步很大，说不定还能和他打个平局呢！

热身结束，比赛开始。

傅承致已经准备就绪，等待令嘉的发球，没料对面忽然叫停：“等一下，我扎个头发。”

人家都说差生文具多，学霸两支笔。令嘉和傅承致打网球也是同样的心情。

她刚热身时一会儿觉得自己的鞋不好穿，一会儿觉得自己的网球拍拉力没上够，现在又觉得自己的头发影响实力发挥。

前段时间在拍摄《暗刺》的时候，她有一组为了顺利逃生，用刀割了头发的镜头。

这个剧情一拍完，令嘉留了许多年的长发就剪了。

事后造型师还怕她舍不得，好好给令嘉的头发修整过一番，打薄后就变成了今年最流行的及肩发。

她感觉脑袋轻了不少，洗澡头发也不打结了，这导致她最近常常忘记头发的存在。

令嘉从场边的用人那儿要了根皮筋，反手往后扎。

可惜她一直就不擅长扎头发，这边梳那边掉，半晌没弄好，反倒是皮筋绷断了，在她指尖弹开后便无影无踪。

令嘉茫然低头，瞪大了眼睛四处搜寻。

最后还是傅承致看不下去，跨过网栏，捡起她弄断的皮筋打了个结。

“转过去。”

令嘉不肯。

比赛半天没开始，她刚热过身，现在鼻子又冻红了，伸手坚持道：“你给我，我自己可以的。”

傅承致已经有点儿不耐烦了：“所以我想打场网球，还得等你准备到明天天亮吗？”

好吧。令嘉不愿因为这种无关紧要的小事和他争执，导致失去明天的探视时间，只得暂时屈服在“傅地魔”的魔爪下。

冷空气中，他的指腹温热，不像令嘉的手心那么冰。

傅承致随便用五指给她梳了两下，便扎了个紧实的高马尾，全程不到十秒钟。

令嘉摸了一下，头顶平滑，脖颈上也没掉碎发。

她看着男人往回走的背影小声惊叹：“你还会这个啊？你用从前的女朋友练习过吗？”

傅承致眼角抽了一下：“我以为这么简单的手艺，只要有手的人都会。”

一个半小时很快过去，令嘉已经竭尽全力，把能带的文具都带上了，打完浑身脱力，累得大汗淋漓。

可惜她还是以2：3的分数，输给了傅承致。

她用网球拍撑着身体，走回场边。

用人见状，立刻上前给她披上外套。

傅承致喝了口水，淡定地看着她："累成这样，你还要去疗养院吗？"

令嘉忍着疲惫，拼命把气喘匀，死鸭子嘴硬："不累。"

"也不洗澡了？"

"我可以过去洗。"

"好吧。"他终于放弃劝说。

院落的大灯照亮他棱角分明的脸，男人眸光深沉，吐出一口雾气，轻声开口："除夕快乐，令嘉。"

疗养院比平日冷清许多，员工大多放假了，走廊里只剩值班的护士和医生。

令嘉照例给他们带了些水果和零食，然后便拎着行李进了病房。

令父还没睡，护士说他白天午休的时间有点儿长，估计要很晚才能睡着。

她干脆打开电视，给爸爸调了自己参加的综艺节目看。

虽然就这么一期，但毕竟是她第一次上电视呢。

怕令父老花眼看不清，令嘉还特意找出他的眼镜，好好擦了擦，架在他鼻梁上，又把轮椅朝前推了一些。

电视机里传来的笑声不断。

令嘉拿毯子铺在沙发上，又换了房间的鲜花和水果，把给父亲买的新衣服放进衣柜。

她一边忙碌，一边絮絮叨叨地跟父亲讲话，讲她录节目的趣事、拍电影的困惑……想到哪儿便说到哪儿，也不管令父听没听。

她已经习惯了得不到回应，忙了好一会儿，正打算进卫生间洗漱，忽然听身后的父亲口齿不清地说了一句什么。

令嘉难以置信地回头，男人还在专注地盯着发亮的电视机。

她后知后觉地意识到，他刚刚说的是"小八真漂亮"。

令嘉险些以为是自己的幻觉，自令父倒下以后，他就不能认人了。时隔半年，这是他第一次喊出她的名字，尽管是对着电视机。

生怕戳破这一触即碎的美梦，令嘉转身走到他的轮椅边蹲下来，急切地唤他：“爸爸，你认出我来了吗？”

令父低头看了她一眼，又继续目不转睛地盯着电视。

屏幕里的令嘉正在发言，镜头刚刚给到她微笑放大的脸。

令父隔了半晌才又重复：“我家、小八，真……漂亮。”

令父说话的音节仍然不是十分清晰，因为大脑很难协调控制，吐字艰难。

令嘉的眼泪却在一瞬间掉下来。

她明白父亲为什么能认出镜头里的她了。

令嘉小时候，奶奶最常给她梳的就是双马尾，有时编成小辫子，有时扎成两个小花苞，和这期节目里的造型很像。或许父亲记忆中最深刻的，一直是她当年小孩子的模样。

令嘉紧紧地握着他的手，席地坐在他身边，头轻轻地倚在父亲的膝盖上。

“谢谢你，爸爸，新年给了我最好的礼物。”

这是从家里发生变故到现在，令嘉觉得最满足的一刻。这一秒钟让她觉得自己的选择和所有的努力都没有白费。

即使是很微小的改变，就算没办法完全恢复成过去的样子，但她知道爸爸在逐渐好转，这就够了。

第十一章

这就是嫉妒的味道啊。

01

大年初一，司机一大早就把车开到疗养院楼下接令嘉回去。

来人是最常跟在傅承致身边的司机，他亲自来，令嘉还有点儿诧异。

趁西装男往后备厢放行李的时候，她好奇地问道：“傅先生今天没有行程吗？”

“先生今天确实没有外出行程，不过他上午邀请了塞科的主创团队在家里会面，下午是和朋友的晚宴。”

令嘉立刻会意：“所以他需要女伴啊。”

“先生以往也不需要女伴的。”司机开玩笑说，“也许是他想你了呢。”

令嘉完全不会自作多情，这样的话过耳就忘了。

电影在今天零点过后上映，她低头看了会儿手机上大家发来的消息或祝贺的话，统一感谢后，打开车窗吹风。

令嘉回到宅子时，傅承致正在书房开视频会议。

她进门就发现，用人们已经把客厅和餐厅都布置好了。

长桌上摆了不少餐碟和红酒杯，看上去客人还不少。

院子里的花木修得整整齐齐，短短两天，廊下一大片小苍兰开了。

鸢尾科香雪兰粉白的花瓣拥在一块儿，穗状的花序，丛丛簇簇，格外好看。

大冬天的还挺稀罕，令嘉掏出手机，连拍了好几张照片。

用人帮忙提着行李上楼，她翻着照片才想起，刚搬进这座宅子时，花坛里种的好像还是白绣球来着。

她回头好奇地问道：“那花儿是什么时候栽的啊？”

用人微笑道：“腊八第二天早上移栽过来的，趁您不在家这两天开花了。令嘉小姐您回到卧室以后，可以从窗内往外看，那个视角更漂亮，味道也很香。”

令嘉如她所言推窗看出去。果然，从这个视角看出去，花海颜色还是渐变的，从淡白到深粉，好像用水粉描了一幅浓淡得宜的画儿。

花木工人可真是艺术家。

令嘉一直对美丽的东西毫无抵抗力，她看了半晌问：“这花儿能开多久？”

“照顾得好的话，花期有两个月呢。傅先生说这是补给您的生日礼物。”

生日礼物？

令嘉缩回脑袋，这会儿稍微有点儿清醒了。

在过去，这礼物对她来说还真就只是好看，但现在，知道柴米油盐有多贵以后，令嘉在脑子里换算了一下，从挑选花苗、规划移栽到室外的人工保温养护，她只看见了大沓的钞票。

真贵啊。

令嘉的兴奋消散了，只觉得胸口有点儿沉甸甸的。

自上次道歉后，她和傅承致之间的关系改善不少，总算和平相处了一段时间。

这回又收到礼物，令嘉不想再把关系弄得剑拔弩张，但她内心深处仍隐隐觉得不安，因为她没办法偿还这样的礼物，无论从物质还是感情层面。

她在楼上洗完澡，傅承致的会议刚好结束。

他过来找令嘉，门正开着，她刚好坐在梳妆镜前梳妆。

听见敲门声，令嘉怕手歪，头也没抬，继续描眉，开口道："进来。"

令嘉的头发已经吹干，柔顺地披在肩头，比起从前的波浪卷发，少了一些幼稚感，多了几分知性温柔。

手下的秋波眉，有着古典柔和的韵味。

瞧见镜子里的身影，令嘉才发觉是傅承致进来了。

眉笔一抖，令嘉抱怨："你怎么不出声啊，吓到我了。"

"我敲了门。"

傅承致抽了桌上的湿纸巾递给她。

令嘉没理，说："底妆化完就不可以用纸巾擦了，会把粉底蹭掉的。"

她从盒子里找了棉签，擦完又接着往下化，问他："你的会议结束了？"

傅承致漫不经心地应着，把玩着她梳妆台上的东西，一样一样捡起来问她是什么。

令嘉烦不胜烦："你很闲吗？"

傅承致耸肩："确实没什么事情等着我去做，客人都还没到。"

他说着，递过来一支口红说："擦这个。"

那是干枯玫瑰色，令嘉不干，问道："你觉得我今天上的淡妆配这个颜色行吗？"

“那这个。”他又拿出来一支，是相差无几的枣泥红。

考虑到自己现在是乙方，一切以满足甲方的需求为己任，令嘉深吸两口气，放弃了纠正他的想法，接过来在虎口处试了试色，直接往唇上擦。

傅承致却好像上瘾了，接下来又给她挑了眼影、耳坠、项链……

令嘉有点儿想翻白眼，礼貌使她克制住冲动，问道：“你在玩捏娃娃吗？”

令嘉最终从头到脚按傅承致的审美装扮，挽着他的手下楼迎接宾客。

从她搬过来到现在，这座空旷安静的宅子还是第一次迎来这么多人，塞科的整个主创团队都来了。

客厅的壁炉烧得正旺，室内温暖如春。厨房里的人忙碌一早上，长餐桌上摆满色香俱全的食物，可惜令嘉不能吃，她过完节马上就要接着进组拍戏，只能接着吃水煮鸡胸肉。

进餐时间很长，傅承致在和众人聊工作上的事。

她只能安静地陪坐在旁边做一朵壁花，无聊地把盘子里已经足够小的鸡胸肉分解成更小的方块。

醒好的红酒色泽看起来很不错，尝一口应该没关系。令嘉手刚刚探到杯脚，还在聊天的傅承致突然伸手，将她的杯子移走，回头吩咐用人给她倒杯苏打水。

转过头，他又若无其事地接着与人往下交谈。

他们这会儿已经从金融聊到哲学，在近代史上，人们对思维和现实关系的两种谬误。作为一位令人闻风丧胆的金融家，傅承致同时也有着自己的哲学理念构架帮助他理解市场，预判规律。

“……现实的反射性通常很难理解，大多数人更容易被简单的答案误导。他们无法意识到有效的预测也不一定能证明所基于理论的正确，而更倾向相信不注重客观现实的导向。”

这涉及令嘉的专业，她支起耳朵，认真听了好一会儿。

傅承致说着忽然话锋一转：“就像阿兹特克人的献祭仪式，在任何天灾人祸或特奥蒂瓦坎帝国外内部环境不稳定之际，他们更倾向强化献祭仪式，以达到控制局面的目的，尽管血腥，也并不符合我的美学，但这个办法快捷且有效，不是吗？”

傅承致提出这个问题时，偌大的餐厅里热闹轻松的氛围突然一滞。

令嘉抬头才发现，大家脸上的笑容都变得僵硬，强行附和的回答尴尬而又战战兢兢。

此前的欢愉一扫而空。

尽管令嘉不清楚这家公司当下面临什么局面，但瞧见这情境，哪里还会不明白今天的宴请是场鸿门宴。

很显然，这些高层事先没有预料到傅承致会突然发难，当下才会毫无准备。

午餐结束不久，高层开始争前恐后地向傅承致示好。

刚刚的餐桌上，他已经表达出明确的意向，谁也不愿意成为他下一步动作中被挑选献祭的勇士。

果然是“傅地魔”呢，大年初一也不让人好过。

令嘉在心里叹了口气，她最害怕这种见证人性赤裸的场面，干脆远离争斗，坐在沙发里玩游戏，丹棠刚刚邀请她玩双排。

这款第一人称射击游戏就是由塞科开发运营的，一上市就很火，风靡至今。在剧组的时候，几个年轻的主演每次在旁边等戏拍，都是捧着手机玩这个游戏，尤其是丹棠。

令嘉在他的再三哀求下才下载了游戏，一起玩过几次，刚刚了解规则，但技术还很生疏。

她操纵人物摸索着，笨拙地躲过对手的射击，转身一时不防，又从房顶上摔下来，满屏绿血，游戏进入死亡页面。

令嘉不服气，刚准备再开一局，一抬头就发现傅承致已经坐到她身边，其他人不知什么时候也都从餐厅移过来了。

英挺的鼻梁近在眼前，连几根睫毛都数得清。

令嘉被吓了一大跳，心脏猛跳了两下，但众目睽睽之下又不能做什么，只好抬手，掌心按着他的脸颊推开。

“你靠得太近，影响我操作了。”

她这充满冒犯意味的动作让客厅里的众人看得发愣。

傅承致却没有生气，甚至饶有兴趣地问她：“你在和谁一块玩儿？”

进入游戏的加载条已经过半。

令嘉张口要说出丹棠的名字，话到嘴边，想起他上次砸了自己的水晶球，又忙改口，一语带过。

"剧组的朋友。"

这局开始不到十分钟，令嘉操纵的角色又死了，被队友扔雷炸死的。

调出战绩，列表是清一色的血红惨败，两只菜鸟连在鱼塘局都活不下去，再死就得掉级了。她郁闷地退出房间，刚返回大厅，便听到旁边的男人轻笑了一声。

"你在嘲笑我吗？"憋了一肚子气正没地方撒，令嘉闻声抬眸瞪他。

傅承致没说话，只是抬手，扬声唤人："靳屿。"

客厅另一端，被喊的男人有些诧异，应声而起，快速走过来。

傅承致懒洋洋地靠在沙发上，把胳膊搭到令嘉身后，说道："帮我个忙，令嘉和她的朋友水平不怎么行。"

"你要是能带他俩十连胜，我给你塞科百分之三的股份。听说这是你主持开发的游戏，对你来讲不难吧？"

他语气太过轻描淡写，别说令嘉，连男人都不敢相信自己的耳朵。

他迟疑着将目光转向周边所有和他一样不可置信的人，终于意识到傅承致竟然是认真的。

带他的女朋友十连胜，然后得到塞科百分之三的股份，市值整整两千万的股份啊！

"傅总，您是认真的吗？"

傅承致微笑，没有迟疑，招手便叫来助理。

霍普拿来纸笔，唰唰在茶几上写了份临时合同，转到傅承致手中，他看也没看，又抬手交给靳屿。

"等你赢下十连胜，我就会在上面签字。"

一石激起千层浪，如此荒谬得不可思议又充满巨大诱惑力的赌局，让所有人都安静下来，看向那纸合同的目光充满了狂热。

见靳屿迟迟未动，甚至有人提出代他来打这十局。

可惜男人死死捏着合同不放，他已经决定接受这惊险的挑战。

令嘉觉得傅承致完全疯了，就算钱再多，也不能这么儿戏。

怕自己的惊呼被人听见，她压低声音附在傅承致耳边问道："你来真的？"

他同样小声回答："当然。"

令嘉一时又有些不知所措："万一他真的十连胜，我不就害你丢掉那些股份了？”

“我需要再笨一点儿给他拖后腿吗？”她又问。

“不用，就按刚刚的水平全力以赴，别担心，你已经足够差了。”傅承致温柔地微笑回答。

看在令嘉眼里，这笑容就是在展露獠牙。

他肯定又在策划着什么坏主意。

靳屿已经登录他的账号，令嘉和游戏另一端的丹棠打了声招呼，拉了个新朋友到两人的队伍中。

剩下的队员仍是随机匹配。

这位靳总不愧是游戏开发主管，在令嘉和丹棠两只菜鸟拼命送人头的情况下，他仍然能数次在惊险时刻力挽狂澜。

时间过去一个半小时，游戏从第一局赢到第九局，靳屿身后的沙发周围已经站满了人。

一群平均年龄超过了三十岁的科技精英、公司高管，此刻像网吧里围观大佬操作的小学生，屏住呼吸连气都不敢喘。

全场最轻松的人就要数丹棠了，他被接连带飞，兴奋得不行，好几次在语音里夸她找来的朋友真是高手。

他夸完了令嘉又去找靳屿，还给他发送好友申请。

可惜他们俩无论是谁，都没心思搭理丹棠。

第十局进入加载中。

令嘉抬头发觉，对面靳屿西装衬衫的领口和腋下都湿了，头上也全是汗，他拿着手机，悬在屏幕上方的手在微微颤抖。

他很紧张。

再看向他身后那一双双各怀心思的眼睛，令嘉不得不佩服傅承致玩弄人心的本事。

无论他的目的是什么，仅仅一上午的时间，进门时气氛友好的团队，已经完全不再是铁板一块。

令嘉有点儿打顺手了，最后一局操作比之前任何一局都好得多，可惜靳屿发挥失常，明明对手不见得比之前厉害，他却连犯几次令嘉这样的新手才会犯的低级错误，射击频频落空。

屏幕变绿，令嘉的小队全军覆没，屏幕中央出现“游戏结束”的字样。

令嘉抬头，瞧见对面靳屿的脸色在一瞬间灰败下来。

股份没了。

这种感觉无异于中了张两千万的彩票，去兑奖时却被告知老板打错了号码一样令人抓狂。更残酷的是，他是在第十局输的，与成功只有一步之遥。

令嘉既觉得不忍，又松了口气。

不料，傅承致竟然接着道：“有人想代替他跟我签这份合同吗？”

毫无意外，所有人都心动了，但不是每个人都擅长打游戏。

傅承致在人群中看了一圈，似是随意挑出一个脸盘微圆、面容和善的男人。

“邹总，我听说你游戏打得也不错。”

邹畅三十来岁，他松了松领带，开始卷袖口，笑意融融：“我十五年前就想去打职业比赛，可惜在那个年代，职业选手不挣钱。”

他们自顾自聊着，游戏正要开始，令嘉却不愿配合。

她不想再帮傅承致耍人，收起手机，偏头注视他，压低声音道：“我不想玩儿了。”

傅承致搁在沙发上的手抬起来，悬了半秒落在她发心怜爱地拍了两下，然后指尖便顺着往下滑，一路从令嘉肩颈落至腰间，暗暗收力，把她整个人带进怀里。

令嘉吓得整颗心都提起来，却不敢在旁人面前驳他面子。

有了上次的经验，她攥紧了手机一动也不敢动，僵硬地把脸埋在他肩膀处。

隔了两三秒，她才听傅承致冲对面抱歉道：“你瞧，跟我撒娇呢，说累了。”

邹畅笑容没变，他把外套搭在附近的沙发上，善解人意地回答：“游戏玩久了，眼睛确实会累。没关系，我可以等令嘉小姐您多休息会儿。”

“休息好了还玩儿吗？”傅承致低头问她。

男人低下来的鼻尖与她近在咫尺，几乎要碰上她的额头，好看但冷漠的唇在她眼前一开一合。

令嘉清楚他想要的答案是什么，急着从这样的姿势中挣脱，只能含糊而狼狈地“嗯”了一声。

傅承致的嘴角立刻翘起来，在她眉心吻了一下：“乖女孩。”

游戏重新开始。

果然，这位邹总的游戏技术如他所言，是差不多能去打职业比赛的水平。一样拖后腿的队友，他指挥得宜，完全扭转了劣势，无论是操作、走位，还是武器的准头都比刚刚的靳总厉害得多。

游戏一个多小时后结束，这十局赢得毫无悬念。

傅承致也信守承诺在合同上签字，微笑着递到男人面前。

“等下个工作日，你就可以到公司来领股权让渡书。”

此话一出，在场的人眼睛都有点儿发红。

没人会嫌弃自己的钱多，尤其是当他们的同伴以如此轻易的方式获得股份的时候。

就在邹畅强忍欣喜把合同折好收进口袋时，傅承致慢条斯理地又开口道：“我在小时候听说阿兹特克人祭祀仪式，其中一种规则让我一直很惊讶，邹总听说过吗？”

“我肯定不如傅总博闻多识。”男人好奇地问，“是什么样的规则？”

“他们派几支队伍出战，竞争结束后，选择胜者奉献给神。”

男人在原地怔了两三秒，笑容没能维持住，问道：“傅总是什么意思？”

“就是你理解的意思。”傅承致仍然十分轻松，“我认为，把你从塞科的团队里剔除，是眼下最好的办法，在你从首席执行官的位置离开后，塞科会赢得崭新的未来。”

男人驳斥：“我是塞科创始人，公司走到今天我功不可没，就算您收购公司，也不能一意孤行裁了我，没有人会同意您的决定！”

“我知道你功劳大，所以我给了你百分之三的股份。”傅承致摊手，“至于是不是一意孤行，你不妨问问你的伙伴，看有没有人愿意你留下来。”

令嘉几乎要被眼前的局面惊呆了。

她终于意识到，傅承致这局布得有多老谋深算。

他先是在午餐时，用猝不及防的恐吓突破了每个人的心理防线，又在刚刚来了招离间计。

从邹畅第一时间看向靳屿的眼神推测，他们显然是这个团队中关系最好的。只因为百分之三的股份，这关系便破裂了。

靳屿避开了邹畅的眼神，他不敢发声，因为就在刚刚，他也险些成为那个被献祭的胜利者。

傅承致就这样兵不血刃地踏平坎坷，接手了一家公司。

管家将宾客送走，大厅终于安静了片刻。

令嘉收起玩得发烫的手机，忍了再三，还是想不通，开口发问："你要裁的既然是邹总，怎么能确定靳总一定会输？"

"这很简单。靳屿心理素质糟糕，邹畅贪得无厌。"

傅承致手插在长裤口袋里，回过身，面上还带着笑意："只要足够了解一个人，你就可以成功预判他的预判。"

令嘉望着眼前的男人，又一次感觉到了熟悉的、智商被压制的可怕。

她大概再活几辈子，也没办法赶上他的心机和城府。她每每稍微有点儿放下戒备时，傅承致就会重新用事实提醒她，他究竟是个怎样的人。

02

用人们忙碌地在大厅里擦拭打扫，至多不过半个小时，这里将要迎来另一拨客人。

令嘉已经感到累了，她觉得这样的社交方式，比拍一整天戏更让人身心俱疲。

口袋里手机在振动，是丹棠在给她发消息。到底是个年轻人，差一局就连赢二十把，他已经兴奋到顶点了，缠着令嘉，非要她问问她的朋友还需不需要新朋友。

令嘉心里叹气。

他们不仅不需要新朋友，估计还想宰了她和傅承致。

下午，客人陆陆续续来齐，大多携带了女友和家眷。

除了席霖之外，还有两个她上次见过的熟人，其他都是生面孔。

看氛围，算是比较轻松的聚会，估计早上的事情应该不会再发生。

毕竟一朝被蛇咬，十年怕井绳，令嘉不想当工具人，只想躲在后面当壁花，全程努力降低存在感，傅承致却偏要一一把人介绍给她认识。

令嘉还不知道，她现在的声名响彻傅承致的朋友圈。

大家一致认为，这位为父还债的落难千金本事实在很大。向来冷血残忍没人性的傅承致和她在一起之后，不仅替她清偿债务，现在还因为她连伦敦也不愿意回了。

要知道，自接手合宜起，他一年三百六十五天雷打不动，每天工作超过十二个小时，堪比劳模，现在却因为这个女人在S市休假这么久，甚至不惜下放了部分权力，传说中的从此君王不早朝也不过如此。

伦敦总部现在因为她，简直是掀起了一场腥风血雨。

众人的热情险些要让她招架不住，虽说令嘉一直在社交圈很受欢迎，但那时的欢迎跟现在的欢迎，模式上有很大区别。

她此时被簇拥在人群中间作为话题焦点，听着大家不知是真是假的赞美和恭维，全程只剩微笑点头道谢。

虽然是第一次见面，他们的态度却比令嘉多年的好朋友表现得更亲切。

令嘉不喜欢陷入这种虚幻的花团锦簇中，轻飘飘的，像是找不到自己的落点。

他们并不是因为喜欢她而靠近她，只是因为她是傅承致名义上的女伴。

她的目光穿过人群，寻到落地窗外傅承致的方向。

外头还是冷，因为是下午，稍微出了点儿太阳，金光洒在院子一角，把空气稍微渲染出几分温度。

傅承致靠在椅子上，正在跟他的朋友谈话。

他手里夹着一支不知谁递过来的烟，微微偏头，便有人替他点了火。

他吐出一口烟圈，回过头来，刚好撞见令嘉的视线。

少女挺直背脊坐在女人们中间，嘴角虽还含着礼貌的微笑，但眼睛里已经生无可恋地写满：好累啊，我就想躺会儿。

连傅承致自己都觉得奇怪，他怎么总能解读出令嘉眼睛里在想什么。

明明距离这么远，还隔着落地窗呢。

他招招手，示意令嘉出来。

他才抬手，便被周边的人调笑："承致，你现在还真像陷入热恋的小伙子啊，就分开这么一会儿，也要人家过来陪你。"

傅承致没解释，把烟蒂按进烟灰缸里，慢条斯理地反驳："令嘉支气管功能不好，我让她出来透透气。"

令嘉收到他的信号还有点儿不情愿。

她不清楚傅承致要干吗，室外又没暖气，她穿的裙子，坐在外面多冷啊。

犹豫了两秒钟，害怕不给他面子，傅承致又搞上回的惩罚，令嘉到底还是起身，整理了一下裙摆往外走。

未承想，走近傅承致身边时，他示意她弯腰，附耳道："管家去超市采买，你不想聊天的话，跟他出门玩吧，等晚餐结束再回来。"

天哪，傅承致这句话简直是天籁。

令嘉眼睛瞬间亮了，这就像小学时写作业到半夜十二点，爸爸对她说，别写了，去睡吧。

她兴奋地转身就要去找管家，又被傅承致叫住："把外套带上。"

目送她的背影进屋，傅承致收回视线。

令嘉也许永远很难成为他母亲那样，忽略自己的喜怒哀乐做个合格的女主人，但他恰恰也就喜欢她这一点，她懂得真挚中存在的虚假，但仍然在虚假中坚持真实。

他愿意创造环境为她保留这份高尚的纯粹。

此时令嘉还不知道自己短暂的快乐之后将要迎来什么，因为就在她出门后不久，影音室的灯亮了。

令嘉走后，客厅里剩下的人倍感无聊，有人提出看电影。

别墅的家庭影院是上一任主人在设计之初就规划好的，买下这个宅子后，傅承致并没有花过多的精力去更改布局，只交给助理打理，重新做完软装，便把伦敦的管家带过来。

由于傅承致平时日程忙碌，这间影音室几乎是整栋宅子他最不可能踏足的地方。而令嘉在休息时又通常喜欢大量阅片学习，因此，这儿就几乎成了她的私人领域。

毕竟花费上百万装修好的视听室，坐在里面能清晰地看到大荧幕上每位演员的微表情。这样看电影，有着电脑和电视机根本没办法比拟的星级音画享受，不用就是在浪费。

开始学习做一个演员以后，令嘉就花了许多心思收集电影碟片。这些碟片盒子此刻一排排在架子上按照年份、主演、获奖情况分类码齐。众人进来时，都被满当当的架子震了一下，这简直是电影爱好者的天堂。

用人为进门来的客人示范了怎么放电影，又给大家准备了果汁、红酒和茶点。

一下午的时间很快就过去了，第一部电影放映结束。

这会儿已经走得只剩三四人，灯重新亮起来，就在他们重新搜寻感兴趣的片子时，有人在摆满碟片的柜子第三层看到了几个散落的U盘。

她好奇地把U盘拿起来把玩，问道："这里面也是电影文件吗？"

"播一下看看不就知道了，"有人在旁边猜测，"令嘉不是演员嘛，说不定是内部剪辑版本呢。"

这话一出，大家都好奇起来。

有人随意抓了一个U盘，放在电脑里打开，文件夹里果然都是影音文件，还有经过剪辑的片头，虽然做得挺精致，但不是电影的剪辑手法，正要关了文件，正片却已经开始播放了。

不过十几秒钟，众人很快明白过来他们做了什么蠢事。

这不是什么电影内部剪辑版本，根本就是令嘉和一个男孩的生活日常，剪辑更像Vlog的形式，由男孩记录，内容从生日晚会到期末聚会……

两个年轻人无忧无虑的笑脸在荧幕上放大，任何人都能感受到他们的默契和恩爱。

闯祸了。

看了不该看的东西，众人仿佛都隔空瞧见了傅总头上一顶绿油油的帽子。那人手忙脚乱地把U盘从电脑接口拔下来，塞回柜子里。

几人忙不迭地从影音室逃离。

拔U盘那女孩小声开口："可能不是绿帽子，是前男友呢？"

"但就算是这样，令嘉胆子也真够大的，她怎么敢把和前男友的视频光明正大地摆在现任家的柜子上？"

"不管怎么说，咱们就当没看过吧。"

……

他们小声而隐晦地讨论着，一路穿过走廊走到大厅，没有注意到就在他们走后，有人刚好从小会客厅开门出来。

半个小时后，傅承致在晚餐开始前得知了刚刚在影音室里发生的一切。

女秘书语毕，自他耳边直起身，男人往席间扫了一眼。

被那眼神一扫，刚刚最后从影音室出来的几人不约而同地心虚地垂下眼帘。

晚餐结束，将人送走前，傅承致记下几人的名字，把事情交给了霍普处理。

无论那几个U盘里的内容是什么，傅承致当然不可能就这么放任他们揣测，到外头胡言乱语。

他习惯把一切不受掌控的突发事故扼杀在萌芽阶段。

至于告密的女秘书，霍普在让人签下保密协议后，直接宣布了她已经被解雇的消息。

女秘书的情绪从不可置信变成愤然，开口问他："为什么？"

"你应当知道的，先生的秘书团从不缺人。既然派你过来只是送份文件，你应当放下文件就离开，而不是妄图靠告密投机取巧，谗言献媚。"

"但我若不开口，傅就会被蒙在鼓中，被人取笑！"

"你又怎么知道他不愿意被蒙在鼓中？"霍普反问，"跟令嘉小姐住在一个屋檐下的，是傅而不是你，你不应该随意揣测傅的想法。"

虽然霍普嘴巴上说得义正词严，但他心里很清楚，眼前这个人确实是在被傅承致迁怒。

谁叫她倒霉，多管闲事还管到令嘉头上，让先生心里不痛快了呢？

傅承致晚餐时喝了不少，最后一位客人被送走后，他便立在室外台阶上吹风。

静谧的月光下，院子里的水池波光粼粼。

小苍兰的香气随风送到鼻尖，傅承致脑袋昏沉，酒意稍微有些上头。

他站了两三分钟，才掏出手机给管家打电话，告诉他带着令嘉多绕一会儿再回来。

然后他转身回到宅子里，穿过客厅和长廊，越走越快，直到打开了影音室的灯。

尽管是自己的宅子，但这是傅承致第一次进到这里。

他没有心思打量装潢摆件，直奔收藏柜，找到那几个U盘。

五年的时间，记录下来的也就一百来个视频，每段从几分钟到十几分钟不等。

家庭影院的超清大屏，三百六十度环绕音效，是为了让观众更有身临其境的感觉，但此时此刻，更像一种折磨。

用人因为准备之前的晚餐，还没来得及收拾这里，他顺手拿起身边喝得只剩半瓶的酒，拔开瓶塞，给自己倒了一杯，躺在沙发椅里，边饮边看。

傅承致不知道自己为什么会把宝贵的时间拿来看这些东西，但人的举动、感情就是这样，不是任何时候都受理智控制。

何况他喝了酒，神志不清，可以放纵一下。

03

大抵因为沈之望学的是艺术，对美有着天生的感知，他把 Vlog 的每一帧画面都拍得唯美清新。

比起电影里虚构的元五，他镜头下的令嘉更真实、自信、清醒、无畏，充满生命力。

那是傅承致不管花多少钱都无法强求的另一面。

大屏幕上，她尝试着给沈之望剪头发，万圣节替他化装，他们会在人群中十指相扣，会从海边回头，朝他跑来，也会在夕阳落下的最后一秒，勇敢地踮脚亲吻男孩的下巴。

那样奋不顾身的年轻炽热，甜蜜又搞怪的岁月静好，几乎能叫每一个普通人羡慕嫉妒。

傅承致在这时候忽然觉得，自己好像也是个普通人。

他的控制欲和占有欲，在感情上同样体现得淋漓尽致。

他烦躁地扯开几粒衬衫扣子，试图在脑海中回溯重新遇到令嘉之后的每一个片段。

可是对比之后，所有的负面情绪反而更快速地发酵，全身的感知因酒精的影响而变得迟钝，也同时放大了人的妒忌、占有欲以及强烈的破坏欲望。

傅承致觉得胸口好像燃着一把火，一次次近乎自虐般，看完一段，又点开下一段。

他渴望了解令嘉，但又不由自主地被所有的细节和点滴刺痛内心。

理智上他一直十分清楚，自己之所以喜欢令嘉，正是因为她的人生轨迹曾经被爱包裹，过去所有的瞬间，都铸就了现在的她，任何改变都可能导致偏差。

令嘉在外面玩了一下午，乐不思蜀。

她先是逛了超市，又去马场看了奶思，最后甚至戴上口罩和围巾，包得严严实实，骗管家去电影院看了她大年初一上映的新电影。

两人回程时一直在聊天。

管家是个五十来岁的英国人，十分礼貌、谨守规则的西方绅士，在一个屋檐下住了几个月，他还是头一次跟令嘉聊工作之外的事情，还给她讲了一堆傅承致小时候的趣事。

车子快要开进院门时，令嘉依稀看到了霍普立在门口，正在对谁说话。

他对面的女人，那张脸，从侧面看上去似乎有几分熟悉。

令嘉刚想降下车窗和霍普打声招呼，路灯下，女人的正脸忽然转过来。

“那是谁？”令嘉问。

管家顺着她视线的方向瞧了一眼，回忆半晌，说道：“大概是先生秘书室的职员，我见过这位小姐的次数也并不多。”

令嘉的笑容却渐渐淡了。

车里还开着暖气，车窗只降下一条缝，但她不知怎的，由内而外感觉发冷。

这张脸，她也只见过一次，却记得很清楚。

半年前，和绘真的谈判现场，就是这个女人撞掉了她的耳机。

所以，当时她的耳机被撞掉并不是偶然的。

傅承致早就看透了她的伪装，接下来顺势提出的交易，也只是预判到了她的预判。

可如果连这些部分都在他的意料之中，那她和傅承致从认识到现在，又有什么是真实的呢？

她做出的所有决定，都只是他给出的框架里的一种。

她所有的努力挣扎都被局限在他的五指山里，他居高临下，而她微不足道。

令嘉脑子纷乱。

她怔怔地关上车窗，觉得傅承致就像一个天然的矛盾体，时而残酷，时而仁慈，大部分时候虚伪，却又在某一瞬间全然不加掩饰。

令嘉在院子里下车，管家开车去了车库。

她推门进屋，晚宴早已经结束，傅承致不知在哪儿，整座宅子安静得听不见声响。

用人们不见踪影，从大厅到走廊，只有一盏灯微弱地亮着。

不知为什么，令嘉有种不好的预感，她下意识朝走廊亮灯的方向走去。

脚步越近，她心跳得越快，因为她看到影音室的门没有关，光线从半掩的门内透出来。

再往前两步，她甚至能听到之望的声音清晰地从音响设备传入耳中。

“……你怎么这也不愿意那也不愿意，连和男朋友一起参加舞会都不愿意，都怪我爱你，所以再怎么生气也舍不得对你发脾气……”

那是她和之望的录影带！

令嘉脑子轰的一声，被窥探的愤怒将理智冲垮，她握紧了掌心，三步并作两步上前，冲到门口。

果然是傅承致。

黑暗中，只见他坐在她常坐的那张沙发上，摇晃着酒杯，荧幕昏暗的光线照亮了男人的侧脸，交织着一种她从未见过的俊美和阴郁，风平浪静中似乎蕴藏着汹涌的暗流。

傅承致见她来了，只瞥她一眼，视线又回到荧幕上，淡淡地道：“玩得开心吗？”

令嘉今晚受到的冲击已经足够大了，现在更是快要被他理直气壮的态度气疯了。

她不可置信地发问：“这是我的视频，你怎么能动了我的东西，还这么无所谓？”

她把包扔在门口，说罢朝前走就要去关了投影，未承想在经过傅承致身边时，被他拉住了手腕。

这力道不轻不重，然而令嘉想要挣脱时，怎么也无法抽离。

“不是把它放在这儿了吗？你可以看，其他人自然也可以看。”他声音里含着一种置身事外的冷漠，“何况我陪你看，和你一个人躲着看，又有什么不一样？”

他话音才落，令嘉只感觉手腕被往前一带，之后便是天旋地转的失重感。

等反应过来，她已经坐在了傅承致腿上。

这是单人座椅，空间狭窄，令嘉进门时便脱了外套，此刻身上只剩一条单薄的及膝裙，隔着衣料便能感觉他身上皮肤传来的滚烫温度，甚至能清晰闻见他浑身浓重的酒气。

令嘉这下完全感觉到恐惧了。

她寒毛直竖，挣扎着就要从傅承致腿上起身。只是她还不懂得，有时胡乱挣扎只会加剧男人的攻击性。

男女两种性别间有着天生的力量差异，傅承致几乎不需要怎么用力，就能制住她的肩和腿，把她整个人禁锢在怀里，让她动弹不得。

他温热急促的呼吸拍打在她耳畔，令嘉几乎怀疑他会含上她的耳垂。

傅承致亲昵地警告她："安静点儿，令嘉，好好看。"

这样屈辱的姿势让令嘉快要哭了。

她内心快要被强烈的背德感淹没，之望的眼睛仿佛就隔着荧幕注视着她，她的声线已经无法抑制地带上了颤抖的哭腔。

"为什么要做这种事？这么做能让你得到什么快感？"

耳畔响着Vlog温馨轻快的音乐，荧幕在她视线中变得模糊。

烧得正旺的圣诞篝火里，沈之望还和她描绘着未来，结婚生几个小孩，许下再过几年搬到爱尔兰一座小岛上去住些日子的诺言。

傅承致嘴角微翘，仿佛真的在认真观看。

他十分坦诚地道："没有快感，我只觉得，你在他身边的时候，真可爱啊。"

这句话令令嘉不寒而栗。

然而傅承致接着补充："但不管怎么可爱，现在都是我的了。"

"你是变态吗？"令嘉质问时，彻底没忍住哭了，"我不是你的，我是我自己的。"

她的手腕在他掌心挣扎，浑身都在颤抖，眼泪顺着下巴滴进他衬衫半敞的胸膛。

傅承致摇头："仅仅是这样而已，怎么又哭了呢？"

像荧幕上的影片里那样，傅承致顺着她的泪迹从眼睑亲到她的嘴角。

令嘉的双手被缚，无论她多努力地别开脸，都避不开他铺天盖地的吻，无非是从鼻尖到脸颊的区别。

他的眼眸漆黑，呼吸粗重，拍在她的脸颊，轻声呢喃："你知道，我不喜欢付出得不到回应的感觉。我已经给了你前所未有的耐性，但你仍然不爱我，为什么？"

她头一次感觉那么害怕，四肢都吓到失去了力气，只能睁大眼睛看他，哭声里夹着抽噎："你冷静点儿，傅承致，你喝醉了，快松开我。"

但这抽噎好像更加刺激了他。

傅承致翻身，将令嘉放平在沙发椅上。

昏暗狭窄的空间中，他漆黑的眼睛像是被墨染透，有着惆怅、感伤，或其他更复杂难辨的情愫，同时也有着被邪恶支配的狂热。

他又一次开口询问，执着地要得到答案。

“为什么？”

令嘉无助极了，她感受着胸前的皮肤失去温度与空气接触。

眼泪染湿了鬓角，她能做的，只有在那视线中难堪地别开眼，将脸侧到一边。

傅承致却偏不叫她得逞，他捏着她的下巴将脸扳正，迫使她注视自己，又一次认真地问她：“是我对你不够好吗？还是我哪里不如沈之望？”

看着那双眼睛，令嘉终于忍不住含泪痛骂：“对，你不如他，哪里都不如他！”

“就算你比他富有比他厉害，但你没有健全的人格，你只会让身边的人怕你，你不懂爱，不会爱任何人，所以任何人也都不会爱你——”

她话没说完，便开始浑身发颤。

因为他不再费力解那些复杂的扣子，真丝的裙子架不住蛮力，三两下便被沿着裙摆线缝接口扯开。

“也许你说得对。”傅承致像是真的在和她探讨一样点头承认。

“我允许你不爱我，恨我也可以。只要我在你心里留下的烙印比他更深，你就是我的。”

他接着将这残酷的刑罚往下进行。

令嘉的肌肤感受着那清晰而令人羞耻的触感，情绪几乎快要崩溃，哭腔从刚刚的愤怒重新变为无力的祈求。

她的指甲掐入傅承致的手背，深深带出血印，企图最后叫醒他。

“傅承致，你说过不碰我的，你撒谎……”

她的挣扎那么无力，哭得梨花带雨，胸膛起伏，一边哭一边仰望他，向他示弱。

“求你了，傅承致，不要再往下了，我不想恨你，之望已经死了，你为什么要和他做比较……”

“你说得不对，在你出现之前，他不配和我比较，现在因为你，我才会感觉如鲠在喉。”傅承致纠正，“我试图说服我自己他已经死了，是你的在意，放大了他在我心里的作用。”

他的动作渐渐变得轻柔。

沙发不远处，漂亮的衣裙纷乱地散落在地毯上。

令嘉这会儿连哭都快没有力气了，有一搭没一搭地抽噎着。

身体和灵魂仿佛已经被扯成两半，浑浑噩噩地被架在火上炙烤。

好在傅承致终于暂缓了动作，他似乎终于找回了同情心，仁慈而悲悯地轻伏下来，拍打着她的背脊安抚她。

令嘉却抓紧机会，用尽了全部的力气狠狠地咬住他的肩膀。

雪白的牙齿陷进他的肩头，连筋带骨，仿佛要撕下一块肉。

痛感似乎让傅承致终于有些许清醒，他喘着气，动作稍微停滞，一只手抚上她的脸，温柔亲昵中，又带着些得意问她：“你这么咬过他吗？”

男人额角的汗滴落在她的眼睑上，随着她的眼泪一起流入鬓角。

令嘉怔怔地松开牙齿。

她觉得傅承致像个疯子。此刻的他，有种脆弱和恐怖交织，神经质般要拉着一切覆灭的癫狂。

他肩头的血很快顺着陷下去的孔洞蜿蜒流出来，傅承致用指腹擦下来，抹在嘴角，是腥咸的味道。

见令嘉仍注视着自己，他问她：“你要尝尝吗？这就是嫉妒的味道啊。”

近在咫尺的距离，但令嘉看着他漂亮的嘴唇一张一合，险些听不清这一句，包括视频的背景音乐，连同沈之望的声音，一起在耳边变得模糊。

令嘉心跳越来越快，呼吸甚至比傅承致更急促。

大抵是意识到令嘉不对劲，傅承致的动作终于彻底停下来。

他先是试探性地唤了她两句，耳朵贴在她的胸口听了片刻，听清楚哮鸣音时，终于彻底清醒。

傅承致匆匆起身，从旁边抓起大毯子将她裹好，迅速打电话通知医生。

他打完电话，又手忙脚乱地从门口令嘉的提包里翻找哮喘喷雾。

令嘉意识模糊，胸口剧烈起伏，求生的本能使她条件反射般抓紧他的手，像渴望空气一样急切地将药剂吸入喉管。

做完这一切的傅承致手心仍然冰冷，心跳急促，抱着同样浑身发凉的令嘉坐在原地，情绪慌乱。

这令人陌生的不知所措叫他内心抓狂。

傅承致并不愿意做到这一步，这和他的初衷背道而驰。

他本来已经打定了主意，要用温水煮青蛙的方式将令嘉解冻。

但事与愿违，事实证明，再理智的男人也很难在妒火中烧时保持风度，尤其当一切情绪有了酒精的助长时。

在医生往这里赶来时，傅承致把令嘉抱回她的卧室，将她的衣服一件一件重新穿好。

做完这一切，他又给她倒了一杯热水。

令嘉吸入喷雾后，这会儿意识差不多已经清醒，但始终没能从刚才的窒息感中缓过来，四肢发麻，冰冷无力。

她看也不看傅承致，任他给自己穿完衣服，面无表情地翻过身，把后脑勺留给他。

“你讨厌我，也应该吃药。”傅承致坐在她身后的椅子上说道。

时间大概又过去了半分钟，令嘉一动不动，凝望着她瘦弱的肩膀，傅承致轻声开口道：“对不起，令嘉，我为我薄弱糟糕的自控力道歉。”他接着解释，“但我的意图不是要伤害你，我只是……”

“没有控制好情绪。”他找到一句合适的言辞，顿了半晌，才接着静静地陈述，“这本来不应该是我往常会做的事，今晚大概是因为，我忽然发现自己比想象中在乎你，我嫉妒任何人比我更早遇见你，更早进入你的人生。你对任何人都宽容仁慈，唯独只对我一个人苛刻抗拒，这让我觉得难过。”

令嘉还是没有说话。

他干脆起身，绕到她面前，在床边蹲下身。

“如果你觉得不解气，可以像我们签合同那天那样，给我一耳光。”

对傅承致来说，像这样放下身段已经是极大的诚意，被任何人看见，恐怕都要觉得他是不是换了人，可惜令嘉并不领情。

她现在浑身乏力，又不想看见他的脸，只能拉上被子，把自己埋在里头。

怕她哮喘再发作，他下意识地探手试图掀开被角，却被令嘉狠狠地挥开。

被子里，她脸色苍白，漆黑的眼睛里饱含惊惧与警惕。

傅承致抬起双手道：“我没有恶意，只是怕你没办法呼吸。”见令嘉呼吸稍缓，他才接着道，“我发誓，以后在没有获得你允许的情况下，我都不会再碰你。”

“你是个骗子。”令嘉终于开口，她用虚弱的声音指责，“你发的誓根本没有保障。”

不管怎么样，她能跟他说话就是好事。

傅承致把药和水递给她。

令嘉接过杯子将水朝他脸上泼去，泼完就把杯子往地上一扔，重新转过身去。

医生和用人恰好就在这时候赶到，进门后，不约而同被眼前的一幕吓得呼吸一顿。

令嘉小姐还真是胆大包天哪！

羞辱过傅承致的人没一个有好下场的，不是被解雇了就是在监狱。

诡异的是，平日里高高在上不可一世的老板，在水泼过来时只是眼睛闭了一瞬，之后便从容不迫地抬手抹掉脸上的水渍，面不改色地朝门口看过来，出声告诉他们：“进来吧。”

他起身让用人打扫地上的玻璃碎片。

而医生则仔细为令嘉听了肺音，检查身体。

等医生完成诊疗，已经是下半夜。

傅承致站在阳台上抽了一支烟，重新进到房间时，床上已经没人了。

他心跳漏了一拍，转身就要拨别墅安保的电话，转而想到什么，又放下手机，缓缓地停住脚步。

他回头往令嘉的卧室里看，床上少了一个枕头。

打完针，令嘉已经很困了，医生给她静脉注射的药水，大概有镇静作用。

病来如山倒，她现在浑身乏力，离开也走不了多远，但又觉得躺在床上睡实在没有安全感，只得拖着病体和枕头，躲进了衣帽间最里层，一排衣服后面。

等她睡熟了，均匀的呼吸声从里面传来，傅承致才轻轻将柜门打开一条缝。

令嘉抱紧了枕头睡觉，此刻半边脸蛋陷入枕头里，挤出一点儿可爱的婴儿肥。

她此刻也正像个婴儿，保持蜷缩的姿势，陷入梦境里逃避现实。只是秋波眉微蹙，苍白的唇瓣抿得很紧，好像在梦里也不高兴。

男人蹲下来，探手摸了摸她的脑袋，没有发烧。

令嘉也只有在睡着的时候，才会对他表现得这么乖巧。

傅承致靠着衣柜边缘，席地坐下来，酒精还没有完全从他的血液中消散，经过一晚上的折腾，脑袋有些昏昏沉沉的。

肩头的伤口和手背的掐痕，都只做了简单的消毒处理，医生还要注射破伤风抗毒素，被傅承致婉言谢绝了。

额头的温度滚烫得有些不同寻常，这次令嘉没发烧，反倒是他病了。

月光从窗外洒在室内的地毯上，天花板上倒映着波光荡漾的泳池水纹，他仰头看了许久。

当初正是因为这个房间的景色最漂亮，他才特意把这个房间安排给了令嘉，但这儿对她来说似乎不是一个风水宝地，自从住进来，她就总在生病。

04

令嘉大清早醒来，刚拉开柜门，就被坐在不远处的傅承致吓了一跳。

他衣着整齐，神色清醒，坐在窗前，听到衣帽间门打开的声响，英俊的侧脸便缓缓转过朝她看来。

昨夜的片段依次在大脑里飞速闪现，令嘉揪紧枕头后退两步，敌视地与他对望："你坐在这里又想干吗？"

"依照约定，我把合同还给你，你随时可以单方面终止这份协议，令嘉。"

傅承致抬手，将文件从跟前推到桌子另一边。

他始终保持着让令嘉觉得安全的距离，让她自己去拿。

令嘉昨夜入睡前已经想得很清楚了，她不能再和傅承致这么危险的人住在同一屋檐下。

等天亮了，她就收拾行李，叫伍哥来帮她搬家，傅承致要是敢阻拦，就报警、踢他、咬他……总之，不管用什么办法，今天一定要从这道门里走出去。

她想了一百种事态发展的可能，唯独没料到大清早起来，傅承致竟然把合同拿来还给她。

事情就这样如此轻松地结束了？

她一方面觉得难以置信，另一方面，又忍不住怀疑他释放的善意背后是否蕴藏着什么更大的阴谋。

毕竟玩心眼，她再活一百年，也比不过心眼多得像筛子的傅承致。

令嘉狐疑地朝前挪了两步，将文件夹拿起来翻开，白纸黑字，还有红色的印鉴，果然就是那天他们签下的价值几个亿的合同。

另一份合同也在她手中。

现在只要令嘉撕掉手里的这份合同，她就彻底自由，无债一身轻了。

雪白的纸张充满了诱惑力，令嘉的手指几乎要鬼使神差地摸上去，又在最后关头停住。

她的道德底线让她没办法这么心安理得地接受这笔钱，尽管昨天晚上傅承致做了那么十恶不赦，对不起她的事情。

她收起文件夹，用这辈子最恶劣的口吻，硬声硬气道："这是两码事，欠你的钱我还是会还，你别以为把合同给我，我就会原谅你，你还是一个不知羞耻的浑蛋。"

傅承致点头："你说得对，我是个浑蛋。但是令嘉，昨晚有一点，你说错了。"

令嘉恶狠狠地瞪大眼，捂住耳朵，仿佛这样就能把所有的记忆从脑袋里扔出去。她激动地反驳："你别再提昨晚的事，你每说一次，我都想打电话报警抓你！"

"你别生气。"傅承致答应，轻声安抚，"我不提昨晚的事，我只说你对我的评价，你说我不懂爱，不会爱上任何人。"

他摇头："这不对。"

从窗户缝隙里钻进来的微风卷起窗帘，带着正月的微寒。

他雕塑般俊美的下巴还带着昨晚令嘉指甲的刮痕，眼神诚挚，神情认真："我不是一个仁善的人，但我确实已经把我所有的善良给了你，令嘉。"

"我们之间没有血缘关系，甚至半年前还素不相识。如果这都不能算爱的话，我想世界上的许多情感，也不能再被这个字定义。"

令嘉被他这番话惊呆了，怔怔地立在原地，问道："你爱我什么？爱我不爱你吗？"

"是不是因为我总是讨厌你，所以你才有了执念？"她无措地放下手，在原地踱步两圈，"我哪里做错了，我改，但是你这么吓我，真的很过分。"

"没有人告诉过你什么是爱吧？"

令嘉终于找到重点，开始陈述："爱没办法粉饰所有的事。如果你爱我，昨天晚上的事情就绝对不会发生，你只是错误地把占有欲和控制欲当成了爱。

你的爱，就像喜欢一个花瓶、摆件，甚至和对待贝拉一样，根本没有什么差别。”

她的语速越来越快，攒了一堆的吐槽终于有胆子开口说出。

“而且你还骗我，从第一次见面起到现在，我都不知道你撒了多少谎，骗了我多少次。就连宝恒和绘真的谈判会议上，那个撞掉我耳机的女助理，都是你安排的。要不是我昨晚撞见她，我永远不会知道你瞒了我多少事。爱一个人才不会这样，你自始至终只是想从我这里得到短暂的新鲜感，想把我掌控在手心，因为我没让你如愿，你不肯承认自己的失败，所以才恼羞成怒。”

傅承致被她说得一愣一愣的，最后无奈地摊手道：“好吧，只能怪我爱你，你喜欢怎么理解就怎么理解吧。”

令嘉立刻又变了脸色：“你怎么学之望说话？！”

“我们是兄弟，讲话风格相似也很正常。”

“你们都没见过几次面，你讨厌他，还骂他，算哪门子的兄弟！”

“但相似的基因和血缘关系骗不了人，你瞧，我们不都喜欢你吗？”

“胡说八道，你怎么没脸没皮的。”

令嘉被他气得头晕眼花：“不准你再提他！”她说着就开始给周伍打电话，大声道，“我今天就从这里搬出去！”

周伍和连妙都来帮令嘉搬东西，可惜还没等行李收拾完，三个人就收到了一个噩耗。

她的公寓楼住址连楼层都被曝光了，楼底下现在蹲了一堆狗仔。

电影刚上映，各大平台热度正高，像她这样来历神秘、横空出世的新人，媒体简直不要太喜欢，铆足了劲儿要挖她的资本背景，人生轨迹。那间艺人公寓从前本来是分给祝梦之住的，后来也是因为被狗仔发现蹲点才搬走的。

现在轮到令嘉了，连小区门口便利店的店员都被采访了，向他们打听令嘉的消息。

“我又没做亏心事，就算他们天天蹲守我也不怕，为什么要因为他们搬走？”

大小姐坐在衣柜里生闷气，绝不向恶势力低头。

周伍和连妙对视一眼。

最后还是连妙主动开口，语重心长地劝道：“令嘉，这其实不是你做了什么事的问题，而是没有必要惹这麻烦。这帮人就像狗皮膏药，你的行动轨迹一旦暴露在他们的镜头下，就很难摆脱。比如去疗养院看你爸，他们就会顺藤摸瓜到疗养院调查跟拍；就算晚上点个外卖，那些无良媒体也能编出夜会男友的新闻来。除此之外，你还得从早到晚拉紧窗帘，时刻提防狂热粉丝的过激行为……”

“那公司还有其他艺人公寓吗？”令嘉仰头又问。

“都给新招进来的那批人用了，暂时没有合适的，不过可以拿住房补贴重新找个各方面都合适的房子，这个需要一点儿时间。”

令嘉把头埋在膝盖里叹了口气。

人一旦下定决心做点儿事情，就总是困难重重，她犹豫了两秒，说道：“那行李收好了，我这几天就去住酒店吧。”

“你和傅先生怎么了？”连妙不解，递了瓶水给令嘉，在她身边蹲下来，“当时搬进来你也这样急匆匆的，现在搬走也是，他出轨了吗？”

令嘉刚喝一口水，呛得差点儿喷出来。

她支支吾吾半天，又不知道该撒个什么谎，总不能说是傅承致酒后乱性占她便宜，导致他俩决裂，毕竟在别人眼里，他们都已经是同居情侣了。

“不是，就……我发现我们性格相差太远了，并不合适。”令嘉含糊地答着，摸着口袋里折叠的协议，“所以我要努力把钱还给他，等这笔债还清，我们就不再有关系了。”

她说这话时，头低了下去。

其实从傅承致的角度讲，他费心帮了宝恒，又为她还债，为她赎回伦敦的房子，两亿多人民币落空，费时又费力，真是做了一桩颗粒无收的交易。

她不明白他为什么要这么做。

尤其当外媒连篇累牍地写他在北美市场投资惨败，他又在国内待了这么长时间没回伦敦，似乎真的是出了大变故，但他仍然把合同还给了她，没有提任何附加条件，这让令嘉觉得于心不安。

这份不安掺杂在讨厌里，使得令嘉对他的感受更矛盾复杂。

“唉……妹妹，你当初说要和傅先生在一起的时候我还挺担心，现在分手了，又觉得怪可惜的。”

周伍是个直男，他有点儿同情大佬，傅先生其实为令嘉做了挺多事，但讷言敏行的男人总是不招人喜欢。

“我们刚上楼的时候，他在楼下巴巴地盯着看，还叫我别忘了把你的药带上。”

连妙也有同感。

傅先生怎么对令嘉，她都看在眼里。之前在酒局上，他为令嘉怒发冲冠，彻底改变了她对他的刻板印象。要知道，在这个圈子里，想要找到一个有权有势、英俊潇洒，还能为艺人保驾护航的金主多不容易，更别提傅先生还不劈腿。

于是这两人在出门前，特地留出空间，让他们好好道个别。

令嘉费力地拎着最后一只大箱子下来，客厅里没有了别的人，只剩傅承致，他坐在客厅他平日最常坐的沙发上。

令嘉刚来时，傅承致就是坐在那儿，把所有收回的债务文件都交给了她。

就在几天前，他还坐在那个地方看她的综艺节目。

而现在，他也坐在那里，背景是落地窗外大片的小苍兰，衬得他孑然一身，格外冰冷孤寂。

听到她下楼的声音，他的头微微偏过来。

男人俊美无匹的面容，似乎比平日苍白许多，凝望着她，并不说话。

令嘉顿了顿，她摊平打开行李箱，从里面取出几只装着珠宝的盒子，将其稳稳地抱到傅承致面前的茶几上。她蹲下身一一摆开，开口道：“这是你送给我的礼物，它们很贵，所以就算是我妈妈的遗物，我也不能收。”

她说完，又从挎包里拿出另一份文件和钥匙。

“这是你帮我收回来的公寓，我……以后也许都用不上了，它很贵，也还给你。”

“还有我的卡，里面有三百万，密码是我的生日。”

“我知道远远不够，但目前只有这些，我会努力工作，连本带利尽快还给你。”

她站起身来，待转身要走时，又停下脚步，立在原地，脸庞像玫瑰一样娇艳，回头看着他。

“傅承致，其实认识你这么久，我也不知道应该把你定义成坏人，还是好人。”

“你说得对，和其他很多人相比，你对我已经足够仁慈。虽然你从一开始就在骗我、总强迫我做不想做的事，还砸了我的东西，甚至昨天晚上……”她说到这里攥紧掌心顿了一秒，才又道，“但我愿意相信，昨晚不是你的本意，你是喝醉了才会那样。”

“因为，你在我最绝望的时候拉了宝恒一把，在我最崩溃的时候出现在我身边引导过我，帮我要回角色，替我灌醉投资商出气。我不知道以后是不是还有机会跟你说这些，所以，我在最后把感谢一并给你。”

她垂下眼睫，又抬起眼睛注视他，黑白分明的眼睛安静清澈得像一潭湖水，嫣红的嘴唇又一次启合：“我原谅你了。”

“再见，傅承致。”说完这最后一句，她收起行李箱转身。

就在人快要踏出大门时，傅承致终于从沙发上站起来：“等等，该说感谢的人是我。”他踩在地毯上，朝前迈了几步，在令嘉诧异的目光中继续道，“不管作为朋友，还是作为甲方，我都要感谢你。”

“和你认识以后，我时常感觉到快乐，和你相处的所有时刻都让我觉得放松。你很可爱，是世上独一无二的，像一面镜子，能照出人所有的正面。我不后悔认识你，但如果可以重来一次，我会选择更好的方式。”

令嘉微怔，不知该作何反应。

她嘴唇翕动，终于提出疑问：“你为什么愿意把合同还给我？我很可能三五年都不能把这笔钱还清，这不是一个小数目。”

“我也想对你信守承诺一次。”傅承致轻描淡写道，“我希望你和我相处的所有瞬间，感受的不仅仅是压迫，也有放松和自由，哪怕一点点。所以……”

“在你把钱还清，彻底和我断绝干系之前，我们还能做普通朋友吗？”平日里高高在上、冷漠从容的傅承致，此刻眼神中充满渴求和真挚。

反正她也要搬出去拍戏了，等傅承致回到了伦敦，以后能有几次见面机会都还不好说。现在确实又还欠着人家债务，令嘉尽管隐隐觉得不妥，但在短暂的犹豫过后，还是点头答应：“好吧。”

毕竟，她觉得事情发展到这里，就已经结束了。

令嘉没觉得以自己的魅力，能叫傅承致这样的人费尽心思只是为了得到她。也许就纯粹是因为商场上的人习惯万事留一线，日后好相见呢。

得到答案的那一刻，傅承致终于舒展开眉眼，变得轻松。

他习惯性地伸出手告别，但似乎想到什么，又收了回去，轻声道别。

“再见。”

（未完待续）

独家番外

屠龙勇士

婚后第八年，令嘉在结束新电影的宣传工作后，返回伦敦与家人小聚。

带回来的行李太多，衣帽间里，玛拉替她把穿过的礼服一件件挂好，收拾整齐，套上防尘袋，重调衣帽间的温度湿度。蹲身时，她猝不及防地在令嘉结婚时穿的主婚纱的裙撑旁边，发现了一个被胶带封上的箱子。

这箱子沉甸甸的，似乎是装满了书。

衣帽间的湿度超过 65%，说不定会让纸张生霉。

玛拉征询雇主意见："小八，这箱子需要替你放到书房去吗？"

令嘉正在镜子前系鞋扣，闻言头也没抬便道："您决定就行。"

话音刚落，她像是想起什么，停下动作回头。

"等一下，就……先放那儿吧。"

那是沈之望的遗物。

宅子任何一个角落都常年有人例行清扫，只有衣帽间还算私密，旁人不能进来，傅承致也不会碰这些东西。倒不是刻意要藏，主要是傅承致看见了反应太大，有前车之鉴，她干脆放到这不起眼的地方，以避免不必要的麻烦。

大抵是纸箱存放的时间太久，纸质发软了，就算玛拉已经轻拿轻放，但这一搬动还是让破裂的边角裂痕猛然增大。

"哗——"箱子里的物品一股脑涌出来，散落一地。

都是似曾相识的物件。

玛拉哪还有什么不明白的，当年，这对小情侣就是在她眼皮子底下恋爱的，只是光阴荏苒，如今的令嘉嫁作他人妇，婚姻幸福美满，而另一人已白骨寂无言，尘归天地间。她尴尬而匆忙地蹲身收拾，害怕旧物给雇主平添愁绪。

新鞋的鞋扣太麻烦，令嘉弄了半晌弄不好，烦躁地将鞋脱下来扔在一边，赤脚踩着地毯走到玛拉身边，蹲下身帮她整理。

所有的旧物尽数被整理进新纸箱，封上盖子前，令嘉的动作停下来，目光看向地毯上的最后一件东西——那是沈之望的日记。

当年就是从这日记里掉出来的照片，叫她发现了傅承致的身份。

绿色硬壳再次被翻开，字里行间情切，尘封的记忆也扑面而来。

之望刚去世那年，这本日记她看了好多好多遍，如今再读，依然无限感怀。

从后往前匆匆翻了几页，就在她打算把日记本重新塞回箱子里时，忽然发觉指腹触到的这张纸似乎格外厚实一些。

仔细瞧，纸张因为水痕发皱，印出和背面截然不同的墨迹。

对着灯光一照，令嘉发现两页纸似乎被主人刻意粘在了一起。

由于日记在衣柜里放了太多年，胶水早已失效，此刻稍一用力，便被指腹捻开，露出一段她从未看过的内容——

“Tues. June. 4, 2020, Rainly”。

时间是沈之望去世前夕，他出发去欧洲前的最后一个星期。

“兵荒马乱的一天。巡演开始前和小八最后一次见面，凌晨起床赶最早的火车到剑桥，差点没赶上！查了课表想给她个惊喜，结果找错地儿，绕了三十分钟满头大汗才赶在下课前到达她教室外头，惊险。”

“站在门口不到十分钟，就见小八跟一位还算英俊的异性同学并肩从教室里出来，她笑得那么开怀，不知道讨论课题还是聊天，真叫人生气。好在今天这趟是来了，以后还是得多来她学校刷脸。”

字迹潦草，饱含少年意气，生动饱满，令嘉看得好笑，目光再往下移，后面的段落空了几行。

像是隔了很久，经过思考后他重新落笔，行文变得工整起来。

“是毕业季的缘故吧，这次虽然只半个月未见，但总感觉我们分离许久了。我承认，乍见那一幕，在她发现我、朝我奔来的前一刻，我整个人是慌张的、手足无措的。我忍不住去想，那个男生跟她关系好吗？熟悉到什么程度？……在一起这么久了，我竟还在患得患失。沈之望啊沈之望，你必须改掉缺乏自信和多愁善感的毛病。”

大抵是深夜情绪反复，再之后，便是被一条条横线划掉的段落，也许正是因为这段文字，他才用胶水把两页纸粘到一块儿的吧。

沮丧到极致的胡言乱语，他不想被人发现。

“少时丧母，成年丧父，这世上我只剩令嘉了。”

“像我这样不幸的人，真的可以永远拥有她吗？爱情是否真的可以持续一生？”

“我在书上看太多人的初恋充满遗憾，人生几十年，充满那么多变数，我不敢想象令嘉有一天爱上别人，离我远去的情形。”

“可如果真的有那么一天呢？”

“……我不愿接受任何理由的分手，但如果有一天她因为我变得不幸，那么……”

沈之望抉择后，艰难地写下最后两行——

“无论如何，我希望她幸福。”

“即便是作为旁观者见证。”

令嘉拍了那么多年电影，她原本以为自己对情绪的把控已经足够收放自如，可这一瞬间，仍然没能忍住泪目了。

少年的喜欢是隐忍到极致的卑微，是善良到极致的成全。

记忆着陆，年轻时的遗憾歉疚隐约开始瓦解松动，她偏头怔忡良久，终于长长地呼出一口气，塌下肩膀，觉得十分难受，缅怀的情绪里却又第一次夹杂了轻松和释然。

身后传来女儿渐近的撒娇催促的奶音：“妈妈！大明星化妆怎么那么慢呀，再不出发赛马会都开始啦……”

“抱歉，妈妈马上就来。”

令嘉迟疑片刻，将日记合上放回原处。

绿皮本重归不见天日的纸箱，被置入衣帽间一角，静待有朝一日再次被打开。

由于剧本发生了调整，令嘉进组的时间推迟了两个月。

假期不算短，正好她剑桥的华人同学们组织了一个中秋聚会，许多年来大家只在银幕上见到令嘉，这次有人突发奇想：“不如咱们叫令嘉也来玩儿吧，好多年没见了。我看国内报道说，她决定参演的利导新作不是推迟开机了吗？最近应该长住伦敦的。”

提起这位史上最年轻的大满贯影后校友，好几个常年潜水的账号都活跃起来，兴致勃勃地参与讨论，说着说着就提到了令嘉的丈夫。

“真的是 Phil 吗？我上司就是前合宜风投的基金经理，天天跟我们吐槽他之前的工作环境多苛刻可怕，压力多大，天天掉头发，好难想象令嘉会选择嫁给这种臭名昭著、心狠手辣的资本大鳄。我记得上学时她是超级纯善的女孩儿，风马牛不相及的两个人，他们怎么认识的？怎么看都不搭啊。”

“我有听过一些小道消息，他们好像是在当年令嘉家里破产的时候认识的，可能就连要挟带强迫地帮她还了家里的债吧。令嘉那时候也就二十岁，那种情况下，又能有什么办法？”

群里沉默好久后，才有人重新发言。

“唉，虽然什么都有了，但要和那种心机深沉、喜怒不定的人生活在一起，令嘉也是够惨的。”

“可能人一辈子就是被一次次打磨改变的过程，我有时候看令嘉的电影，真的觉得恍如隔世，她变了好多啊，没有经历过，怎么可能演绎出那么深刻的角色……”

多年来，令嘉的小号一直躲在群里，闲暇时窥屏，乐此不疲。

新电影上映时看他们对电影的评价，拿奖的时候看大家夸她，逢年过节时看老同学晒娃……直到眼看着大家的瓜从她推迟的新电影吃到她十恶不赦的丈夫身上，她这才傻了眼。

她打算参加今年的中秋聚会，一是想见见多年未谋面却一直替她操碎了心的校友们，二是替她可怜的丈夫傅承致正正名。

大家猜中了故事的开头，但没有猜到故事的过程和结局。

天地良心，令嘉睁着眼睛胡说八道都不敢说自己在这八年的婚姻里受到过什么委屈。

旁人总觉得像傅承致这样冷酷强势的商人，在家里也一定是说一不二、不近人情。但很可惜，她信奉“真理越辩越明”，家里的用人都清楚，她从来不听丈夫的话，是位值得尊敬的“屠龙勇士”。

夫妻俩的生长环境不同，也形成了几乎完全不一样的观念，对待事情他们常常有着截然相反的看法。

令嘉已经习惯了在傅承致发怒的边缘反复横跳、大胆对抗，甚至随着时间的推移，连傅承致自己都习惯了妥协。

每有工作之外的分歧出现，他都是象征性地发表完看法，象征性地争辩两句，最后又象征性地叹口气，把决定权交到家庭女主人手里——

“算了，你决定就好。”

聚会的发起者，还是当年剑桥马术协会的师兄，他原本只是试探性地发出邀请，中秋前一周，在知道令嘉决定应邀前来的时候，他兴奋坏了。

“我得告诉我老婆孩子，我女儿超级喜欢你，她们原本还打算回多伦多我岳母那儿过中秋呢，知道你来，肯定立马退机票。”

令嘉忍俊不禁，也开玩笑：“行啊，那我明天出门把签名笔带上。”

他想了想，又道：“对了，令嘉，我一说你要来，大家肯定都想带家属，你介意的话，我就暂时先不公布……”

令嘉：“没关系，反正我也带家属呢。”

“……嗯，啊？”

“就是我丈夫和女儿。”

男人反应了好几秒，不可置信地道：“你丈夫？Phil？合宜银行那个Phil？”

“或者师兄您是觉得我还有其他丈夫？”

男人紧张得深吸两口气：“行，我明白了，不过这事儿我就先不说，不然人来多了，弄得乌烟瘴气的，大家玩儿得也不开心。”

令嘉是个大明星，多来几个人顶多看看热闹，要几张签名。Phil要是来了，现场立刻会多出一堆别有用心的人，大家都想搭上通天梯，千方百计想给Phil这位大人物留下印象。

成人的世界有时就是这样，赤裸功利，心思一多，节日美好体验就全没了。

中秋如期而至，在这国人欢庆团圆的节令里，令嘉带着丈夫和女儿出门赴约。

师兄家里有张“国粹”桌，麻将堪称是华人联系感情最好的文化纽带，边搓边说笑，几圈麻将下来，多年未见的校友们都立马亲近不少。

令嘉玩儿的时候，傅承致就坐在边上喝茶看手机，坐累了偶尔起身在大厅里转转，瞅一眼孩子。

看到有人要点烟，他还主动跟人交流，告诉对方自己太太有哮喘，不能闻烟味，要不一起去室外抽一支？

大佬的时间在金融街用“寸金难买寸光阴”来形容完全不夸张，见到真人竟如此平易近人，大家都有点怀疑传闻是不是出了问题。

师兄有点儿过意不去，上二楼送水果的时候，跟令嘉小声道：“咱们把Phil晾在边上一整天会不会不太好，我瞧他有点儿无聊，都上外头抽烟去了。他忙的话，要不我让我老婆把书房收拾出来，给他工作？”

令嘉玩得正开心，闻言偏头看向他，语气惊诧：“抽烟？”

“是啊，跟詹士良在阳台上一块儿抽呢。”

这名字有些耳熟，令嘉一下子想起来，这位叫詹士良的男同学上学的时候还追过自己。傅承致有些年头不抽烟了，今天这两人不知道怎么抽到一起去了……她出了张牌，跟师兄叮嘱道：“八月十五工作什么呢，你让他抽完这支就上来吧，我把位置让给他打麻将。”

“Phil 也会打咱们四川麻将？”

令嘉坦然眨眼：“不会啊，他什么麻将也没玩儿过，现学呗，不过我觉得他挺聪明的，有我在边上教应该很快能学会。”

师兄：“……行。”

令嘉很快就后悔自己讲了大话，傅承致三圈儿下来就把她一上午赢的钱全输光了。

“我都说了嘛，碰到八筒大对子下叫，还可以和八万，你一个才学牌的人，怎么敢有自己的想法，还把我清一色打掉了，你好笨哪！”

“我不是刚学嘛。”大佬的好脾气出人意料。

……

“七条碰完，对子打出去不就赢了，傅承致你好烦，含之都没有你这么难教。”

“你还教含之打牌？”

“她自己要学的，比你聪明多啦。”

“那也是由于遗传了我的基因才聪明的。”

“我生的，是我把她生得聪明可爱，你就知道往自己脸上贴金……”

……

每每牌局结束，牌桌上的人一边收钱，一边听令嘉教育丈夫，都眼观鼻鼻观心，大气不敢出。

傅承致越挫越勇，现金输没了，他又打电话让司机送进来，然后通通塞到令嘉手里保管，说道：“你瞧，钱这不是回来了嘛。”

令嘉气笑了：“那是我赢的，哪里能一样。再说了，你一会儿不还得都输出去。”

傅承致理牌，抽空吻了下她的额头：“亲爱的，你得相信你丈夫。”

傅承致和校友会所有人想象中的都不太一样。

在他们的想象里，他应该是个连普通话都说不大顺溜的第三代华裔，金融新闻版块偶尔瞥见的手腕强硬、雷厉风行、唯利是图的银行家，一个没有感情、只把妻子当花瓶的丈夫。

然而，几个小时的相处颠覆了他们所有先入为主的想法。

傅承致对令嘉很好，好到他们这些唯一能在爱情领域打败富豪的平凡人都自愧不如的地步。

没有人能否认他爱着令嘉，否则像他这样被无孔不入的压力和工作包围的大人物，怎么会甘愿在妻子的指导下荒废一整天去努力学打麻将？怎么可能有耐性跟他们这些无关紧要的人聊天相处？

他们的相处像天底下所有相爱的夫妻那样，偶有拌嘴摩擦，但一切差异又都在爱情面前无声消弭。

深夜，送走最后一位客人后，女人跟丈夫感慨。

“Phil 真是个好丈夫，结婚那么多年从来没有花边新闻，又专一又深情，你说结婚前怎么就没人慧眼识珠呢？伦敦的名媛们都眼瞎了吗？一个个躲他躲得远远的，还有从前传闻要结婚的那个，要不是她婚前包养男模，现在两个人都结婚了吧。”

“你认真的吗？”师兄回头诧异地看她一眼，平静地戳穿老婆，“你嫉妒了。”

“是啊，我好嫉妒。上学的时候令嘉就是咱们这群人里最无忧无虑的人，一点心眼儿也没有，后来她家落魄了，大家都为她可惜，没想到就那么几年时间，她重新成了咱们当中最好命的人，就靠嫁人，跨越到了我们一辈子也到不了的阶层，有谁会不嫉妒吗？这也是人之常情吧。”

师兄叹了口气。

“我不会。”

“她认识 Phil 的前提是父亲中风，她的性格品质是她能得到 Phil 爱情的基础。像 Phil 那种‘冷漠疑心癌’晚期的人，你永远不知道要经历多少磨砺考验才能让他打开心房，放弃提防。但凡无数次考验中你做错了任何一次选择，都会迎来想象之外的报复。你什么也不清楚，所以才会觉得任何人都可以轻而易举地得到这一切。”

“我不清楚，你就知道了？”妻子不服气。

“我知道的自然比你多，我高中同学，就是后来去牛津那位，他说 Phil 大学时期的女朋友，一位风情万种的大美女，短暂交往后被他甩了，还收购了她的家族企业低价拆卖，任人家怎么哭哭啼啼地求他都无动于衷。为了说服家族长辈和令嘉结婚，他可是亲手把男模送到订婚对象身边的。”

“你瞧 Phil 今天很随和吧，但我从前看过合宜的 CFO 上的访谈节目，说他是刻意和人保持疏远的，他不需要多余的感情，只为了在做出决定时能快刀斩乱麻，足够冷酷。你今天会有这样的想法，说到底都只是因为我们沾了令嘉的光而已。”

看到妻子三观都被震碎的表情，他没再继续这敏感的现实话题。